문학사상 30주년 기념출판

한국대표시인 101인선집

송 수 권

잃어버린 지푸라기 감성을 일깨워주는 시인

우리가 도작문화권稻作文化圈에 속해 있다는 것을 모르는 사람은 아마 없을 것이다. 그러나 먹는 쌀만 생각했지 그것을 털고 남은 볏짚과 함께 생활해 온 문화에 대해서는 모두들 까마득히 잊고 살아가는 것 같다.

그런데 이 잃어버린 지푸라기 감성을 일깨워주고 있는 시인이 바로 송수권이다. 그가 소재로 삼고 있는 시의 언어들은 거칠면서도 부드러운 짚의 감성을 보여주고 있다. '밥투정'이라든가 '딸꾹질'이라든가 '쏙독새'라는 남도 사투리, 혹은 돌무지 같은 건조한 말일지라도 그의 시를 읽다보면 꼭 볏단 속에서 몸을 감추고 겨울 추위 속에서 별바라기를 하던 그 따스했던 감촉과 혼혼한 기억이 되살아난다.

—이어령(문학평론가), 문학사상 1988년 3월호 중에서

▲ 1956년 순천 사범대 1학년 재학 시절의 모습.

▲ 1969년 초도 중학교 교사로 재직시 교제 중이던 김연엽과 함께.

▲ 1970년(31세) 결혼 당시.

▲ 부모님, 부인 김연엽과 함께 고향 전남 고흥군 생가에서.

▲ 전남 구례 화엄사 경내에 있는 '시인의 동산' 시
비 〈산문山門에 기대어〉 앞에서(오른쪽부터 부인 김
연엽, 아들 동한, 큰딸 은경).

▲ 1984년 여름, 유럽 여행 당시 이탈리아에서.

▲ 1980년 광주 여고 재임 시절.

▲ 1980년 광주 여고 재직 시절, 제자들과 함께.

▲ 1975년 8월 광복 30주년 기념 장편서사시 공모에 〈동학란〉이 당선, 수상식을 마치고(오른쪽부터 부인 김연엽, 송수권, 구상 시인, 부친 송기담).

▲ 1976년 지리산 노고단에서 있었던 산상山上 시화전 후 시인들과 함께(오른쪽부터 송수권, 이시영, 노고단관리소장, 양성우 시인).

▲ 전남 구례 화엄사 경내에 있는 〈산문山門에 기대어〉 시비 앞에 선 송수권 시인.

▶ 땅끝 마을에 있는 송수권 시비.

땅끝 마을에서 부르는 노래

송수권

달마산 찾아 땅끝 마을
붉은 솟은 서쪽머리 덕봉을 오르니
오늘은 바람불고 물파랑만 놀다
저 미황사 스님들 궁고 치는 낮인가 보다

백두대간을 따라오다 마지막 끝난 거계
돌아서서 보면 다시 처음의 시작이기도 할
이 길은 언제나 희망이었고 마음이었다
그러므로 축복이 열리는 땅
갈두리에 와서 하룻밤 지새고나니
가슴 속에 벌써 붉은갈은 아침해가 뜬다

누군가 첫발을 내딛었을 때
그 길은 늘 혼자였고 두려움이었다
그러므로 내 외로운 넋선 방황도
오늘 이곳에 와서 다시 첫발자국을 찍는다

▲ 1987년 8월, 지리산 쌍계사에서 열린 '토요시낭독회' 모임 후(왼쪽부터 송수권, 박재삼, 서지월).

▲ 1995년 5월 28일. 《시와시학》 광주 행사시 소쇄원에서 조병화 선생(중앙), 김재홍 교수와 함께.

▲ 1980년 어느 겨울, 박재삼 시인과 함께.

▲ 1993년 미당 서정주 선생님의 봉산산방 서재에서 담화를 나누는 모습.

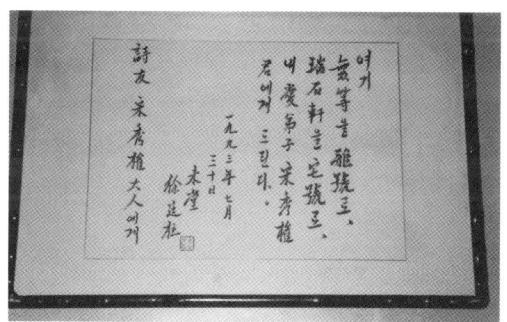

여기
늘푸른 雜珠로、
瑞石軒을 定礎로、
내 愛弟子 宋秀權
君에게 드린다.

一九九三年七月
三十日
未堂 徐廷柱

詩友 宋秀權 大人에게

▲ 미당 서정주 시인이 송수권에게 보낸 친필 액자.

▲ 1993년 서정주 선생님 내외분과 함께(오른쪽에서 두 번째 송수권).

◀ 1985년 제2회 금호학술 · 예술상 시상식에서(오른쪽 송수권).

◀ 1987년 광주 서광여중 재직 시절, 전라남도 문화상 수상식에서 친구 문삼석 가족과 함께한 송수권 가족(왼쪽에서 세 번째 송수권).

▲ 1988년 제2회 소월시문학상을 수상한 후 심사위원들과 함께(왼쪽부터 송수권, 박두진, 김남조, 이어령, 김용직).

▶ 1996년 김달진문학상 수상식에서(왼쪽부터 이경, 서지월. 송수권 부부, 이흥규 시인).

▲ 1999년 정지용문학상을 수상하고 나서 동료 시인과 함께(왼쪽부터 오세영, 이근배, 송수권).

◀ 2003년 영랑문학상 수상 후 아내와 딸과 함께.

▲ 1997년 여름, 프랑스 파리 노틀담 사원에서(왼쪽부터 고영조, 오세영, 송수권).

▲ 1997년 여름, 영국 윌리엄 워즈워드 생가 앞에서 이가림 시인과 함께.

▲ 1997년 여름, 프랑스 파리 몽파르나스 보들레르 동상 앞에서(왼쪽부터 김종철, 송수권, 유안진, 김재홍, 최동호, 이가림, 차한수, 오세영, 고영조 시인).

▲ 보길도 글씐 바위에서 문창과 교수들과 함께(왼쪽부터 송수권, 김길수, 안광, 곽재구).

▲ 1996년 여름, 백담사에서 열린 만해 시인학교에서 동료 시인과 함께(왼쪽부터 이성선, 송수권, 나태주).

▲ 1998년 12월 《수저통에 비치는 저녁노을》을 출간하고 나서 희방회 회원들과 순천대 문창과 제자들과 함께 새만금 '신석정' 시비 앞에서(맨 앞줄 오른쪽부터 김순이, 송수권, 배한봉, 이흥규, 정군칠, 뒷줄 오른쪽부터 이해완, 최정식, 송종찬, 박세림, 강만, 조숙형, 김선태, 박백남, 추소라 시인).

▲ 송수권 시인의 작품 산실인 어초장 서재에서.

◀ 전남 광양시 염창마을 섬진 강가에 자리 잡은 송수권 시인 의 서재, 어초장 외부 전경.

▲ 서귀포 범섬 낚시터에서 유유자적한 시간을 보내는 송수권 시인(1995년 가을).

▲ 2002년 12월 어초장 앞 모래밭에서(왼쪽부터 곽재구, 김길수, 이청준, 송수권, 안광).

▶ 전남 고흥군 두원면에 자리 잡은 시인의 생가에서(2004년).

▲ 2001년 겨울, 송수권 시인의 집필실을 찾은 지역 시인들과 어초장 모래밭에서(왼쪽부터 이해완, 정일근, 정군칠, 김은숙, 박상건, 나태주, 송수권, 서애숙, 김강태, 이진영 시인).

▲ 2000년 8월 제1회 섬문화연구소의 섬사랑시인학교장으로 기념사를 하는 송수권 시인.

▲ 제5회 만해 시인학교가 열린 천수만 해수욕장에서 고은 시인, 문창
과 학생들과 함께(왼쪽에서 세 번째가 송수권, 그 옆이 고은 시인).

◀ 2004년 6월 공주 동학사의 문사 모임에서(왼쪽부터 손종호, 송수권, 나태주, 김완하 시인).

▶ 2002년 이른 봄, 지역 문학인회를 창립하며(왼쪽부터 정일근, 강회근, 허형만, 나태주, 송수권, 정목일 시인).

▲ 2001년 순천대 평생교육원에서 강의하는 모습.

◀ 새미골에서 열린 제1회 도예 백일
장에서 제자들과 함께(오른쪽 아래
다섯 번째 송수권).

▶ 2002년 여름, 순천대 교정에서 제
자들과 함께(왼쪽에서 두 번째 송수권,
오른쪽에서 두 번째는 안광(소설)교수).

▲ 1999년 순천대 문창과 제2회 소록도 문학기행에서.

◀ 2003년 가을, 울산대학교 국문과 학생들과 함께(왼쪽에서 세 번째 송수권, 네 번째 정일근 시인).

▶ 2003년 어초장의 봄, 순천대 사회교육원생들과 함께.

◀ 2005년 8월 20일 순천대 정년 퇴임식에서 .

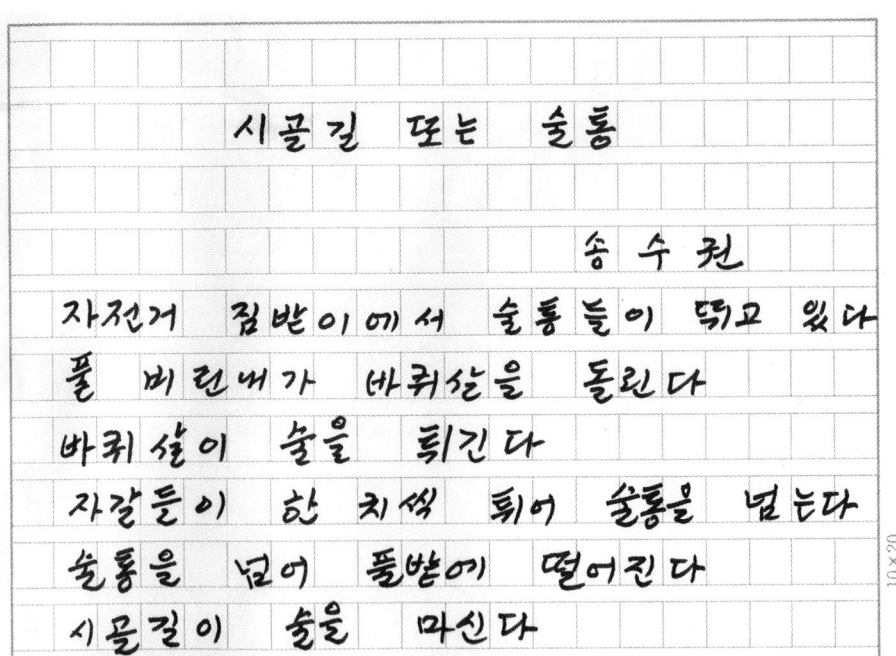

시골길 또는 술통

송수권

자전거 짐받이에서 술통들이 딁고 있다
풀 비린내가 바퀴살을 돌린다
바퀴살이 술을 튀긴다
자갈들이 한 치씩 튀어 술통을 넘는다
술통을 넘어 풀밭에 떨어진다
시골길이 술을 마신다

비틀거린다
저 주막집까지 뛰는 술통들의 즐거움
주모가 나와 섰다
술통들이 뛰어 내린다
길이 치마 속으로 들어가 죽는다.

을유(2005. 8) 漁樵甫

송 수 권 육필시

▲ 시인의 육필 원고.

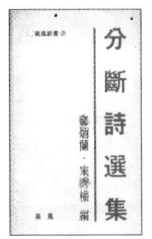

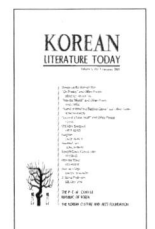

 ▲ 송수권 시인의 작품집.

▲ 2002년 겨울, 울산 반구대 암각화 앞에서(《시인 송수권의 풍류맛 기행》, 《주간 동아》 연재시).

▲ 박재삼 시인 묘소 참배를 마치고 고故 이성선 시인과 함께 갑사 사하촌에서.

▲ 2002년 겨울 이청준 선생과 함께 어초장에서.

▲ 2004년 여름, 지리산 노고단을 여행하며 한승원, 안광 작가와 함께(왼쪽부터 한승원, 송수권, 안광).

▲ 변산반도 채석강의 겨울 바다를 바라보며(변산시대 9시집 《수저통에 비치는 저녁노을》 집필시).

어초장주 송영감 타령

왜 저리 불러, 밤새도록 불러싸

노간주 중허리 휘감아 돌며

강으로 불러, 언덕으로 불러

노송 쌍가지 밑둥까지 끌어안고

한 세월 삭아가는 처마 끝 두들기며

온밤 통곡으로 저리도 불러싸

오늘은 다른 바람 벗들 찾아와 문닫고 자자는디

저 고오얀 역마넋살!

(중략)

그러다 저러다 잠이 드는가 싶으면

끙, 옆구리를 뒤척이고 소리를 뒤척이며

또 한번

끙!

감감 날을 밝히는 어초장주 송영감.

—2002년 11월 8일 송수권의 집필실 어초장을 찾은

이청준이 하룻밤 지내고 나서 쓴 시.

▲2003년 여름 (사진 김경옥)

지리산 뻐꾹새

여러 산봉우리에 여러 마리의 뻐꾸기가
울음 울어
때로 울음 울어
석 석 삼년도 봄을 더 넘겨서야
나는 길 뜬 설움에 맛이 들고
그것이 실상은 한 마리의 뻐꾹새임을
알아냈다

지리산 하下
한 봉우리에 숨은 실제의 뻐꾹새가
한 울음을 토해내면
뒷산 봉우리 받아넘기고
또 뒷산 봉우리 받아넘기고
그래서 여러 마리의 뻐꾹새로 울음 우는 것을
알았다.

지리산 중中
저 연연한 산봉우리들이 다 울고 나서
오래 남은 추스름 끝에
비로소 한 소리 없는 강이 열리는 것을 보았다.

섬진강 섬진강
그 힘센 물줄기가
하동 쪽 남해를 흘러들어
남해군도의 여러 작은 섬을 밀어 올리는 것을
보았다

봄 하룻날 그 눈물 다 슬리어서
지리산 하下에서 울던 한 마리 뻐꾹새 울음이
이승의 서러운 맨 마지막 빛깔로 남아
이 세석細石 철쭉꽃밭을 다 태우는 것을 보았다.

문학사상 30주년 기념출판

한국대표시인 101인선집

송수권

종합
출판 문학사상

시문학의 르네상스를 지향하며…

한국대표시인 101인선집 간행의 말씀

인류는 아득히 먼 옛날부터 언어의 탄생과 더불어 가장 아름답고 감동적인 원초적 예술인 시詩를 꽃피워왔습니다. 그리하여 시는 어느 때, 어느 곳에서나 인간의 정신과 삶을 순화하고 풍요롭게 하며, 이상理想을 지향하는 정신적 영양소로 애송되어 왔습니다.

더욱이 다정다감하고 예술적인 정서와 재능이 풍부한 우리 겨레에게 시는 인간다운 삶을 구가하는 예술혼의 정화로서, 일제의 강점기와 같은 수난기에도 나라를 사랑하는 마음을 시로써 불태우며 겨레의 가슴마다 희망과 용기에 찬 민족혼을 일깨워왔습니다.

또한 8·15 광복 후의 혼란을 겪고 6·25 동란으로 폐허가 된 이 땅에 불사조의 넋처럼 잿더미에서 일어나, 선진국의 대열에 서게 한 기적을 낳게 한 것도, 아름답고 인간적인 삶을 희구하는 시 정신이 다른 어느 민족보다 강렬했기 때문이 아니겠습니까.

그러나 안타깝게도 오늘날 우리 사회는 가치관의 혼돈과 무질서가 휩쓸고, 부정과 부패가 판을 치는가 하면, 만인의 만인에 대한 극한의 투쟁이 소용돌이치는 삭막한 풍토에서 헤어나지 못하고 있습니다.

그 같은 풍요 속의 비극은 많은 원인이 있겠으나, 무엇보다도 황금만능의 사조에 사로잡혀, 소중한 정신적 유산인 시를 사랑하며 시 정신을 소중히 여기는 전통을 잊어가고 있기 때문이라고 하겠습니다. 그러므로 메말라가는 시 정신을 불러일으켜 겨레마다 시를 사랑하는 시혼詩魂을 고취하는 노력은 무엇보다도 소중하고 보람 있는 시대적 사명이며 문학적 과제라고 믿고 싶습니다.

이에 한국문학의 발전을 위한 향도적 사명을 다하기 위해 30년의 열성과 노력을 기울여온 문학사상사는, 2002년 창사 30주년을 맞이하여, 시문학의 르네상스를 지향하는 일이야말로 오늘의 가장 중요하고 시급한 국민적 과제의 하나라고 믿으며, 뜻을 같이하는 편찬위원들의 협조를 얻어, 한국대표시인 101인선집을 간행하기로 결정했습니다.

이 시선집은 한국 신시 100년을 집대성하는 한국 출판 사상 일찍이 시도되지 못했던 시청각을 통한 입체적인 감상을 돕게 함으로써, 한국 시문학사에 커다란 발자취를 남긴 대표시인 101인의 작품과 그 업적을 자자손손에 전하며 기리고자 합니다. 이 간행의 뜻을 혜량하여 전 시단과 독자 여러분의 적극적인 성원과 지원을 기대해 마지않는 바입니다.

(주)문학사상 대표 임홍빈

편찬위원(김남조, 김재홍, 오세영, 이승훈, 최동호)

자서自序

시력 31년, 제1시집 《산문山門에 기대어》에서부터 제11시집 《언 땅에 조선매화 한 그루 심고》에 이르기까지 총 160편의 시를 정리하였다. 그러니까 햇수로는 1975년부터 2005년까지가 된다.

정년퇴임 기념 문집으로 순천대 문창과 졸업생들과 재학생들의 순수한 뜻이 받아들여져 《한국대표시인 101인선집》 중 내 순번을 앞당겨 출판을 허락해 준 문학사상사에 감사를 드린다.

비봉산飛鳳山과 난봉산鸞峰山이 뻗어 내린 앞자리에 터 잡은 순천 대 문창과야말로 우리 문학의 산실이다. 그래서 난 우리 문창과 학 회를 난봉시사鸞鳳詩社라 부르고 있다. 난과 봉이 구만리 창공을 벅 차고 날아오를 날도 멀지 않았다. 난봉시사 후배 여러분께 진심으 로 감사의 말씀을 드린다.

을유(2005)년 8월
섬진강 어초장漁樵莊에서 송수권

차례

시

산문山門에 기대어

연비

수저통에 비치는 저녁노을

언 땅에 조선매화 한 그루 심고

산문

일러두기

1. 맞춤법과 띄어쓰기는 발표 당시의 것을 따르지 않고 모두 현행 맞춤법 규정에 따라 고쳤다. 그러나 사투리나 대화의 인용일 경우 그대로 살리되, 주를 달아 독자가 이해하기 쉽게 했다.

2. 독자의 편의를 위해 한자를 한글로 고쳤다. 다만 뜻이 분명해야 하는 경우 한자를 넣어 표기했다.

3. 이 시선집에는 시인의 육성 CD가 담겨 있다. 생생함을 더하고자 시인의 자택 또는 작업실에서 녹음하였으므로 다른 소리가 함께 녹음되었을 수도 있다.

시

산문山門에 기대어

대숲 바람소리

대숲 바람 속에는 대숲 바람소리만 흐르는 게 아니라요
서느라운 모시옷 물맛 나는 한 사발의 냉수에 어리는
우리들의 맑디맑은 사랑

봉당 밑에 깔리는 대숲 바람소리 속에는
대숲 바람소리만 고여 흐르는 게 아니라요
대패랭이 끝에 까부는 오백 년 한숨, 삿갓머리에 후득이는
밤 쏘낙 빗물소리……

머리에 흰 수건 쓰고 죽창을 깎던, 간 큰 아이들, 황토 현을 넘어가던
징소리 꽹과리 소리들……

남도의 마을마다 질펀히 깔리는 대숲 바람소리 속에는
흰 연기 자욱한 모닥불 그을음 내, 몽당 빗자루도 개 터럭도 보리 숭년
도 땡볕도
얼개빗도 쇠그릇도 문둥이 장타령도
타는 내음……

아 창호지 문발 틈으로 스미는 남도의 대숲 바람소리 속에는
눈 그쳐 뜨는 새벽별의 푸른 숨소리, 청청한 청청한
댓이파리의 맑은 숨소리.

여승女僧

어느 해 봄날이던가, 밖에서는
살구꽃 그림자에 뿌여니 흙바람이 끼고
나는 하루 종일 방 안에 누워서 고뿔을 앓았다.
문을 열면 도진다 하여 손가락에 침을 발라가며
장지문에 구멍을 뚫어
토방 아래 고깔 쓴 여승이 서서 염불 외는 것을 내다보았다
그 고랑이 깊은 음색, 설움에 진 눈동자, 창백한 얼굴
나는 처음 황홀했던 마음을 무어라 표현할 순 없지만
우리 집 처마 끝에 걸린 그 수그린 낮달의 포름한 향내를
아직도 잊을 수가 없다
나는 너무 애지고 막막하여져서 사립을 벗어나
먼발치로 바리때*를 든 여승의 뒤를 따라 돌며
동구 밖까지 나섰다
여승은 네거리 큰 갈림길에 이르러서야 처음으로 뒤돌아보고
우는 듯 웃는 듯 얼굴상을 지었다
(도련님, 소승에겐 너무 과분한 적선입니다. 이젠 바람이 찹사운데 그만
들어가 보셔얍지요)
나는 무엇을 잘못하여 들킨 사람처럼 마주서서 합장을 하고
오던 길을 뒤돌아 뛰어오며 열에 흐들히 젖은 얼굴에
마구 흙바람이 일고 있음을 알았다.
그 뒤로 나는 여승이 우리들 손이 닿지 못하는 먼 절간 속에
산다는 것을 알았으며 이따금 꿈속에선

지금도 머릿잎 이슬을 털며 산길을 내려오는
여승을 만나곤 한다
나는 아직도 이 세상 모든 사물 앞에서 내 가슴이 그때처럼
순수하고 깨끗한 사랑으로 넘쳐흐르기를 기도하며
시를 쓴다.

---

* 바리때 : 절에서 쓰는 중의 공양 그릇.

산문山門에 기대어

누이야
가을산 그리메*에 빠진 눈썹 두어 낱을
지금도 살아서 보는가
정정淨淨한 눈물 돌로 눌러 죽이고
그 눈물 끝을 따라가면
즈믄[千] 밤의 강이 일어서던 것을
그 강물 깊이깊이 가라앉은 고뇌의 말씀들
돌로 살아서 반짝여오던 것을
더러는 물속에서 튀는 물고기같이
살아오던 것을
그리고 산다화 한 가지 꺾어 스스럼없이
건네이던 것을

누이야 지금도 살아서 보는가
가을산 그리메에 빠져 떠돌던, 그 눈썹 두어 낱을 기러기가
강물에 부리고 가는 것을
내 한 잔은 마시고 한 잔은 비워두고
더러는 잎새에 살아서 튀는 물방울같이
그렇게 만나는 것을

누이야 아는가
가을산 그리메에 빠져 떠돌던

44

눈썹 두어 낱이
지금 이 못물 속에 비쳐옴을.

---

* 그리메 : 그림자의 옛말.

부두로 가는 길목에서

꽃게 같은 잔등을 내리어 오늘도 나는 부두로 간다
밟으면 독사 등허리처럼 꾸물거리는 뱀장어처럼 꼬리는 바다에 묻혀 있는
간이 점포 유리창마다 비릿한 바람이 떨어지는
귀틀집 창을 넘어다보는 인형의 눈꺼풀 속으로도
물결은 들어와 길게 찰랑이는
그 눈썹 위에서도 갈매기가 원을 긋는
부두로 가는 길, 그 길 위에서
나는 오늘도 너를 생각한다
빨간 여권을 펼쳐든
외항外港에는 캐나다의 선박이
우리들의 항구를 압박하고 있다
트로이의 목마 같은 입을 벌린 기중기가
원목을 토해 내고 있다
통나무들은 항구의 길을 넘치고
어깨가 좁아 돌아서는 행인들
그 발길에까지 통나무들은 더 길을 메워서
우리들의 항구는 더욱 비탈지고 더욱 어두워져서
바다로 기울어진다
통나무를 보면 조국이여
너의 팔다리가 생각나고
통나무를 보면 조국이여

너의 허파가 생각나고
통나무를 보면 조국이여
이 원목 더미를 다 씹어 뱉고도 위가 튼튼한
저 선박 같은 캐나다를 생각한다.

춘향이 생각

앞산머리 자줏빛 구름 옥색빛이 섞갈려 휘돌더니
그 빛 연한 솔잎마다 그늘지는 소리
산봉우리들도 수런수런 잔기침을 놓아
보기 좋은 달 하나 해산解産하고
몸을 푼다

선한 눈, 코, 입, 짙은 숱 눈썹
처음 눈 맞춘 죄로
옥사 큰칼을 쓰고 창틀을
넘어다볼 줄이야!

진개내 앞 냇가에 개가 짖어
한밤 내 개가 짖어
은장도 날을 갈아

눈물에 띄운
달하

귀기 서린 앞산 그리메
밤부엉이 울어 쌌는데

구리 동전 녹슨 상평통보

몇 바리쯤 동헌 마루에 져다 부려야
이 몸 하나 평안하겠느냐? 평안하겠느냐?

지리산 뻐꾹새

여러 산봉우리에 여러 마리의 뻐꾸기가
울음 울어
떼로 울음 울어
석 석 삼년도 봄을 더 넘겨서야
나는 길 뜬 설움에 맛이 들고
그것이 실상은 한 마리의 뻐꾹새임을
알아냈다

지리산 하下
한 봉우리에 숨은 실제의 뻐꾹새가
한 울음을 토해 내면
뒷산 봉우리 받아넘기고
또 뒷산 봉우리 받아넘기고
그래서 여러 마리의 뻐꾹새로 울음 우는 것을
알았다.

지리산 중中
저 연연한 산봉우리들이 다 울고 나서
오래 남은 추스름 끝에
비로소 한 소리 없는 강이 열리는 것을 보았다.

섬진강 섬진강

그 힘센 물줄기가
하동 쪽 남해로 흘러들어
남해군도의 여러 작은 섬을 밀어 올리는 것을 보았다

봄 하룻날 그 눈물 다 슬리어서
지리산 하ϝ에서 울던 한 마리 뻐꾹새 울음이
이승의 서러운 맨 마지막 빛깔로 남아
이 세석細石 철쭉꽃밭을 다 태우는 것을 보았다.

등꽃 아래서

한껏 구름의 나들이가 보기 좋은 날
등나무 아래 기대어 서서 보면
가닥가닥 꼬여 넝쿨져 뻗는 것이
참 예사스러운 일이 아니다
철없이 주걱주걱 흐르던 눈물도 이제는
잘게 부서져서 구슬 같은 소리를 내고
슬픔에다 기쁨을 반반씩 버무린 색깔로
연등 날 지등紙燈의 불빛이 흔들리듯
내 가슴에 기쁨 같은 슬픔 같은 것의 물결이
반반씩 한꺼번에 녹아 흐르기 시작한 것은
평발 밑으로 처져 내린 등꽃송이를 보고 난
그 후부터다

밑뿌리야 절제 없이 뻗어 있겠지만
아랫도리의 두어 가닥 튼튼한 줄기가 꼬여
큰 둥치를 이루는 것을 보면
그렇다 너와 내가 자꾸 꼬여가는 그 속에서
좋은 꽃들은 피어나지 않겠느냐?

또 구름이 내 머리 위 평발을 밟고 가나 보다
그러면 어느 문갑 속에서 파란 옥빛 구슬
꺼내드는 은은한 소리가 들린다.

시골길 또는 술통

자전거 짐받이에서 술통들이 뛰고 있다
풀 비린내가 바퀴살을 돌린다
바퀴살이 술을 튀긴다
자갈들이 한 치씩 뛰어 술통을 넘는다
술통을 넘어 풀밭에 떨어진다
시골길이 술을 마신다
비틀거린다
저 주막집까지 뛰는 술통들의 즐거움
주모가 나와 섰다
술통들이 뛰어내린다
길이 치마 속으로 들어가 죽는다.

풍남리의 골목길

비非자로 뚫린 골목길을 한참 동안만 오르다 보면
아직도 한식 기와집이 납작납작
달이 뜨면 풍남리의 긴 골목길
은대님처럼 나풀거렸을 듯하다
방망이 소리 절로 흥겨웠을 듯하다

어디로 흘러들었을까 초봄의 햇살
맷방석만 한 꽃밭 친 자리
지금도 흙 묻은 아이들이 풀잎처럼 젖어
맑은 공깃돌을 놓고 있다

도투락댕기도 풀린 채
운동화 앞부리도 송송 구멍이 뚫린 채
그들보다 먼저 온 목련꽃도 한 두어 송이
어우러져 함께 정답다

그러고도 뉘네 사돈뻘쯤 되는 집인지
성큼 기왓장이 무너져 허물어진 담장머리
대청마루 끝 다듬잇돌이 놓이고
댓돌 위 약탕관 첩약도 뽀그르륵 끓어 넘치는지……
솔 솔 피는 초봄의 햇살

이런 날은 나고 죽도록 병病을 앓고 싶어진다.

풍남리의 긴 골목길

작은 불빛

괴로운 자의 불빛은
이렇게 잠들지 못하는구나
어디에서나 깨어 있으므로
저 창가에 작은 불빛 하나는
이렇게 아름답구나
오늘 더욱 어둠이 깊었으므로
살생의 칼을 쥔 자여
저 언덕바지 어둠 속에 뜬
작은 불빛 하나를 지켜보라
그대의 양심을 지르는 가장
정직한 한 사람이 백지 위에 칼 대신
붓으로 말을 달리는구나
한 장의 백지 위에서 타는 불꽃
펄럭이는 순수의 불송이
어떠한 물로도 저 작은 불빛은
꺼버릴 수 없구나
저것은 마지막 남은 우리들의
타오르는 불씨
양심을 지키는 소리이기에
저 작은 불빛 하나는
차마 죽일 수 없구나
지금 불빛을 물고 일어서는

한 마리 작은 벌레의 울음을 들어보라
어떤 목자의 설교보다
부드럽고 힘 있구나
깨어 있는 자의 불빛은
이렇게 잠들지 못하는구나.

토종범
— 광개토왕비碑

범 나려온다 송림의 좁은 길로 한 짐승이 나려온다
누에머리를 흔들흔들 두 귀는 죽죽 찢어지고
꼬리는 잔뜩 한 발 넘고 몸은 들숭날숭 동개 같은 뒷다리
전동 같은 앞다리 쇠 낫 같은 발톱으로 잔디 뿌리 왕모래 자르륵 헤치며……

본적은 백두산 산일번지山一番地란다
앞발로 장백산 정기를 무너뜨리고
단숨에 압록강 천리 물줄기를 뛰어넘어
북만주 넓은 벌을 질러 시베리아 우랄산맥까지 지쳐나가
백곰의 대갈통을 부수며 생피를 마시며
도대체 천하의 잡식을 하는 놈은 어느 걸신들린 비렁뱅이냐?
두 발로 기지개 켜며 늠름한 천성天性을 드러내는
누가 우리 토종범의 울음소릴 들어보았는가
순하게 눈발 개고 반도의 산허리에 아침 햇빛 올 때
물컹이는 쑥 내음 잔잔한 남해의 솔바람 소리 그리워
심호흡 한 번 끝에 이 숲 저 숲 다 털어내어
한겨울 태백산 사냥꾼들 잠을 깨워
잡식을 벌어 먹이는
누가 우리 토종범의 미덕을 지켜보았는가

어느 날은 노령산맥까지 지쳐나가 눈사태의 음향을 일으키며
눈에 쌍불 켜고 맷방석만 한 꽃밭을 치며

겨울바람에 바퀴 빠져 덜컹거리는 배들 펑야 한 번 굽어보고
터는 좋은데 터를 끌 사람 없어? 터를 끌 사람 없어?
숭시도 아닌데 에취 이거 어디서 오는 쉰 호박죽 내야?

어흥, 재채기 한 번 하고 뒷발굽 바람을 차며
단숨에 지리산턱 봉을 뛰어넘어 콧수염 한 번 추스르고
물컹이는 쑥 내음 남해의 솔바람 소리 마시고
일격에 백두산까지 지쳐나가는
누가 우리 토종범의 울음소릴 들어보았는가.

모시옷 한 벌

어머니 장롱 속에 두고 가신 모시옷 한 벌
삼복더위에 생각나는 모시옷 한 벌
내 작은 몸보다는 치수가 넉넉한 그 마음
거울 앞에 입고 서보면
나는 의젓한 한국의 선비
시원한 매미 울음소리까지 곁들이고 보면
난초 잎처럼 쏙 빠져나온 내 얼굴에서도
뚝 뚝 모시물이 떨어지지만
그러나 내 목젖을 타고 흐르는 클클한 향수
열새* 바디집**을 딸각딸각 때리며
드나들던 북소리
가는 모시올 구멍으로 새나고
살강 밑에 떨어진 놋젓가락 그분의 모습은
기억 밖에 멀지만
번갯불과 소나기를 건너온 젖은
도롱이의 빗물들
등 구부린 어머니의 핏물이 떠 있다
아 어머니의 손톱 으깨어진 땀 냄새 피 냄새
태모시*** 훑다 깨진 손톱
올 어머니 손톱
밤하늘 기러기가 등불을 차 넘기면서
뿌려놓은 한숨 같은

열새베 가는 올의
모시옷 한 벌.

---

* 열새 : 열 새베. 고운 베.
** 바디집 : 피륙의 올을 굵기대로 고정시키는 베틀 기구.
*** 태모시 : 피모시를 올로 연결할 수 있도록 태머리 쪽을 지어둔 모시타래.

자수刺繡

어머님 한 땀씩 놓아가는 수틀 속에선
밤새도록 오동나무 한 그루가 자라고 있다
매운 선비 군자란 싹을 내듯
어느새 오동꽃도 시벙글었다
태사太史신과 꽃신이 달빛을 퍼내는 북전계하
말없이 잠든 초당 한 채
그늘을 친 오동꽃 맑은 향 속에
누가 당음唐音을 소리 내어 읽고 있다
그려낸 먹 붓 폄을 치듯
고운 색실 먹여 아귀 틀면
어머님 한삼 소매 끝에 지는 눈물
오동잎새에 막 달이 어린다
한 잎새 미끄러뜨리면 한 잎새 받아 올리고
한 잎새 미끄러뜨리면 한 잎새 받아 올리고
스르릉스르릉 달도 거문고 소리 낸다
어머님 치마폭엔 한밤 내 수북이 오동꽃만 쌓이고…….

적막한 바닷가

더러는 비워놓고 살 일이다
하루에 한 번씩
저 뻘밭이 갯물을 비우듯이
더러는 그리워하며 살 일이다
하루에 한 번씩
저 뻘밭이 밀물을 쳐 보내듯이
갈밭머리 해 어스름 녘
마른 물꼬를 치려는지 돌아갈 줄 모르는
한 마리 해오라기처럼
먼 산 바래 서서
아, 우리들의 적막한 마음도
그리움으로 빛날 때까지는
또는 바삐 바삐 서녘 하늘을 깨워가는
갈바람 소리에
우리 으스러지도록 온몸을 태우며
마지막 이 바닷가에서
캄캄하게 저물 일이다.

아그라 마을에 가서 *

우리의 신神은 콩꽃 속에 숨어 있고
듬뿍 떠놓은 오동나무 잎사귀
들밥 속에 있고
냉수 사발 맑은 물속에 숨어 있고
형벌처럼 타오르는 황토밭길 잔등에 있다
바랭이풀 지심을 매는 어머니 호미 끝에
쩌렁쩌렁 울리는 땅
얼마나 감격스럽고 눈물나는 것이냐

캄캄한 숲 너머
모닥불 빛 젖어 내리는 서북항로
아그라, 아그라 마을에 가서 비로소 생각키는
내 사는 조그만 마을
왔다메!
문둥아 내 문둥아 니 참말로 왔구마
그 말 듣기 좋아
그 말 너무 서러워
아 가만히 불러보는 어머니

솥단지 안에 내 밥그릇 국그릇
아직 식지 않고
처마 끝 어둠 속에 등불을 고이시는 손

그 손끝에 나의 신神은 숨쉬고
허옇게 벗겨진 맨드라미
까치 대가리
장독대 위에 내리는 이슬
정화수 새로 짓고
나의 신神은 늙고 태어나고
새 새끼처럼 조잘댄다.

---

* 이 시는 1982년 인도네시아 수마트라 정글 속에 있는 아그라 마을에 가서 쓴 시임.

도라지꽃

—조선삐

도라지 도라지
심심산천에 백도라지
풋보리밥 한술 된장국 말아먹고
지름댕기 팔랑팔랑
올해 네 나이 몇 살이더냐

도래샘*도 띠앗집**도 다 버리고
눈 오는 날 주재소 앞마당 전남 반***으로
너는 열여섯 정신대 머릿수건을 쓰고
고목나무 뒤에 붙어 참매미처럼 희게 울더니

오키나와 테니안 라바울 사이판
그 어디쯤 흘러가
한 초롱 여름산 더윗술을 걸러주며
여적 그 섬 기슭 혼자 폈느냐

내 어려선 막내고모 같던 종鐘꽃

도라지 너를 보면
삼한三韓 적 맑은 하늘

이슬 내리는 소리
호궁胡弓 소리.

<hr/>

* 도래샘 : 돌아서 흐르는 샘물.
** 띠앗집 : 띠를 얽어 만든 집.
*** 전남 반 : 전라남도의 반.

자서전自敍傳

연산군燕山君 때라던가 파발 말을 놓는 역驛이 생겼대서
내 고향 속성俗姓은 역둘리
보성만을 굽어보며 우뚝 솟은 매봉 꼭대기
봉수대烽燧臺가 허물어진 그 골짜기에는
우리 윗대 선친先親 한 분 잠들어 계시다
한양이라 시구문 밖 소문난 망나니로 씽씽 칼바람을
내며 가셨다 하니
그 무덤 속엔 당대에서도 잘 들던 칼 몇 자루
녹슬어 있지 않았을까

어느 해 한식날이던가 성묘 길에서 아버님은
나를 인도하시고, 그 무덤을 비껴가며
족보에도 없는 무덤이니라 힘주어 말씀하시었으니
창망히 저무는 수평선을 바라보시던 뜻은……

노상 그것이 한이 되지 않았을까
산밭뙈기 다 팔아 내 학비를 대어주시던 아버지
글 쓰는 일을 진사進士 벼슬쯤으로 생각하지 않았을까
그러나 나중에 내 시詩 쓰는 일이 개똥보다
품계가 낮아 약에도 못 쓴다는 사실을 알았을 때
망나니 새끼보다 못한 새끼라고 욕을 퍼부으며
우시던 아버지

또 어느 날은 술에 취하시어 네 선친先親께서는
모가지를 흘리고 다니시다가 칼에 힘이 빠지면
칼잡이의 긍지도 버리고 도모지途貌紙 *를 씌우기도 했느니라
방바닥을 치며 우시던 아버지
천주학장이 목을 칠 때
굴비 두름 엮듯 한 두름씩 두 두름씩 엮어 달고
도모지로 얼굴을 씌워 물을 뿌리면 벽돌이 마르듯
잘 마르더라는, 더러는 외통수를 보는 놈도 있어
뒷구멍으로 금은 팔찌를 대어오는 녀석들에겐
고양이 울음소리를 증표로도 삼았더라는
때로는 그 선친先親을 부러워하시면서까지……

그러지 않았을까 이 볼펜이 칼이 될 수만 있다면
이 원고지 한 장이 도모지만 될 수 있다면
우리 선친先親 소문난 칼솜씨 칠월 장마에
풋모과 떨구듯
나도 한평생 뎅겅뎅겅 모가지나 흘리며
살다 가지 않았을까.

---

* 도모지途貌紙 : 대원군 때 망나니들이 천주교도들의 목을 치다가 고되면 얼굴에 백지장을 씌우고 물을 뿌려 질식하게 했던, 그때 사용했던 종이를 말함.

독을 보며 1

햇빛 속에 시무룩하고 무뚝뚝한 게
맏며느리도 그 독들을 닮아서일까

수더분하고 그저 고만고만한 독들이
도시 한복판의 엘리베이터를 타고
줄을 이어 오른다

넘세스러운* 저 근성根性이라니……

독들을 보고 섰노라면
그 집 과년한 둘째 도령이 있느냐고
묻고 싶어진다
내 사랑하는 딸년 하나도
선뜻 내어주고 싶어진다.

---

* 넘세스러운 : 남우세스러운.

우리들의 사랑 노래

남풍 불어 미루나무 밭 물 푸는 소리 나거든
직녀여, 그대 산 아래 오두막 짓고
그 미루나무 가지들 몸을 굽혀 북쪽 산마루에까지
허옇게 허옇게 속잎새 날려오는 날
나는 그곳에 초막을 짓세
하늘 두고 맹세한 우리들의 사랑……
철따라 부는 남풍과 북풍
남풍에 미루나무 속잎새들 몸을 굽혀 오거든
그대 오는 걸음새 내 마중 나가고
북풍에 미루나무 겉잎새들 팔팔거리며
남쪽으로 몸을 굽혀 가거든
직녀여, 그대 내 발걸음 마중 나오게
하늘 두고 맹세한 우리들의 사랑…….

죽부인竹夫人

나의 소싯적 어느 날이던가
집 안엔 먹물 같은 정적의 고요 가득하였다
마당에선 지네발로 크던 감나무 그림자가 자꾸 졸아들고
가위눌려 잠을 깨면 나는 오금을 펴지 못하였다
어머니 젖꼭지를 문 채 잠들다 서답돌 귀퉁이에 반달 같은
서러운 꿈을 묻었나 보다
무서움에 한참을 떨며 발목까지 오줌은 흘러가고
사랑채의 쪽문을 열고 가면
할아버지는 노상 대청마루에서
베개 삼아 죽부인을 끼고 누워 아까 내가 꾸다 둔 그
서운한 꿈속에
젖고 있었다
죽부인의 가슴팍을 더듬으며 참 어중간한
손장난을 하고 있었다
나는 그 뙤약볕 정적 속에서 키들키들
웃지 않을 수가 없었는데
지금 생각하니, 사람이 아무리 철들고
논어 맹자를 읽어가도
그 무엇을 더듬는 은근한 손버릇 하나는
긴 봄날에 한 사발 냉수에 목을 축이듯
또는 서귀포에 와서 내가 귤 하나를
덕지덕지 손때 묻혀

영 놓지 못하고 가듯이

······평생을 참 그럴 거라는 것이다.

며느리밥풀꽃

날씨 보러 뜰에 내려
그 햇빛 너무 좋아 생각나는
산부추, 개망초, 우슬꽃, 만병초, 둥근범꼬리, 씬냉이, 돌나물꽃
이런 풀꽃들로만 꽉 채워진
소군산열도小群山列島, 안마도鞍馬島 지나
물길 백 리 저 송이섬에 갈까

그 중에서도 우리 설움
뼛 물까지 녹아 흘러
밟으면 으스러지는 꽃
이 세상 끝이 와도 끝내는
주저앉은 우리를 다시 일으켜 세우는 꽃
울 엄니 나를 잉태할 적 입덧 나고
씨엄니* 눈 돌려 흰 쌀밥 한 숟갈 들통 나
살강 밑에 떨어진 밥알 두 알
혀끝에 감춘 밥알 두 알
몰래몰래 울음 훔쳐 먹고 그 울음도 지쳐
추스름 끝에 피는 꽃
며느리밥풀꽃

햇빛 기진하면은 혀 빼물고
지금도 그 바위섬 그늘에 피었느니라.

* 씨엄니 : 시어머니의 전라도 방언.

다산초당茶山草堂에서

가야금은 어디 손구락으로만 울린다더냐
엄지발구락으로도 삐걱대는 대청마루
벽에 걸어둔 까치선을 내리기엔
아직 철이 이른가 보다
여기는 구강포의 귤동 마을 다산초당茶山草堂
고현古賢이 갔던 어진 선비의 길을 따라
내 마음도 천이랑 만이랑 연초록 물굽이 실려왔다
유월의 송홧가루 날리는 뿌연 바닷길 따라왔다
오늘은 다소곳이 엎디어 받는 설록차 한잔
어디 전생의 미륵불이 따로 있다더냐
나도 반쯤은 등 굽은 어깨의 선
겨드랑이 간질거리며 솔바람 절로 인다
이 빠진 찻잔에 산뻐꾸기 울음 실실이 넘쳐
피 뱉듯 피 뱉듯 뜰 앞에 영산홍은 불이 탄다.

매향비埋香碑

천 년 세월이 가고 또
천 년 세월이 저물어도 썩지 않고
다시 살아서 돌아오는 것이 있다
몸도 향기도 물에 젖어서 고스란히
돌아오는 것이 있다
누가 이르기를 땅속에 묻지 말고
물속에 묻어라
참귀목 하나가 우물 깊숙이 묻혀서
불타고 남은 진신사리眞身舍利
침향沈香이여, 침향이여
고요한 시간에 손을 씻고
극락강에 지는 노을 보며 찻잔을 들면
노을도 그새 삼십 년인가 사십 년인가
저 노을도 지고 나면 이 세상 무엇이 남는가
우리 육신 꽃이 되는가 별이 되는가
날로 떡갈나무 잎새들 그림자 엷어가니
타는 듯 끓는 절벽 위에
영혼의 불 켜고 앉아
나는 한밤중 홀로 비비새 되어 운다.

겨울산

이 겨울에 우리는 기도할 것이 너무나 많음을 안다
추악함과 아름다움의 개념에 대하여 원천부정과 원천봉쇄에 대하여
그 근성이 타성으로 굳어져 있음에 대하여
반성할 것이 너무나 많음을 안다
이 땅의 교조적인 삶에 대하여……
선암사에서 송광사로 넘어가는 조계산의 몇 번째 등서리에
이렇게 자작나무숲과 삼나무 숲들은 펼쳐져 있다
우리는 그 울창한 숲의 경계선을 걸어 나가면서 이야기한다
선거가 끝난 후의 지역감정에 대하여 나는 정관수술을 할지도
모른다는 생각을 한다
이따금 삼나무 숲 우듬지에서 힘겨운 눈 뭉치가 떨어지는 소리를 들으
면서
나는 자궁봉쇄를 해야 할지도 모른다는 생각을 한다
설해목이 넘어지는 것을 보면서 빨간 목댕기를 두른 산 꿩이 숲 위로
치솟는 것이 보인다
그 원시림의 굉음에 짓눌려 헐벗은 자작나무숲이 흔들리고
허리통이 굵은 삼나무들도 푸들거리는 것이 보인다
저것들이 이 세상 가장 신성불가침의 집이 되고 안락의자가 되고……
그리고 보니 나는 경계선 바깥의 이쪽 자작나무숲에 대하여는
아직 이야기하지 않은 셈이다
이 세상 어디에서도 보이지 않던 그 낯선 정직성에 대하여는
아직 이야기하지 않은 셈이다

빼 마른 자작나무 숲들의 끌텅이*와 옹이 진 삶에 대하여
결국 낱낱의 하나이면서 전체가 이루어내는 그 비정한 삶에 대하여
이야기한 셈이다
자작나무숲과 삼나무 숲의 경계선을 걸어 나가면서.

---

* 끌텅이 : 나무를 베고 난 그루터기.

우리나라의 숲과 새들

나는 사랑합니다 우리나라의 숲을, 늪 속에 가라앉은 숲이 아니라
맑은 신운神韻이 도는 계곡의 숲을, 사계절이 분명한 그 숲을
철새 가면 철새 오고 그보다 숲을 뭉개고 사는 그 텃새를
더 사랑합니다, 까치가 울면 반가운 손님이 오신다든가 뱁새가
작아도 알만 잘 낳는다든가 하는 그 숲에서 생겨난 숲의
요정의 말까지를 사랑합니다

나는 사랑합니다, 소쩍새가 소쩍소쩍 울면 흉년이 온다든가
솔짝솔짝 울면 솥 작다든가 하는 그 흉년과 풍년 사이
온도계의 눈금 같은 말까지를, 다 우리들의 타고난 운명을 극복하는
말로다 사랑합니다, 술이 깬 아침은 맑은 국물에 동동 떠오르는
동치미에서 싹둑싹둑 도마질하는 아내의 흰 손이 보입니다, 그 흰 손이
우리나라 무덤을 이루고, 동치미 국물 속에선 바야흐로 쑥독쑥독
쑥독새*가 우는 아침입니다

나는 사랑합니다, 햇솜 같은 구름도 이 봄날 아침 숲길에서
생겨나고, 가을이면 갈꽃처럼 쓸립니다, 그보다는 광릉 같은 데,
먼 숲길쯤 나가보면 하얗게 죽은 나무들을 목관악기처럼 두들기는
딱따구리 저 혼자 즐겁습니다

나는 사랑합니다, 텃새, 잡새, 들새, 산새 살아 넘치는
우리나라의 숲을, 그 숲을 베개 삼아 찌르륵 울다 만 찌르레기새도

우리 설움 밥투정하는 막내딸년 선잠 속 딸꾹질로 떠오르고
밤새도록 물레를 감는 삐거덕, 삐거덕, 물레새 울음 구슬픈
우리나라의 숲길을 더욱 사랑합니다.

---

* 쑥독새 : 표준어는 쏙독새임.

봄

언제나 내 꿈꾸는 봄은
서문리 네거리
그 비각거리 한 귀퉁이에서 철판을 두들기는
대장간의 즐거운 망치 소리 속에
숨어 있다

무싯날*에도 마부들이 줄을 이었다
말은 길마 벗고 마부는 굽을 쳐들고
대장간 영감은 말발굽에 편자를 붙여가며
못을 쳐댔다

말은 네 굽 땅에 박고
하늘 높이 갈기를 흔들며 울었다
그 화덕에서 어두운 하늘에 퍼붓던 불꽃
그 시절 빛났던 우리들의 연애와 추수와 노동

지금도 그 골짜기의 깊은 숲
캄캄한 못물 속을 들여다보면
처릉처릉 울릴 듯한
겨울산 뻐꾸기 소리……

집집마다 고드름 발은 풀어지고

새로 짓는 낙숫물 소리
산들은 느리게 트림을 하며 깨어나서
봉황산 기슭에 먼저 봄이 왔다.

---

* 무싯날 : 정기적으로 장이 서는 곳에서, 장이 서지 않는 날.

정적靜寂

절 문門 밖에는 언제나 별들이 싱그러운 포도밭을 이루고 있었다.
빗장을 풀어놓은 낡은 절간 문門 위에는 밤새도록 걸어온 달이
한 나그네처럼 기웃거리며 포도를 따고 있었다
먹물처럼 떨어진 산봉우리들이 담비 떼들 같이 떠들며 모여들고
따다 흘린 포도 몇 알이 주르륵
산창山窓을 흘러가다 구슬 깨지는 소리를 내고 있었다.

정情

아이들이 크는 동안은 다 이렇듯 귀여운 것인가
꽃밭 하나를 차지하고 꽃을 가꾸는 아이들을 보면
더욱 그렇다
그들이 피워낸 꽃이 비록 작은
분꽃이나 나팔꽃일지라도

내 딸아이도 꽃밭 하나를 가지고 있다
무엇이 마음에 차지 않을 때에는
일부러 개 울음소리를 흉내 낸다
아빠가 성난 얼굴을 하면
월, 월, 월, 혀를 내둘러놓고는
냅다 뛴다

냅다 뛴 자리, 가만히 쫓아가 발을 딛고 서보면
그 애의 꽃밭에서 흘러온 듯한 나팔꽃 분꽃 내음새가
온통 개 오줌으로 엎질러져서 가슴을 적신다

오늘 아침은 그 애 먼저 꽃밭에 나가 물을 주었다
바지랑대를 타고 오른 나팔꽃 몇 송이가 푸르디푸른
종소리를 내고
분꽃 속에서 까맣게 토라져 나온 꽃술이
월, 월, 월, 개 울음소리를 내었다
까닭도 없는 슬픔이 향기로 남아서.

추석 성묘

추석에는 교외선을 타자
자갈들이 일어서서 우는 이 나라의 시골길을
초가지붕의 돌담길과 깨진 비석을
미루나무가 서 있는 냇가, 서낭당
버려진 무덤을 찾아서

추석에는 교외선을 타자
힘 있게 흐르는 강물이 천리강산을 달려와서
몇 평의 모래밭을 만드는 것을
산에 마음 주며 네 자랐던 곳
서울서 기차를 타고 여섯 시간
하늘 가까이 내려오다 멈춘 동네
백로의 날갯짓과도 같고 웅덩이의 잔물결과도 같은
우리 조상님네의 숨결이 어려 있는 땅

추석에는 교외선을 타자
황토와 자갈과 그리고 말 오줌 내 엎질러져
이따금 하얀 질경꽃들이 피어 흔들리는 길
시든 나뭇잎 떨어지는 울음 같고
그늘진 골짜기와도 같은 그러한
적요함을 찾아서

추석에는 교외선을 타자
천년을 그렇게 살아온 나의 할아버지와
할머니의 뒷모습……
우리들의 흙 속에 바람 속에 묻혀 있는
그윽한 숨결을 찾아서

추석에는 교외선을 타자
남 끝동 저고리 옥색치마의 한 주름에도
서러운 이 나라의 역사와 한숨이
배인 여인아

너와 나는 이슬 묻은 어느 산자락 항아리처럼 누워서
조상님네의 숨결을 타고
가을볕 아래 질펀히 흘러가는
저 모래톱이며 강물을 보자

추석에는 우리 다 함께 교외선을 타자
저 허공 위에 빗장고름 펄펄 날리며
도라지 풀초롱꽃 더윗술을 걸러 마시고
어느 여울물에 손발을 씻자
손발을 씻어 새 힘으로 뭉쳐서 돌아오자.

전설傳說

바닷가 오두막집에 늙은 양주 내외 살았다
옛날에 할멈은 풀무잡이 윙윙 바람을 불고
옛날에 영감은 망치잡이 쉬지 않고 불꽃을 쳤다
낮과 밤을 이어 끝없는 노동이 시작되고
마을 사람들이 그 앞을 지날 때
타는 불 보고 불 같은 아이를 낳고 싶었다
먼 데 있는 도시의 집들을 꿈꾸고
망치야 날아라 망치야 날아라
새들처럼 가볍게 떠가는 꿈을 꾸었다
폭풍이 치고 온 산과 들 바다에 쿠렁쿠렁
망치 소리 울릴 때

길 잃은 배들이 망가진 닻을 풀고
고개 너머 마을 사람들이 연장과 도구를 찾아갔다
할멈은 풀무잡이 윙윙 바람을 불고
영감은 모루 위에서 쇠 집게로 물통 속에 불을 던졌다
물과 불이 만나 싸늘하게 식은 쇳덩이를 토해 내고
이제 우리는 알았다
그것들이 맹수처럼 덤벼들어서
어떻게 우리를 사냥하고 물어뜯는가를.

오 월의 사랑

누이야 너는 그렇게는 생각되지 않는가
오 월의 저 밝은 산색이 청자를 만들고 백자를 만들고
저 나직한 능선들이 그 항아리의 부드러운 선들을 만들었다고는
생각되지 않는가
그렇다면 누이야 너 또한 사랑하지 않을 것인가
네 사는 마을 저 떠도는 흰 구름들과 앞산을 깨우는
신록들의 연한 빛과 밝은 빛 하나로 넘쳐흐르는 강물을
너 또한 사랑하지 않을 것인가
푸른 새매 한 마리가 하늘 속을 곤두박질하며 지우는
이 소리 없는 선들을, 환한 대낮의 정적 속에
물밀듯 터져오는 이 화냥기 같은 사랑을
그러한 날 누이야, 수틀 속에 헛발을 디뎌
치맛말*을 풀어 흘린 춘향이의 열두 시름 간장이
우리네 산에 들에 언덕에 있음직한 그 풀꽃 같은 사랑 이야기가
절로는 신들린 가락으로 넘쳐흐르지 않겠는가
저 월매의 기와집 네 추녀 끝이 허공에 나뜨는 날.

---

* 치맛말 : 치마허리.

우리나라 풀 이름 외기

봄날에 날풀들 돋아오니 눈물난다
쇠뜨기풀 진드기풀 말똥가리풀 여우각시풀 들
이 나라에 참으로 풀들의 이름은 많다
쑥부쟁이 엉겅퀴 달개비 개망초 냉이 족두리꽃
물곳이 앉은뱅이 도둑놈각시풀 들
조선총독부 식물도감을 펼치니
구황식救荒食의 풀들만도 백오십여 가지다
쌀 일천만 섬을 긁어가도 끄떡없는 민족이라고
그것이 고려인의 기질이라고
나까이*가 서문에서 점잖게 게다짝**을 끌고 나온다
나는 실제로 어렸을 때 보리등겨에 토면土麵국수를 말아 먹고
복어처럼 배를 내밀고 죽은 늙은이를
마을 앞 당각에 내다버린 것을 본 일이 있었다.
햄이나 치즈 버터나 인스턴트식품이면
뭐나 줄줄이 외워대는 어린놈에게
어서 방학이 왔으면 싶다
우리 어머니는 아버지를 위해 센인바리[千人針]***를 받으러
이 마을 저 마을 떠돌았듯이
나 또한 이 나라 산천을 떠돌며
어린것의 식물 표본을 도와주고 싶다
쇠똥가리풀 진드기풀 말똥가리풀 여우각시풀 들
이 나라에 참으로 풀들의 이름은 많다

쑥부쟁이 엉겅퀴 달개비 개망초 냉이 족두리꽃
물곷이 앉은뱅이 도둑놈각시풀 들.

---

* 나까이 : 조선총독부 관변학자로 도쿄대 교수였으며 《조선식물도감》의 편찬자.

** 게다짝 : 일본 사람들이 신는 나막신.

*** 센인바리[千人針] : 일제 식민시대 징병이나 징용에 끌려갈 때 우리 어머니들이 천 사람의 바늘땀을 놓은
베 조각을 지니고 가면 살아서 돌아온다고 믿었던 부적 같은 것.

정든 땅 정든 언덕 위에

낯선 곳 낯선 풍경을 지치도록 달리다 보면
예 살던 징검돌 하나라도 이리도 마음에 맺히는 거
물방아는 처릉처릉 하얀 물잎새를 쳐내고
달맞이꽃이 환한 밤길엔
솔솔 어디선가 박가분 냄새가 코를 미었다
나는 지금 남부 이탈리아 롬바르디아 평원을 달리며
이 평원을 다 준다 해도
내 편히 쉴 곳 없음을 안다
베르디가 노래한 아침 태양도
내 가슴을 적셔 내리진 못한다
어디에선가 거대한 성곽에서 종이 울리고
진군의 나팔소리 따라
천국이 하늘 위에 있다고 일러주지만
아무래도 내 깃들일 수 있는 곳은
이 대평원이 아니라 대숲 마을을 빠져나온 저녁연기들이
낮게 낮게 깔리는 그러한 들판이었다
시냇물이 좔좔 흐르고 몇 개의 징검돌이 놓이고
벌떡벌떡 살아 뜀뛰는 어린 날처럼
물방개라도 만나보고 싶은 곳이다
이틀이나 사흘쯤 낯선 곳 낯선 풍경을 달리다 보면
이리도 흙 냄새 그리운 거
징검돌 하나라도 이리 마음속에 떠오르는 거

아아 문둥이 장돌뱅이처럼 내 가슴에 닳아지는 얼굴들
지금쯤 흙담집 앞 뒤란을 캄캄하게 겨울눈이 내리고
햇빛이 맑은 아침나절은 앞마당
참새 발자국도 깝죽거리겠다
구석진 골목길 왕거무*가 집을 짓다 말고
따뜻이 등을 기대이겠다
멀리 보리밭 들판을 청둥오리 떼 날아 내리고
보리 싹 밀 싹 파먹느라
또 남녘 벌 끝 시끄럽겠다.

* 왕거무 : 왕거미의 방언.

한국의 강江

강물은 뿌리로 보면 한 그루 나무와 같다
돌무지에서도 어린 느티나무 싹이 자라듯
처음엔 가느다란 가느다란 풀무치 울음소리가
들린다. 그것이 귀뚜리 울음처럼 잎을 달고 제 날기뼈*를 쳐서
저 깊은 골짝으로 막 밀어낼 때는, 가지는 휘늘어져
검은 구렁이처럼 운다. 이제는 융융하다 소리가 없다.
그러나 잘 들어보면 한밤중 그것들은 저 벌판,
늑대들처럼 몰려서서 짖는다 어떤 창이 와도 이 옆구리
찌를 수 없고 어떤 대포알이 와도 이 심장 죽일 수 없다

강물은 뿌리로 보면 한 그루 나무와 같다
창창한 어린잎을 달고서는 계룡산 연봉을 보며
우쭐거리던 처녀시설—부여扶餘, 참 좋은 숲 하나를 이루었다
백마를 타고 강폭을 미끄러지던 범선의 돛대를 향하여
화살을 날리는 꿈 같던 백제의 청년은 죽었다
시들해지고 그 후 밑뿌리까지 다 보일 듯하더니
강경에 이르러 장꾼들의 멸치젓 새우젓 어리굴젓 독에서도
왁자지껄 진딧물 같은 물벼룩들이 툭 툭 떨어진다

강물은 뿌리로 보면 한 그루 나무와 같다.
그것들은 모이고 모여 밑동까지 꺼매진** 채 숲을 이루며
어깨와 팔다리의 근육을 우그려뜨려서는 금산사의 미륵보살

흰 눈썹에도 어진 손 없고 지나는 것을, 그러고도
논산 제2훈련소 앞을 서서남으로 비스듬히 에두르고
휘두르다가는 이제는 그 숲 속에서 깨진 꿈이고
무엇이고 탁류에 얼려 이제는 더 어쩔 수 없이
전라도 사투리가 열매들처럼 툭 툭 붉어진다

아, 저 보아라 저무는 강둑 착한, 젖먹이 소를
앞세우고 가는 농부의 뒷모습, 서해 짠 물속에
머리를 처박고 들어가 이제는 멸치 떼고
새우 떼고 마구 퍼 올리는 한국의 강을, 저
이끼 슨 관촉사의 저녁 종소리가 들릴 때까지 그러고도
이 벌판 가득 떠오르는 저 찬란한 별들을.

---

* 날기뼈 : 날개뼈.
** 꺼매진 : '까맣다'의 전라도 방언.

해오라기 한 마리

저무는 세상의 물가에 내려 눈 흘깃
너를 만나본다
북한강 상류나 임진강 하류쯤
어슬어슬 땅거미 껴들고
낙산 고개 우리 셋집 서너 평짜리 안마당에서
저녁 시장기나 면해 보려고
둘째 놈이 나와 늘 자를 치며 놀 듯
오늘은 저무는 세상의 물가에 내려 눈 흘깃
너를 만나본다
찬 모래에 발을 들고 서서 한 땀씩 한 땀씩
깨금발로 땅을 재어가는
너는 어느 눈먼 단군의 후예일라
자갈치 시장의 비린내나 맡아보려고
한 달포쯤 길을 뜬
나는 착하게 살고 싶어요 죽지 않아요
외줄로 써서 갈긴 동생의 뜨거운 목소리처럼
눈뜨고는 이 시대의 한복판을
지나갈 수가 없다
해 어스름 물 밑에서도 얼음조각이 되어 일어서는
몇 개의 흐린 삶 외줄의 저 흐린 발자국
저무는 세상의 물가에 내려 눈 흘깃
오늘은 너를 만나본다.

나팔꽃

바지랑대* 끝 더는 꼬일 것이 없어서 끝이다 끝 하고
다음날 아침에 나가보면 나팔꽃 줄기는 허공에 두 뼘은 더 자라서
꼬여 있는 것이다. 움직이는 것은 아침 구름 두어 점, 이슬 몇 방울
더 움직이는 바지랑대는 없을 것이었다
그런데도 다음날 아침에 나가보면 덩굴손까지 흘러나와
허공을 감아쥐고 바지랑대를 찾고 있는 것이다
이젠 포기하고 되돌아올 때도 되었거니 하고
다음날 아침에 나가보면 가냘픈 줄기에 두세 개의 종까지 매어 달고는
아침 하늘에다 은은한 종소리를 퍼내고 있는 것이다
이젠 더 꼬일 것이 없다 없다고 생각되었을 때
우리의 아픔도 더 한 번 길게 꼬여서 푸른 종소리는 나는 법일까.

* 바지랑대 : 빨랫줄을 받치는 장대.

등잔燈盞

무엇이냐, 아직도
우리들의 가슴속에 고여 뜨거운 핏줄을 밝히는 것은
양반 귀족들의 품에서 놀아난 상감백자가 아니라
맑은 물속에서 배를 뒤집는 잉어들의 무아경이 아니라
어느 천민의 손에서 흘러온 민짜로 된 사기등잔 하나

나는 십장생의 무늬가 아니라도 좋아라
육간六間 대청마루에 뜨는 불빛이 아니라도 좋아라

눈감으면 한밤 내 은하수가 꼬리를 치며 흘러가고
풀섶에선가 가늘게 가늘게 은종銀鐘이 울려 퍼지는 벌판
저 강 건너 주막집에 뜨는 불빛
주먹 같은 불빛 하나
눈보라 속에 갇혀서 남한산성으로도 뛰고
강화로도 뛰고 의주로도 뛰는
어둑한 산하

무엇이냐, 호적胡敵들의 꽹과리 속에서
무너져오는 저 불빛은
짚신감발에 대패랭이를 쓴 놈들이 죽창을 들고
무에라 떠들며 오는 소리
운봉새재 아흔아홉 굽이에도 실리고

무엇이냐,
소리도 없이 밤하늘에 잠든 기旗처럼
우리들의 가슴속에 고여 뜨거운 핏줄을 밝히는 것은
이 상놈의 피는.

꿈꾸는 섬

말없이 꿈꾸는 두 개의
섬은 즐거워라

내 어린 날은 한 소녀가 지나다니던 길목에
그 소녀가 흘려 내리던 눈웃음결 때문에
길섶의 잔풀꽃들도 모두 걸어 나와
길을 밝히더니

그 눈웃음결에 밀리어 나는 끝내 눈병이 올라
콩알만 한 다래끼를 달고 외눈끔적이로도
길바닥의 돌멩이 하나도 차지 않고
잘도 지내왔더니

말없이 꿈꾸는 두 개의
섬은 슬퍼라

우리 둘이 지나다니던 그 길목
조그만 돌 밑에
다래끼에 젖은 눈썹 둘, **빼어** 눌러놓고
그 소녀 돌에 발부리를 채어
그 눈구멍에도 다래끼가 들기를 바랐더니

이승에선 누가 그 몹쓸 돌멩이를
차고 갔는지 눈썹 둘은 비바람에 휘몰려
두 개의 섬으로 앉았으니

말없이 꿈꾸는 저 두 개의
섬은 즐거워라.

※ 필자의 고향에는 눈에 다래끼가 나면 눈썹 두 개를 빼어 행인이 오가는 길의 돌 밑에 묻어놓으면 지나가던
사람이 차게 되고 그 돌을 찬 사람에게 다래끼가 옮게 되어 처음 다래끼가 난 사람은 낫게 된다는 민간요법이
있다. 이 시는 필자가 중학 시절 한 소녀를 사랑했는데, 20리 길을 통학하면서 다래끼 난 것이 부끄러워 마음
졸였던 기억을 담고 있다.

※ 이 시는 제2시집 《꿈꾸는 섬》(문학과지성사)의 표제시다.

미루나무 끝

미루나무 끝 바람들이 그런다
이 세상 질펀한 노름판은 어데 있더냐
네가 깜박 취해 깨어나지 못할
그런 웃음판은 어데 있더냐
미루나무 끝 바람들이 그런다
네가 걸어온 길은 삶도 사랑도 자유도
고독한 쓸개들뿐이 아니었더냐고
미루나무 끝 바람들이 그런다
믿음도 맹서도 저 길바닥에 잠시 뉘어놓고
이리 와봐 이리 와봐
미루나무 끝 바람들이 그런다
흰 배때아리*를 뒤채는 속잎새들이나 널어놓고
낯간지러운 서정시로 흥타령이나 읊으며
우리들처럼 어깨춤이나 추며 깨끼춤이나 추며
이 강산 좋은 한철을 너는 무심히 지나갈 거냐고
미루나무 끝 바람들이 그런다.

---

* 배때아리 : '배' 의 전라도 방언.

석남꽃 꺾어

무슨 죄 있기에 오가다
네 사는 집 불빛 창에 젖어
발이 멈출 때 있었나니
바람에 지는 아픈 꽃잎에도
네 모습 어릴 때 있었나니

늦은 밤 젖은 행주를 칠 때
찬그릇 마주칠 때 그 불빛 속
스푼들 딸그락거릴 때
딸그락거릴 때
행여 돌아서서 너도 몰래
눈물 글썽인 적 있었을까

우리 꽃 중에 제일 좋은 꽃은
이승이나 저승 안 가는 데 없이
겁도 없이 넘나들며 피는 그 언덕들
석남꽃이라는데……

나도 죽으면 겁도 없이 겁도 없이
그 언덕들 석남꽃 꺾어들고
밤이슬 풀 비린내 옷자락 적시어가며
네 집에 들리라.

연비燃臂

속續 산문山門에 기대어

누이야 아는가
이 봄 한낮을 너는 살아서 듣는가
안방 문을 치닫고 안방 문을 치닫고
옛날은 수단 치마폭에 꽃술 모냥 흘러간
뻐꾹새 울음을
시방 저 실실한 물결 속에 자물리는
한 산맥들을 보는가

한 산맥들은 또 한 산맥들을 불러내어
그 마지막 한 산맥들까지
다 자물리어
푸른 물결로만 잇대어오는 것을
푸른 물결로만 잇대어와서는
봄 하룻날
조그만 섬 몇 개
만드는 것을

누이야 아는가
이 봄 한낮을 너는 살아서 듣는가
마지막 맨 마지막에 모이는
푸른 물결 속
섬 한 개 동두렷이 떠올라
이 못물 속 연꽃으로 비쳐오는 것을.

강江

이 겨울에는
저무는 들녘에 혼자 서서
단호한 믿음 하나로 이마를 번뜩이며
숫돌에다 칼을 가는 놈이 있다
제 섰던 자리
벌판을 두 동강 내어
어슬어슬 황혼 속으로 걸어가는 놈이 있다

보아라. 저 방랑의 검객
한 굽이 감돌면서 모래밭을 만들고
또 한 굽이 감돌면서 모래밭을 만드는 건
힘이다

누가 저 유연한 힘의 가락 다시 꺾을 수 있느냐
누가 저 유연한 힘의 노래 다시 부를 수 있느냐

우리는 어느 산굽이
또 한 바다에 시퍼런 금이 설 때까지
흐득흐득 지는 잎새로나 숨어
유유히 황혼 속으로 사라지는
저 검객의 뒷모습이나 지켜볼 일이다.

징검다리

햇빛은 산과 들에 부드럽게 빛나고
물결은 풀어져 물방아는 쿵쿵
바둑이가 든 그림책 한 권을 잘도 넘기고 갔다
바둑이 대신 어머니는 자꾸 나를 부르시고……
지금도 물방앗간 앞을 가로지른 서른 몇 채의
어느 징검돌 위에 서서
나의 다릿심을 풀어내느라
어머니는 손을 내밀고 서서 나를 부른다
아마 그때가 입학하던 첫날이었을 게다
물방아도 봄이 되자 더 힘을 내어 돌고
내 이웃의 소녀들처럼 머리채를 흔들어대며
징검돌들은 호젓이도 물속에 처박혔었다
낄낄낄 웃음소리를 내고 도령아 이 도령아
내 머리채 못 밟아준 것도 죄지……
이날은 해가 꼴딱 지도록 어머니와 그 짓을 되풀이하여
내 다릿심이 반 남아 풀리는 것을 보았다
팔짝, 팔짝, 쿵, 쿵, 물방아는 돌고 세월은 가고……
어른이 된 지금에도 아주아주 슬픔에 발을 적시어
내가 영 일어서지 못하는 날은
조약돌 몇 개로 물낯바닥을 마구 흐려놓고
어머니는 그 돌들 위에 서서 나를 부른다.

향피리

나는 언제부턴가 먼 할아버지 적 일로 향피리 하나를
지녔습니다. 울음을 바가지로 떠내는 단소가 아니라
노상 할아버지 사랑방에서 들려오던 부드러운
피리 소리입니다. 이 향피리가 어떤 날 밤은 아직
수줍은 미소가 뒷머리태를 가리던 어머니 주무시는
베갯모에까지 스며들어 자잘한 꽃망울을 마구 퍼뜨리던
즐거움을 기억합니다. 꿈결같이 꿈결같이 늘어진 능수버들
잎잎이 안 가는 데 없이 잘 피어가던 봄날의 즐거운
햇빛을 기억합니다. 그러고는 언젠가는 나도 우리 집
가금家禽 한 마리 그 봄날 언덕 버들 숲에
깃들이라는 생각…… 그런 꿈으로 나는 엽때*
서정시를 써오고 향피리를 불어왔습니다
그러나 내 서툰 가락 이제는 아무도 귀기울여주지 않습니다
가금 한 마리도 깃들이지 않습니다. 향피리는 봄이
제격인데 나는 봄날에도 뻐꾸기가 우는 줄 알았습니다
산속은 뻐꾸기지만 버들 숲은 꾀꼬리니라……
왜 진작 이 말씀을 못 깨달았을까요. 이제 나의
향피리에도 봄기운이 들면 나는 향피리 다시 고쳐 불겠습니다.

---

* 엽때 : '여태'의 방언.

능선

따뜻하다
저 무덤들
벌초가 잘 된 추석 무렵의……

우리가 죽어 묻힐 무덤까지
제 가락 제 멋에 취하게
하여두고는

버선코 같다든가
기와집 추녀 끝 같다든가
풀어 흘린 치맛말 같다든가
처갓집 안방에 들러 안 가는 데 없이
대님 푸는 소리 같다든가
난蘭을 치고 앉은 여인의 둥근 어깨 같다든가
하여튼 우리나라 산들의 능선은
조금만 깊숙이 들어가 메아리를 놓으면
안 울리는 데 없이
그렇게 항아리처럼 있는 것이다

마치, 그 영원이란 이승과 저승의
물이라도 비워내듯이…….

제주도濟州道

마파람이 우리들의 지붕을 더 튼튼히 얽는다
하루의 휴식까지도 노동에 바치며
파도가 부풀며 높아질 때도 젖 빨리는 아이들은
구덕 안에서 자기 몫의 햇빛을 깔고 누워
빨리빨리 잠이 든다
바다 밑 용문잠 같은 전복을 더 많이 따라고
지금 죽어가는 노인도 더 빨리 죽는다
아우야 너는 이 뜻 알겠느냐

네 자랐던 산남山南땅 예리고 마을
4·3 폭동 때는 어린이와 여자들만의 마을로
국민반 반장도 우리는 그 윗마을에서
돌하루방 하나를 꾸어왔더란다
아우야 오늘도 마약 같은 안개가 다시 부풀고
흐린 바다는 수평선을 놓아주지 않는구나
아우야 너는 이 뜻 알겠느냐

저 유도화와 마주수馬珠村 떼의 여름을 지나
이제 또 겨울이 오면
우리들의 무서운 잠과 하루를 최저로 살아
쌓아온 목숨들, 그중의 몇 낱은
저 관목지대에까지 나가 묘지를 깔고 누워 잠들리라

결코 묘지 안에서조차 잠들 수 없는 눈썹
썩으세요, 빨리 썩으세요 어머니
그 뻣세디뻣센 말 끝으로
갈옷에 뚝뚝 지는 핏물 자국
아우야 너는 이 뜻 알겠느냐

아우야 오랜 슬픔으로 짝짝거리며 오는
저 뭍의 껌 씹는 계집애들 앞에서
백 원짜리 관광으로 우리는 쉽게 길들여지는
조랑말이 아니란다
그보다는 우리들의 들숨 저 노란
유채꽃밭들의 대군단大軍團이 막을 내리고
어느 날 수평선은 느닷없이 메밀밭 고랑을 달려나와
우리를 놀라게 했을 때
가파도의 끝 이어도를 넘어가던
네 삼촌의 뱃머리를 찾는 일이란다
사시장철 소금밭에 쓰려서 우는 갈매기
그 갈매기를 따라가는 일이란다

아우야 사랑하는 아우야
외지에 나가서 공부를 하고 온 네 형도 믿을 건 못 된다
그 어느 곳에도 길은 바다로 이어지고

우리는 바다 쪽에 귀를 묻는 일이란다
죽을 때도 만조 때
바다에서 구덕을 메고 오는 어머니가 당도하기 전에
빨리 죽어가는 일이란다
비탈길에 말똥이 피듯이
다공질多孔質의 돌담에
빗물이 빨리빨리 날아가 버리듯이.

묵호항

비가 오는 날 고모를 따라 고모부의 무덤에 갔다
검은 배들이 꿈틀거리고 묵호항이 내려다보였다
고모는 오징어를 따라 군산 여수 목포 앞바다를 다 놔두고
전라도에서 묵호항까지 고모부를 따라왔다
나는 실로 이십 몇 년 만에 고모부를 찾았다
고모부는 질펀한 동해에서 돌아와 무덤 속에 잠들었다
폭풍이 치고 온 산과 바다가 울고
독도 바깥 대화퇴 잠든 어장을 우산으로 가리며
늙은 고모의 등이 비에 젖지 않게
나는 우산대에 박쥐처럼 붙어 눈물을 떨어뜨렸다
사는 일은 무엇일까?
공동묘지의 벌겋게 까진 잔등이 비에 얼룩지고
비명처럼 황토 흙의 빛깔들이 새어나왔다
외짝 신발을 하나 묻고 봉분을 짓고
(오매 오매 날 무얼라고 맹글었는고 짚방석이나 맹글일이제……)
흐렁흐렁 울음 속에서도 황토 흙처럼 붉거져 나온
저 전라도의 간투사間投詞들
오늘 나처럼 고모부 내외가 낯설게 이삿짐을 풀던 날도
묵호항은 이렇게 흔들리고만 있었을까

겨울 이사

추적추적 겨울비가 내리는 날
이삿짐을 나르며 변두리 전세방으로 몰리면서도
기죽지 않고 까부는 아이들이 대견스럽다
오늘은 그들의 뒤통수를 유난히 쓰다듬고 싶은 하루였다
돌아보매 사십 평생 고통과 비굴 속에 흔적 없고
좋은 시절 다 넘기고 우리는 뒤늦게 이 도시에 쳐들어와
말뚝 하나 박을 곳이 없다
차 한 잔 값에도 찔리고 수화기를 들어도
멀리서 친구가 오지 않나 몸을 사린다
어떻게들 살아가는 걸까 때로 의문을 제기해도
삶의 공식은 쉽게 풀리지 않는다
한 달에도 몇 번씩 거치는 무슨 유사다 회비다
서투른 몸짓에 뒤늦게 코 깨지는 걸 알고 발을 뺐더니
또 누구는 자폐증 환자라 꾸짖는다
애경사哀慶事를 당해 봐라 또 누구는 겁준다
며칠 전은 불우 문인 돕기 만 원을 빼내려고
아내와 치고받다 나도 어 말을 멋지게 써먹었다
그것도 정작 가야 할 곳에 가지 못하고 홀짝
커피 값으로 축이 났다
정말 어떻게들 살아가는 걸까
내 오늘 친구 말대로 이 바다 일만 평 적막을 흩뿌릴까 보다
정말 다들 어떻게들 살아가는 걸까

회색빛 하늘 속에 이삿짐을 따라가며
기죽지 않고 까부는 아이들이 대견스럽다
아내여, 결코 거러지 같은 바닥 이 세기의 문 앞에서
그대 눈물을 보이지 마라
우리 모두 죽어서는 평등하리라.

집들이

사람 한평생 몸담을 집이
달팽이집만도 못하다
하느님은 우수 한 다발 눈물 몇 섬
왜 이런 것만을 우리에게 주셨을까

거리엔 집들이 즐비하고 은행이나 관청
높은 빌딩이 줄지어 섰는데
사십 년을 살아 반에 반은 주택부금을 안고
오늘은 그래도 새 집에 이사를 간다

내 이름 석 자에 못을 박고 마루를 지나 방을 지나
아이들과 함께 들락날락하며 짐을 푼다
아빠, 이게 정말 우리 집이지?
암, 우리 집이고말고!
나는 다시 벽에 반에 반만 못을 박다 말고
암, 반에 반은 우리 집이지!

아빠, 옥상에 빨래 널어도 되는 거지?
암, 되고말고 우리 집이니까!
욕탕 물 맘대로 써도 되는 거지?
암, 되고말고 우리 집이니까!
나는 반에 반만 새로 못을 박다 말고

(하느님의 뜻을 달팽이집에다 비기랴)
반에 반은 더 땅땅 못을 박는다.

연비燃臂

목어木魚가 울 때마다 물고기들의 싱싱한 비늘이 떨어지고
운판雲板이 자지러질 때마다 날짐승들마저 숨죽이며 날았다
어떤 침묵 하나가 이 세상을 여행 와서 더 큰 침묵 하나를
데리고 그림자처럼 지난다
문득 희나리*의 불꽃 더미 속에서 조실祖室 스님의 흰 팔뚝
하나가 불쑥 떠올라왔다. 그 흰 팔뚝에서 아롱진
연비** 몇 방울이 생살로 타면서
얼음에 갇힌 꽃잎처럼 나의 감각을 흔들었다

사람이 죽으면 하늘로 가 구름 되고 비가 되어
칠칠한 숲을 기르는 물이 되고 햇빛 되는 걸까
그 후, 나는 고개를 꺾으며 몹쓸 습에 걸려
무심히 핀 들꽃, 날아가는 새에서도
조실祖室의 흰 팔뚝을 떠올리며 어린애처럼 자주 길을 잃고
헛기침 끝에 온몸을 떨었다

아니다, 아니다, 조실은 가지 않았다
어떤 믿음의 확신 하나가 이 세상에 다시 와서
나는 참으로 몹쓸 병病을 꿈에서도 앓았다
눈보라치는 섣달 겨울 어느 날, 그의 방문을 열다가
평상시와 다름없이 윗목에 놓인 매화분의 등그럭***에서
빨간 꽃망울 몇 개가 벌고 있음을 보았다

뜨거운 연비 몇 방울이 바야흐로 겨울 하늘에서 녹아 흘러
꽃들은 피고 있었다.

---

* 희나리 : 덜 마른 장작.
** 연비燃臂 : 불교에서 수행자들이 계를 받고 나서 팔뚝에 불을 놓아 문신처럼 떠내는 의식 또는 그 자국.
*** 둥그럭 : 끌텅이.

달

아침에 나가보면 호젓한 산길을
혼자서 가고 있었다
오빠수*떼들의 진한 울음처럼
발아래 꽃잎들이 짓밟혀 있고
한밤 내 저민 향내 오답 싹에 조금
묻혀가지고
차마 갈까 차마 갈까 애타는 걸음
조금씩 뒤돌아보듯 가고 있었다.

산길을 벗어나면 아득한 벌판
언뜻언뜻 물미는 구름 속에
꽃사당년 같이 얼굴 한번 가려 흐느끼고

벌판을 나서면 가로지른 강물이
소리 내어 따라오고, 거기서 너는
비로소 독부毒婦 같은 마음을 지었다
검은 눈썹 밀어놓고 도끼 하나를
물속에 버리었다

아침에 나가보면 암중같이
독한 암중같이 이제는 강을 건너
소맷자락까지 펼치며

122

훨훨 나는 듯이 가고 있었다.

---

* 오빠수 : 땅벌.

안성安城 장터
—홍재 시인詩人에게

장터 마당에 눈이 내린다
먹뱅이 남사당패 어디 갔나
남사당은 내 고향
내 몸은 아프다
소리 소리치며 눈이 내린다
설설 끓는 동지 팥죽
저녁 한 끼 시장한 노을 위에
식어가는 가마솥 뚜껑 위에
안성安城 세지 목화송이 같은 흰 눈이 내린다
비나리 패 고운 날라리 가락 속에
눈물범벅이 진 네 얼굴
곰뱅이 텄다 곰뱅이 텄다
70년대를 한판 걸쭉하게 놀아보자던
네 서러운 음성 위에
동녹이 슬어가는 유기전 놋그릇들 위에
눈이 내린다
어스레기* 황혼을 부르는 말뚝 위에.

---

* 어스레기 : 어린 송아지.

출근

아내의 장독대를 보면 큰 항아리 작은 항아리
그 곁에 쭈그리고 앉아 슬픔을 처바른 항아리가 되고
싶어진다
크고 작은 항아리들 손아래 고만고만한 이름 지울 수 없는
오지그릇들
우리 집의 이름 있는 아이들의 얼굴이 차례로 떠오른다
뜨거운 정에 한참을 겨워 이것들을 들여다보고 서 있으면
뽈 달린 약탕관도 하나 귀 갈린 스푼도 두어 날
문득 동녹 끼어 할아버지와 할머니의 윗대 윗대의 산소가 떠오르고
헐거운 봉분 위에 지척 없이 눈이 쌓인다
귀 기울이며 안방 마루에서 스며 나오는 불빛들과 불빛 속에
달그락거리는 스푼 소리 스푼 소리
저들 중 누구 하나라도 이 땅의 망나니가 되고 무당패가
될지언정
시를 쓰는 시인은 되지 말았으면 좋겠다
소대장처럼 비뚤게 철모를 쓰고 차렷 열중쉬어
24시간을 긴장 긴장 끝에 저 배불뚝이 키 큰 항아리처럼
온몸에 된장을 처바르고 돈 몇 푼 얻으러 악을 악을 쓰며 가는
슬픈 가장이 되지 말았으면 좋겠다
오늘도 아내의 장독대를 지나다 보면 죄도 미움도 부끄러움도 없는데
내 가슴속에선 웬일인지 자꾸만 장독대가 무너져 내린다.

망월동 가는 길 2

어디서 왔는지
우리들의 도시 한복판에
오늘도
최루탄 가스가 왔다

시민들은 잠시 모여 웅성거리다
차단된 도시의 심장부를 우회전하고
콧물 재채기 속에서
쌍, 까, 따, 말이 말을 잘라먹고
그 말들은 변두리의 풀숲에 떠도는
풀벌레 소리보다 힘이 없다.
연 사흘 하늘의 빌딩에서 새 떼 같은 삐라가 떨어지고
시민 여러분의 안녕을 묻는
마이크 소리가 지상의 철벽을 덮어씌운다
아, 불편한 우리들의 도시
우리들의 삶
가로수 잎새마다 회색 빗물이 흘러내리고
끝없는 벌판을 지나
망월동 가는 길
오늘 거기 닿는다 해도 누구 하나 서 있을 것 같지 않다
앓을 병을 앓음으로써 끝내는 우황청심환 한 방울을 얻어
우리들의 정신을 맑히고야 말

오 무등이여, 우리 무더위 속에서도 젖가슴 풀어
이 벌판에 신선한 아침이 온다
목이 쉬도록 요한계시록을 되뇌며
너는 종일을 서서 뻐꾸기 울음 하나를 키워가는 것을 본다.

아도啞陶

아도*란 무엇이냐
질그릇이다
인사동 골짜기의 고물상 같은 데 가서 만나보면
입은 기다랗게 찢어져 있고 두 귀는 둥글게
구멍이 패어 있는
입이 있어도 벙어리고 귀가 있어도 귀머거리인
못생긴 우리네의
질그릇이다
유언비어를 날조하거나
겁쟁이 지식인들의 입을 누르는
그것은 시어머니가 며느리에게 은밀히 건네는
유가풍의 금서禁書와 같은 질그릇이다

사화가 극심했던 시절엔 서울의 아도상商은
짭짤한 재미를 보았고
외세가 판을 치던 시대엔
주먹만 한 아도를 사들고 관직에서 떨려난 선비들은
줄을 이어 낙향했다
우리들의 입에 재갈 물리고 귀에 자물쇠 채우는
이 희한한 물건은
이태조가 서울의 땅기운을 끄기 위해
간신배 정도전을 시켜 고안해 낸 물건이었다

또한 수상기가 오른 입의 뻣세디뻣센 집 문간엔
아도 일백 개를 사서 쌓아두기도 했다

신라 때 복두장이는
하루아침 임금의 귀가 당나귀 귀로 변해 버린 것을 보고
우리 임금의 귀는 당나귀 귀
우리 임금의 귀는 당나귀 귀
도림사 대 숲가에 가서 외치다
아무도 듣는 이 없어 복장이 터져 죽었다지만

나는 오늘 이 도시의 어디선가
목을 조르며 도둑고양이처럼 오는 최루탄 가스에
재채기 콧물 눈물범벅이 되면서
잎 핀 오 월의 가로수 밑에 비틀거리면서 비틀거리면서
그 시대에서 한 발짝도 더 깨어나지 못한
또 하나의 아도가 되어가는 내 모습을 본다
아도 아도 아도 아도 아아아아 아도
이 땅의 시인이여 만세.

---

* 아도啞陶 : 조선 건국 시 이태조가 정도전을 시켜 만든 주먹만 한 질그릇. 입은 찢어져 있고 눈은 감고 있는
얼굴 모양이었는데, 이 그릇을 지식인의 대문간에 하룻밤 새 100개씩 쌓아놓으면 '말조심' 해야 할 요시찰 인
물임을 표시했고 그래도 입이 뻣뻣하면 끌어다 고문을 가했다고 한다.

남원운문南原韻文

월매의 기와집 네 추녀 끝이 허공에 나뜨는 날
지금도 그 후미진 초당 어디쯤 후원을 돌아가면
보기 좋은 수양버들 가지 하나 동편으로 휘어져 있느니라
발심 좋은 그네 한 틀도 그냥 그 자리 놓여 있으니라

둥기 둥기 둥기야 둥 떠
버선발로 그 가지 끝 치차 방울*을 차올릴 때
허공을 돌아나가는 산울림하며
아득한 방울 소리에도
우리 춘향 아씬
두세 두세 두 가슴 울렁울렁
아찔하였던가 보드라

남원南原 사람아
두리기둥 단청이 으리으리 눈부신 날
쥘부채 손에 쥐고
광한루 오작교를 오르면
남원南原 사람아
5월 한낮의 정적 속에서 물밀 듯 터져오는
이 화냥기 같은 사랑은
네 것이로다

산을 밀어붙이듯

산을 밀어붙이듯
임방울의 쑥대머리도 잘 먹혀드는 날

남원南原 사람아
저 떠도는 흰 구름들과
신록들의 연한 빛과
지금 칠칠한 저 밝은 빛 하나로 넘쳐흐르는 강물은
네 것이로다.

---

* 치차 방울 : 그네뛰기에서 누가 가장 높이 오르는가를 알기 위해 중심축 허공에 매달아놓은 방울.

어중간한 다섯 살 때처럼

나의 다섯 살 때는
어머니의 젖꼭지를 놓아버리기도 뭣하고
놓아버리지 않기에도 뭣하고……
참 어중간한 때였다

그것은 꽃씨가 땅에 떨어져
움트는 일이나 같았을까
아직은 그 움이 겉껍질 모자를 쓰고
쫄래쫄래 세상을 한 바퀴 굴러보는
그런 일이나 같았을까

아니라면,
하루나 이틀 천지 사방에
찬란한 햇빛은 흘러넘치어
그 모자를 가만히 땅에 벗어놓는
일이나 같았을까

애기야 해 지것다……
젖꼭지를 물고 있는 봄 한나절
내 머릿속의 하얀 서캐를 털어내며 어머니가
해를 부르면
해를 부르면

그 설운 음성에 이젠 놓아버릴까 말까
꿈속에서도 사립 쪽 떠드는 동무들 생각이 나고……

아, 나의 어중간한 다섯 살 때처럼
이승의 댓돌 하나를 골라
푸짐한 햇살을 널어놓고
40대의 어중간한 등을 두들기며
서귀포 앞바다는 지금 내 앞에서
이렇게 칭얼거리고 있다.

임진강 오리 떼

오는구나 잘들 오는구나
해마다 이맘때면 저희들끼리
재잘거리며 훨훨 산을 넘어 강을 건너
임진강 너른 벌판에 털썩털썩 주저앉는구나

와글와글 재갈재갈
와글와글 재갈재갈

함경도 낯익은 아바이 사투리 같고
평안도 낯익은 에미나이
감자밭 감자 캐는 소리 같고
내 살던 칠성문 밖
보통학교 하급반 시절
조선어독본 글 외는 소리 같고

보통강이 얼면 보통강에 나가
썰매 끌며 얼음 끄는 소리

와글와글 재갈재갈
와글와글 재갈재갈

개성 뒷산을 넘어 임진강을 건너

해마나 이맘때면 국경선도 휴전선도
귀쌈*을 패버리고
오는구나 잘들 오는구나

한 철을 살다 훌쩍 떠날
아, 우리는 오리 떼만도 못한
네 아비 내 어미 원통하게
살다 죽은 땅

오는구나 잘들 오는구나
휴전선도 국경선도 밀어붙이고
귀쌈을 패버리고.

---

* 귀쌈 : 귀싸대기의 전라도 방언.

백두산 저목장貯木場

따듯하므로 눈이 없으므로
남쪽 개울가엔 곰이 살지 않는다
굴리고 놀 통나무가 없으므로

경의선 어디쯤일까 함백선쯤일까
북행열차 바꿔 타고 밤새도록
압록강 끝 어둔 산하 흐린 불빛 아래
개털모자 방한복 껴입은 사람들 사이
서북 사투리일까 도토리 술에 화끈 달은
함경도 설익은 구개음일까 어깨들 사이

그 눈발 속 원시림이 갇혀 울부짖는다
나무둥치를 물고 넘어지는 도끼날의 고요
도끼날의 푸른 함성 그 사나운 잇자국들
넘치는 수액을 빨며 은은한 숨결 내뿜고 싶다
백두산 저목장貯木場 눈 쌓인 골짜기까지 나가
어린 곰새끼들 함께 통나무를 굴리고 싶다

페치카의 아름다운 불빛을 둘러
떫은 시간들의 오징어 다리 같은 얼굴을 씹어
마른 명태 북북 찢어 참으로 오오래 잠들지 못한
우리나라 풍경

소주 한 잔 온몸 불태워 퍼붓고 싶다
목이 긴 장화로 눈길 헤쳐 숲 속에 감춘 귀틀집
그 굴뚝 밑 굴뚝새 굴뚝 위의 하얀 연기

두 뺨이 호밀 빵처럼 붉은 수줍은 처녀애를 그 북쪽 여자를
나는 밤새도록 눈 위에 안고 뒹굴고 싶다
코피를 흘리고 싶다
나무토막 굴리며 굴리며 놀아 놀아나며 낳고 싶다
북녘 곰 새끼를 곰 같은 사내아이를
저목장貯木場 눈 쌓인 통나무들 사이에서.

풍장風葬

오늘은 할아버지 고향 가는 날
차마 성한 육신, 백발로도 가지 못하고
혼백으로 바람 타고 가는 날
살아서는 산도 옮길 듯한 한이
삭아서는 한줌의 재
물길 따라 바람 따라 고향 가는 날
바람아 불어다오

추석달이 뜨면 갈거나
임진각 누마루에 올라 함부로
북녘 땅 여기저기 손가락을 들이미시던 할아버지
어느 날은 채송화며 봉숭아
꽃씨 주머니를 풍선 끝에 매달아
바람도 없는 날
우우우우······
입으로 불어 올리시던 할아버지

조선호텔 로비에서 웬수 같기만 하던 얼굴이
TV 화면에 불꽃처럼 스치던 날
예수당이 강냥욱인 지금도 살아 있었수구레
동갑내기라고 좋아서 껄껄 웃으시며
여기 땅문서가 있다고 고의춤 풀어놓고

손바닥을 흔들던 할아버지

임진강 나루목을 건너 저기 저
개성 뒷산을 넘어서
황해도 해주 근처 옹진반도 안악골까지
바람아 불어다오
오늘은 할아버지 물길 따라 바람 따라
고향 가는 날.

종이학

학이 납니다. 한 마리 두 마리 세 마리……
겨울바람 속에 슬픈 목을 추스르며 학이 납니다
어떤 놈은 목을 꺾고 주저앉아서 하늘 쳐다보며
땅을 치고 웁니다
어떤 놈은 날개로 바람을 끊으며 임진강 너른 들을 건너
산을 넘기도 합니다
수업시간 중에도 한밤중에도 몰래 내가 만든 종이학이
임진각 누마루에 올라 내가 띄운 학이
태산 같은 분노를 파도 같은 비원을 등에 싣고
오늘은 수백 마리 수천 마리 학이 납니다
하늘을 날아 저 들판 저 강을 건너 어떤 놈은 주저앉아
목을 꺾고 웁니다.
어떤 놈은 철조망 가시에 찔려 피 흘리며 가지 못합니다

할배, 우리 할배 죽으면 고향 가겠다고 두 주먹 부르르 떨며
눈을 감던 그날부터
온몸 재로 태워 무등 상상봉에 올라 북녘 땅 향해
뿌려달라는 그날부터
아버지는 불효자가 되었습니다
이 땅에 우리 부자 말뚝을 어떻게 박았느냐
영도다리 밑 피난 깡통을 차고 아랫말 바닷가를 흘러
무등산 기슭에 깃을 오그린 지 몇 년이냐

아들딸 낳아 30년

아배 태워 재를 만들 수 없다고

이 땅에 뼛골 묻어 통일된 그날 뼛골 추려서

내가 짊어지고 휴전선 넘겠다며

아배는 죽어가는 할배 눈 감기셨습니다

머리털 한 올 손톱 발톱 한 개라도 여기에

그냥 뿌릴 순 없노라고

온몸 힘주어 할배 몸통 흔들며 울었습니다

그 후로 나는 날마다 학을 만들었습니다

해태껌의 은박지가 아닌, 바람에 잘 뜨는 조국강산 남북통일

서예 시간에 잘 쓰던 버릇대로 꼬깃꼬깃 화선지를 접어

하루에도 수십 마리씩의 학을 접었습니다

눈 못 감은 할배의 원혼 싣고 이 학들이 무사히 그 나라

그 땅에 가

봄이 되면 알을 까고 둥우리를 틀라고…….

별밤지기 1

이게, 얼마 만이냐
다리와 다리가 만나는 슬픈 가족사家族史의 밤
암으로 죽어가면서 암인 줄도 모르면서
마른 복국이 먹고 싶다는 아버지 부름 따라
옛집에 오니 밤 개는 컹컹 짖어
약속이나 한 듯이 또 흰 눈은 퍼부어
우리 부자 복국 끓여먹고
통시* 길에 나와보니
옛날의 국자 같은 북두칠성이 또렷했다
구주 탄광, 아오모리 형무소, 휴전선이 떠오르고
도란도란 밤 깊어 무심히 아버지 다리에
내 다리 얹었다
70년 황야를 걸어온 다리
마른 삭정이 다 된 다리
어금니 악물고 등 돌려 흐느꼈다.

* 통시 : 뒷간의 방언. 통시 길은 화장실 가는 길.

겨울 청량산淸凉山*

겨울 청량사淸凉寺에 가서 만났다.
소복 단장하고 뒷머리채도 치렁치렁
버선발 내밀고 살 냄새 피며
사뿐 큰절 올리는
고 비릿한 처녀 계집애
두 눈에 눈물 잔뜩 고여 할 말 있다며
불쑥 내 잠자리 파고들었다
식은땀 등에 흘리며 잠자리 걷어차고
아침에서야 대중들의 공양 상머리
이 얘기 털어놨다

우리들의 공양주 어진 보살님도
혀끝 말아 쥐며
우얄끼나 우얄끼나……
아직도 승천을 못 했나빔
작년에도 서울서 왔다카는 한 총각아이
그 뒷골방에서 처녀기집 만났다는디,
걸려도 깊이 걸렸던지
부모들이 내려와 청량사의 산신각에
씻김굿을 올렸더라는디

우얄끼나……

그 처녀계집 공비토벌 때
젊은 산손님을 따라 돌다
절문 밖 고목나무에 목을 매고
고목나무도 이제 처녀애의 형상대로 말라 비틀어져
우리들의 가슴을 쥐어뜯지만
그녀 아직도 살아 이 깊은 계곡 육륙봉을 서성이며
살 냄새 그리웠던지
내 잠자리 불쑥 파고든 것이리라

그러나 그대, 이 땅의 젊은이들아
내년에도 내명년에도 그 후 명년에도
한 시인이 만났던 자리, 그 시인도 가고
겨울 청량사에 눈이 쌓여 구들을 달구거든
그녀 성큼 불러들여
그녀의 치맛말을 풀어 천도를 시켜달라

네 살아 있음이 끝이 그녀 죽음 위에 숨쉬고
네 젊은 혼이 그녀 맥박 속에 살아 있음을 알아

144

너는 여름날 달맞이꽃 또는 이 산기슭에 피어나서
밤이슬로만 소복 단장한
그녀 모습 보고 울리라.

---

* 청량산 : 경북 봉화군에 있는 산. 6 · 25 때 빨치산의 본거지였음.

두만강 돌멩이

여행 소감을 알려달라는
네 말 끝에
나는 가슴 뜨거워 말 못 하겠다
이것 보아라 이것이 두만강 돌이다
이것 보아라 이것이 두만강 흙이다
돌멩이 하나 흙 한줌 싸들고
나는 지금 베이징의 어두운 하늘 밑을 돌아왔다
백두산엔 그새 눈이 세 번째 내렸더라
북간도 용정벌엔 추수도 끝나고
옥수숫대 서걱거리며 말 달리는 소리
장주 편자황도 동인당 우황청심환도
그 소리에 잊고 왔다.
다 잊고 왔다
팔달영* 여우 목도리도 단계석** 벼루도
두만강 물소리에 잊고 왔다
내 초라한 여행용 백을 열어보아라
이것이 두만강 돌이다
이것이 그 돌이 바스라져 쌓인
우리 그리운 흙 한줌이다
오늘밤 꿈속에 이 돌멩이 하나
네 뜨거운 핏줄의 피를 먹고 자라
하얀 물새로 깃을 치며

곧장 북녘 하늘 훨훨 날아가리라.

---

* 팔달영 : 만리장성 가운데 가장 유명한 장성.
** 단계석 : 중국 광저우 지방에서 나는 고생대의 휘록응회암.

이 땅엔 아무런 기적도 일어나지 않았다

오늘은 우리들의 친구 상기가 죽었다
이 땅의 하늘도 억울해서
그의 죽음을 외면 못해
주룩주룩 겨울비를 내렸다
그와는 단짝 동무
자지에 흙고물 묻히던 놈,
1·4 후퇴 때 우리는 국군을 따라
피양북도 강서군 용당포를 떠났다
동두천 고아원을 떠돌며 G.I.들의 뒷다리 긁어
비틀어지고 꼬부라진 말로 뼈마디가 굵었다
한때는 미군 P.X를 털어 인천 소년형무소에서 똑같이
삼 년 징역을 살았다
열 살 때 말죽거리에서 똑같이 헤어진 부모를 찾아
반평생 전국적으로 떠돌았다
수원에서 오산, 평택에서 부산까지 넝마처럼 흐르며
줄창 같은 나이 사십, 아들딸 기르고
그럭저럭 집도 한 칸
이제 그가 이 바닥에서 그리 쉽사리 간암으로 쓰러질 줄이야
발인을 하고 상두꾼을 따라 그의 관이 운반되고
나는 주먹으로 못질을 했다
또 우리 이북이 고향인, 아는 친구 몇
대낮부터 벌겋게 소주에 달아오르고

못 간다, 고래심줄 같은 내 돈 떼어먹고
저승 가면 너 편히 잠들 줄 아니?
노잣돈이라도 차압하겠다, 집달리에게 네 관이라도 차압하겠다
대자 가옷* 흙구덩이에 그보다 먼저 들어가 웩웩 낮술을 토했다
아, 우리 서북 친구들, 너무 억울해서 소리 소리치며
그를 따라나서는 날은
겨울비만 주룩주룩 내리고
이 땅엔 아무런 기적도 일어나지 않았다.

---

* 가옷 : 가운데의 경남 방언.

임진강

더운 바람에 갈대만 술렁인다
개성 뒷산을 바라보며 강변을 어슬렁거릴 때
강물 타고 떠내려 온 철모 하나
나는 이것이 누구의 것인 줄 알 수가 없다
쪼그리고 앉아 해묵은 갈대 알구지로
철모를 건져 올린다
뚜껑 없는, 속이 빈 화이버*
흰 물새 날개깃 같은 글씨가 또렷하다
믿음, 소망, 사랑 — 이건 참 이상하다
20년 전 참호 속에 숨어 내가 ○○군번으로 썼던 낙서
이 글자판의 화이버가 녹슬지 않고 지금껏 떠내려 온 것은
아침 세수 길에서 그때 내가 멍청히 흘려보낸 철모일까
아 오늘 이 강가에 나와 내가 다시 만난 침묵 하나
이 침묵은 너무 두렵고 고요하다
이 침묵을 깨뜨릴 자 누구인가, 답답한 산도
이제 한 번쯤 돌아앉아 입을 열 때가 되지 않았을까
일요일 한낮 자유의 다리 밑에 가서
내가 주운 철모 하나
옛날 구파발 어디쯤 해어름** 일고 가을꽃 진 자리
설움으로 복받쳐 무심히 써보던 낙서

참 이상한 일이다
지금도 녹슬지 않고 떠내려 온 것은.

새해 아침

―신년시新年詩

새해 아침은 불을 껐다 다시 켜듯이
그렇게 떨리는 가슴으로 오십시오

답답하고 화나고 두렵고
또 얼마나 허전하고 가난했습니까?
그 위에 하얀 눈을 내리게 하십시오
지난밤 제야의 종소리에 묻어둔 꿈도
아직 소원을 말해서는 아니 됩니다

외로웠습니까? 그 위에 하얀 눈을 내리게 하십시오
억울했습니까? 그 위에 하얀 눈을 내리게 하십시오
슬펐습니까? 그 위에 하얀 눈을 내리게 하십시오.
얼마나 하고 싶은 일들이 많았습니까?
그 위에 우레와 같은 눈을 내리게 하십시오
그 위에 침묵과 같은 눈을 내리게 하십시오

낡은 수첩을 새 수첩으로 갈며
떨리는 손으로 잊어야 할 슬픈 이름을
두 줄로 금 긋듯
그렇게 당신은 아픈 추억을 지우십시오

새해 아침은

찬란한 태양을 왕관처럼 쓰고
끓어오르는 핏덩이를 쏟아놓으십시오

새해 아침은
첫날밤 시집온 신부가 아침나절에는
저 혼자서도 말문이 터져 콧노래를 부르듯
그렇게 떨리는 가슴으로 오십시오.

아침 강

—하동 포구에서

누이야, 통트는 우리 새벽 강물
너는 따라가 보았는가
수런수런 큰기침하며 강가에 나와
우리 산들 얼굴 씻는 것
어떤 산은 한 모금 물 마시고 쿠렁쿠렁
양치질하는 것
어떤 산은 밤새도록 발을 절고 내려와
발바닥 티눈을 핥는 것
누이야, 너는 그런 동트는 새벽 강물
따라가 보았는가
물총새 한 마리가 담청색 날개를 털어
저 혼자 반도의 아침을 깨우는 것
반짝, 뜨는 은피라미 떼 몰아다 벼랑 끝 감춘
제 새끼들에게 아침 밥상 차리는 것
그 벼랑 끝 삼존마애불 은은한 미소 감도는 것
그 반도의 아침 강을 따라가 보았는가
누이야, 젊은 수탉같이 홰를 치는
그 시퍼런 시퍼런 새벽 강을 따라가
보았는가.

철원평야

여름날 땅을 흔들고 가는 천둥소리는 시원하다
철원평야에서 그것들은 파란 불똥을 쏟는다
소낙비에 갇혀 하루 내 싱싱한 땅 울음이 계속될 때도 있다
철원평야에는 맑은 겨울 날씨에도 이따금 천둥소리가 일어난다
검은 멧돼지 떼가 언제부턴가 철책을 짓부수며 남북으로 이동하는 소리다.
길이 어긋나 지뢰밭을 통과하다 폭풍에 휘말린 적도 있었다
바야흐로 김일성 고지 위에서 난데없는 비행 물체 하나가 남으로 기수를 돌렸다
요즘 AN−2 최신형 비행기는 소리도 없이 날아 내린다고 한다
포대경으로 잡히는 비행 물체, 그건 철 늦은 두루미 한 쌍이었다
아슬아슬 하얀 날개가 지뢰밭을 간신히 벗어난다
매설된 지뢰들의 표지 줄들이 진저리를 치며 부르르 떨었다
겨울 아침 천둥소리가 귀청을 찢는다
철원평야가 들개처럼 운다.

구룡못 연꽃밭

구룡九龍못에 구룡못에 가서 보았다. 깨는 듯 눈감은 듯
물 위에 조으시는* 연꽃들, 한낮의 연꽃들 속에 착한 며느리와
애기 부처님 노시는 것 보았다. 씨방 속에
어떤 부처님 벌써 문 잠그고 한 삼천 년 진흙 구렁 속에 처박혀서
싫도록 낮잠이나 퍼지르다가 미륵불로 환생할
채비들 서두르고 있었다

구룡못에 구룡못에 가서 보았다. 맺힌 이야기들 풀어내려고
실실이 뒤늦게 와 피는 연꽃들도 있었다. 뒤늦게 온
연꽃 봉오리들 속에 구룡리가 겹쳐 피고 황씨네 푸른 지붕도
떠 보였다. 지붕 아래 솟을대문을 열어보니 댓돌 위 서성이는
황씨 노인 얼굴도 보이고 열두 곳간 열쇠 꾸러미가
쩌렁쩌렁 울려왔다. 흉년이 들어도 돌림병이 돌아도
곳간 문은 열리지 않았다. 웬 떠돌이중 하나 들어와 시주 빌러 들어와
황씨 며느리 쌀독 밑 쌀 한 됫박 닥닥 긁는 소리도 울려왔다
가을바람에 연꽃 송이들 뒤집히면서 그 소리
쩌렁쩌렁 울려왔다

구룡못에 구룡못에 가서 보았다 가을 물에 연꽃 송이들 깨어나면서
우리 하늘 아래 퇴박맞아 집 떠나오다 떠 있는
파르스름한 낮달 하나, 애기 들쳐 업고 뒤돌아보다 얼굴 가리고
흑흑 느껴 마을도 물에 잠겨서 돌미륵으로 솟아난 우리 착한 며느리

하나

그 곁에 혹도 하나 더 붙어서 진흙 밭 한세상

뒤늦게 와 새로 피는 연꽃들 속에 애기 부처님 노시는 것

만나보았다.

※ 필자의 고향에 전해 오는 설화. 옛날 구룡리에 구두쇠로 이름난 황 부잣집이 있었다. 며느리는 끼니 때마다
쌀을 타서 밥을 지었는데, 어느 날 탁발 온 스님에게 쌀을 주고 나니 밥을 지을 수 없었다. 그것을 안 스님이 애
기를 업고 자기를 따라오되 돌아보지 말라 했는데 며느리는 그만 돌아봤다. 그러자 마을은 물속에 잠기고 며
느리는 바위가 되었다.

---

* 조으시는 : 졸다.

목련한화 木蓮閑話

죽은 할미의 흰 손이 보인다
웅얼웅얼 꽃가지와 꽃가지를 걸어 다니며
우리 큰딸아이의 미열微熱을 골라 짚는 소리……
한 발짝만 얼씬해 봐라 토방 아래 칼금 내는 소리
칼을 맞고 돌아서는 객귀客鬼의 신발짝 끄는 소리
쉰 목소리에 발을 절며 돌아가는 북풍北風의 검은 머리카락이 보인다.
무던히도 지청구러구*의 어린 손자 놈들 발바닥 티눈을 핥으며 고스랑
거려** 쌌는 소리……
죽은 할미의 흰 손이 마른 꽃가지를 걸어 다닌다

비로소 고절苦節 많은 살림 끝에 풀이 나는 정성
흰 사기잔 몇 개 마련인 것
대대로 정화수井華水 치는 법은 잊지 않았지만
몇 개의 사기잔은 죽은 듯이 엎어져서 지나가는
길손을 불러들이라 한다

오늘 주안상엔 그처럼도 할미 손때 씻긴 사기잔 몇 개 떴다
성긴 구름발 두엇 뜰로 지나고 울 가에 흰나비만 떠도 아뜩한 생각……
괴춤에 감監빛 호리병을 차고
시름겨운 벗 하나 올 듯 올 듯한 기척……

할미의 손은 약손이라……

귀머거리의 할미의 손은 약손이라

아무 데서나 보이잖게 숨어서 보듯

씨암탉이 병아리를 내릴 때도 부정 탈라

부정 탈라 개토 흙을 치고 금줄을 치고 삼칠 일 만에 병아리는 삐약거리
며 뜰로 나섰다

둥지 안에 수북이 쌓이던 달걀 껍질…… 봄 뜰에

일 없이 목련木蓮이 진다.

---

* 지청구러구 : 항상 야단만 맞는 사람.
** 고스랑거려 쌌는 : 구시렁거려 대는.

조팝나무 가지 위의 흰 꽃들

온몸에 자잘한 흰 꽃을 달기로는
사오 월 우리들에 핀 욕심 많은
조팝나무 가지의 꽃들만 한 것이 있을라고
조팝나무 가지 꽃들 속에 귀를 모아본다
조팝나무 가지 꽃들 속에는 네다섯 살짜리 아이들
떠드는 소리가 들린다.
자치기를 하는지 사방치기를 하는지
온통 즐거움의 소리들이다
그것도 볼따구니에 정신없이 밥풀을 쥐어발라서
머리에 송송 도장버짐이 찍힌 놈들이다
코를 훌쩍이는 녀석들도 있다
금방 지붕 위의 까치에게 헌 이빨을 내어주고 왔는지
앞니 빠진 밥투정이도 보인다.
조팝나무 가지 꽃들 속엔 봄날 이런 아이들 웃음소리가
한종일 떠날 줄 모른다.

난蘭

난을 보고 사는 마음은
섣달 하늘의 쇠기러기 울음소리 같은 것이다

푸른 잎 사이 창창한 꽃대의 뻗쳐오름은
황산벌에 뜨는 계백의 창날인가
어린 관창을 보듯 난은 혀끝을 차며 나를 본다
얼마나 가야 나는 이 세상 용서하는 법을 배울까
아침마다 난은 제 그늘로 꽃대를 휘며
이 세상 너무 늙고 오래되었다 네 갈 길을 가라
스스로를 가르친다
휘어져라 휘어져라 곧은 잎새뿐 아니라
저무는 수락산도 그 잔등에 솔숲을 깔아
비탈길 내는 법을 안다고 타이른다

그 비탈길 위에 고깔 쓴 여승도 올려놓고
언뜻언뜻 장삼 자락도 얼비쳐내면서
그렇지 않느냐 우리 사는 법 고개를 끄덕이게 한다

난蘭을 보고 사는 마음은
섣달 갈밭 사이 길을 가는 쇠기러기 울음소리 같은 것이다

섬진강

강은 긴 그림자를 늘이고 흐른다
보이지 않는 날개를 달고
무심코 버려진 강변의 돌들을 불러 모아
서글서글한 눈을 뜨게 하고 얘들아 얘들아
손 잡아라 속삭이며 흐른다
돌들의 따스함 돌들의 숨결
강은 큰 날개를 펴서 살아 있는 힘으로
몇 평의 모래밭을 만들고
반역질처럼 창날을 들고 온 산발치를 묶어
처갓집 안방에 들던 때의
푸른 대님 푸는 소리로
속살 비치는 웃음까지를 어여삐 그려낸다
강은 살아 있는 우리들의 꽃밭
우리들 편으로
사라질 때는 우리들의 서러운 이름자를
긴 모래톱에 새기고 간다
너는 듣는가 지리산 노간주나무
차양 넓은 잎새에 튀는 몇 낱의 물방울에
바다가 모여 서서 웅얼웅얼 빛나는 것을
산이 제 골짜기로 깊어지면서 한 시대의
적막한 물소리를 만들고
띠처럼 죄는 강물에 몇 개의 산봉우리들이

늦가을 뜨거운 불을 뒤집어쓰고 목을 떨어뜨린 채
단근질 쇠처럼 피시식 꺼져가는 소리를
강이 흐른다 천 년의 대낮에
장대같이 살아 눈부신 강이 흐른다.

우리말

감자와 고구마와 같은 낱말을
입 안에서 요리조리 굴려보면
아, 구수한 흙냄새
초가집 감나무 고추잠자리……
어쩌면 저마다의 모습에 꼭도 알맞은 이름들일까요
나무, 나무 천천히 읽어보면 묵직하고 커다란 느낌
친구란 낱말은 어떨까요
깜깜한 암굴 속에서 조금씩 밝아오는 얼굴
풀잎, 풀잎 하고 부르니까
내 몸에선 온통 풀 냄새가 납니다
또 잠, 잠 하고 부르니까 정말 잠이 옵니다

망아지 토끼 참새 까치 하고 부르니까
깡충거리며 잘도 뛰는 우리말
강아지 하고 부르니까
목을 흔들며 딸랑딸랑 방울소리가 나는 우리말
미루나무에서 까치 울음소리가 들립니다
까작, 까작, 까작, 문을 열고 내다봅니다
닳고 닳은 문돌쩌귀 우리네 문돌쩌귀
수톨쩌귀 암톨쩌귀 맞물고 돌아 매번 뒤틀리기만 하는 사랑
기다림 끝에 환히 밝아오는 정말, 사랑이란 이 낱말은 어떨까요
읽으면 읽을수록 내가 그 문고리에 목을 매고 싶어지는

치사한 정, 더러운 정,
금방 눈물이 쏟아집니다요
그러면 눈물, 이 말은 어떨까요
1%의 염분과 99%의 물…… 물, 물, 물,
금방 범람하는 홍수
마침내는 허우적거리다 내 몸은 물에 잠깁니다
얼쑤얼쑤 도깨비 탈을 쓴 까만 뒤통수만 남는 춤
양반춤, 곰배춤, 병신춤, 곱사등이춤,
매품팔이로 흥부전에서 반짝 빛을 냈다 꺼지는 우리말

밥, 밥, 밥, 바압, 바압, 바압, 바아압, 바아압, 바아압, 바아……ㅂ

밥, 밥, 밥, 바압, 바압, 바압, 바아압, 바아압, 바아압, 바아……ㅂ

G. I. 시절
어디서 누룽지 타는 냄새
솥뚜껑 소리……
난리다, 하고 소리치니까
강화도 남한산성 의주가 고삐 풀린 말들처럼 뛰고
송장이다, 하고 소리치니까 뒤집혀 떠오르는 발목들
토끼, 오리, 망아지, 토끼, 오리, 망아지, 아니다, 아니다, 아니다
백성? 공중? 대중? 시민? 민중? 아니다, 아니다

그 요란한 함성에 묻히면서 나는 무엇인 줄도 모르면서
봉홧불을 들고 뒤죽박죽이 되어
제기럴꺼 얼럴러 곶감이다 곶감 하니까
문 밖에서 호랑이도 놀라 내빼는 우리말
시냇물, 그 연약한 속삭임, 산골 물, 그 끊이지 않는…….

자목련이 지는 날은

자목련이 지는 날은 하염없이 그대 생각

그대 입술에 묻어나는 빛바랜 연지와

그대 손톱에 벗겨진 아주 빛바랜 붉덕* 물들

아무렇게나 중년을 지내 와서 술막**에 눌어붙은

그 떼과부들 울음 속의 그대 생각……

울음판도 진창이 되어 잠들 무렵은

딸꾹질로 고향을 찾아가는 남도 수심가

그 노래 끝의 먼 잠 속에 제여곰*** 오래비와 누이들도 만나곤 와선

새로 풋보리 내음 들썩거리며 또 한판 구성진 술청 끝에

훠이훠이 잘도 넘는 남도 육자배기……

자목련이 지는 날은 하염없이 그대 생각

그 떼과부들 속의 새로 솟는 어깨 힘처럼

나 이리도 생살 타는 내음

나 이리도 다시 살고픈 마음……

자목련이 지는 날은 그 술막집의 떼과부들 속

이 악물고 일어서는 그대 생각…….

---

* 붉덕 : 황토물이 섞여 흐르는 큰물. 붉덩물.

** 술막 : 주막.

*** 제여곰 : 제가끔의 옛말.

따뜻한 손

한 방울의 물이
신선한 우유가 되고
황홀한 독毒이 되듯이
며칠째 서귀포에 오는 눈 속에서
밀감들이 익고 있는 것을 보았다
그것은 어느 따뜻한 손이
한밤중에도 길을 내어주는
등불과도 같은
우리들의 사랑이라는 것을 알았다

서귀포에 한
천 년쯤 오는 눈이
키 큰 삼나무 숲 하나를 적시고 적시어
뿌리째 흔들어놓는 것을 보았다
부드러움은 결코 차가움이 아니라
따뜻함이며 그것은 스며들고 스며들어
끝없이 포용하는 일이라는 것을 알았다

한라산 가까운 데서는
비자림의 숲이 무너지는 소리를 자주 들었는데
처음 정방폭포에 섰을 때
바다로 가벼운 물방울들이 풀어지는

아름다운 그 소리와 같았다
그것은 또한 산굼부리*의 분화구 침묵을
산 갈대들의 몸놀림이 조금씩 풀어내는
원시의 생음악과도 같았다

부드러움 하나가 지우고 가는
아름다운 모습들 앞에서
나는 서귀포의 따뜻한 눈이 되고
물방울이 되고
삼나무 숲과 저 비자림의 숲을 무너뜨리는
부드러운 힘이 되어
소정방** 찻집 벽난로 앞에서
고독한 얼굴을.

---

*산굼부리 : 화구火口의 제주 방언.
**소정방 : 서귀포에 있는 찻집 이름.

세한도 歲寒圖

먹 붓을 들어 빈 공간에 선을 낸다
가지 끝 위로 치솟으며 몸놀림하는 까치 한 쌍
이 여백에서 폭발하는 울음……

먹 붓을 들어 빈 공간에 선을 낸다
고목나무 가지 끝 위에 까치집 하나
더 먼 저승의 하늘에서 폭발하는 울음……

한 폭의 그림이
질화로같이 따숩다.

수저통에 비치는 저녁노을

수저통에 비치는 저녁노을

내 마음속 기러기 몇 마리 날아 서해로 간다. 그곳은 진 뻘밭 위의 겨울 강물이 따뜻한 곳, 아내가 차를 몰아주고 내소사 앞에서 모항 고갯길을 넘고, 작당마을 고개를 내려섰을 때, 후끈한 저녁노을 속에 그 기러기 떼 아직도 노을 딛고 차창 밖을 날고 있었다. 끼룩끼룩 찬 울음이 아니라 이렇듯 따뜻한 울음을 이 지상地上에서 나는 아직 받아본 적이 없다 그래, 오늘 나는 격포에 이사 간다 책 몇 권, 솥단지 밥그릇, 국그릇 한 벌 등에 지고 너희 울음 따라간다. 큰 울음 속에 작은 울음, 잠시면 저 노을 속에 묻힐 아무렇게나 차 속에 널어놓은 수저통에서 자꾸만 숟가락들이 비명을 지른다. 이 수저통에서 뛰쳐나오지 못하고, 나는 그동안 얼마나 세상을 향해 요란한 소리를 냈던가. 아아, 수저통에 마지막 비치는 저녁노을, 침묵 같은 울음 따라간다. 너희들이 발 디뎌 내려앉을 곳, 나는 안다 그곳은 이승의 십승지十勝地, 외변산外邊山, 내변산內邊山이 몇 마리의 기러기로 떠서 차창 밖을 날아 마지막 날개를 접은 곳, 너희 깃털이 지상地上의 이불을 덮은 곳, 나는 오늘 인생을 연꽃같이 접어 격포에 이사 간다. 너희 따뜻한 울음 속에 큰 병病 하나를 마미 밥통 속에 숨기고 따뜻한 울음 받으며 간다.

무량수전의 배흘림기둥에 기대어

천고에 몇 번쯤은 학이 비껴 날았을 듯한
저 능선들,
날아가다 지쳐 스러졌을 그 학 무덤들 같은 능선들,
오늘은 시끄럽게 시끄럽게 그 능선들의 떼울음이
창해를 끓어 넘친다

만상이 잠드는 황혼의 고요 속에
어디로 가는지 저희들끼리 시끄럽게 난다

부석사浮石寺의 무량수전 한 채가 연화장을 이룬
그 능선들의 노을빛을 되받아 연꽃처럼 활짝 벌고
서해 큰 파도를 일으키고 달려온 선묘善妙 낭자의 발부리도
마지막 그 연꽃 속에 잦아든다

장엄하다
어둠 속에 한 능선이 자물리고 스러지면서
또 한 능선이 자물리고 스러지면서
하는 것
마침내 태백과 소백, 양백兩白이
이곳에서 만나 한 우주율로 쓰러진다.

대역사大役事

너는 서해 뻘을 적시는 노을 속에
서본 적이 있는가
망망 뻘밭 속을 헤집고 바지락을 캐는 여인들
한쪽 귀로는 내소사의 범종 소리를 듣고
한쪽 귀로는 선운사의 쇠북 소리를 듣는다
만 권의 책을 쌓아 올렸다는 채석강 절벽
파도는 다시 그 만 권의 책을 풀어 흘려
뻘밭 위에 책장을 한 장식 넘긴다
이곳에서 황혼이야말로 대역사大役事를 이루는 시간
가슴 뜨거운 불꽃을 사방으로 던져
내소사 대웅보전의 넉살문 연꽃 몇 송이도
활짝 만개한다
회나무 가지를 치고 오르는 청동까치 한 마리도
만다라와 같은 불립문자로 탄다
곰소의 뻘강을 건너 소금을 져 나르다 머슴 등허리가 되었다는
저 소요산 질마재도 마지막 술 빛으로 익는다
쉬어라 쉬어라 잠시 잠깐
해는 수평선 물밑으로 가라앉는다.

여름 낙조

왜 채석강변에 사는지 묻지 마라라
나는 지금 만 권의 책을 쌓아 놓고 글을 읽는다
만 권의 책, 파도가 와서 핥고 핥는 절벽의 단애
사람들은 그렇게 부른다
나의 전 재산을 다 털어도 사지 못할 만 권의 책
오늘은 내가 쓴 초라한 저서 몇 권을 불 지르고
이 한바다에 재를 날린다
켜켜이 쌓은 책 속에 무일푼 좀벌레처럼
세 들어 산다
왜 채석강변에 사느냐 묻지 마라라
고통에 찬 나의 신음 하늘에 닿았다 한들
끼룩끼룩 울며 서해를 나는 저 변산 갈매기만큼이야
하겠느냐
물 썬 다음 저 뻘밭에 피는 물잎새들만큼이야
자욱하겠느냐
그대여, 서해에 와서 지는 낙조를 보고 울기 전엔
왜 나 채석강변에 사는지 묻지 마라라.

거대巨大한 침묵

북두칠성은 내려앉을 듯
바다에 걸쳐 있고
북극성은 지금 내 머리 위에 와 있다

독수리 좌가 날개를 활짝 펴고
물병 자루에 갇힌 병아리를 채 올리려다
허공에서 물병만 깨뜨리고 놀란 물병아리 한 마리
수평선 쪽으로 꼬리 흔들고 사라진다

성기고 큰 그물 속 내가 선 자리
우레보다 무서운 함성이 그쪽에서 일어난다
지상은 바람이 불고
울 이유도 없이 밤하늘을 쳐다보며
나는 눈물을 글썽인다

등대의 허름한 회벽 천정에서
늙은 거미 한 마리가 그물을 짜다 말고
거푸집 뒤로 몸을 숨긴다.

뻘물

이 질퍽한 뻘 내음 누가 아나요
아카시아 맑은 향이 아니라 밤꽃 흐드러진
페로몬* 냄새 그보다는 뭉클한
이 질퍽한 뻘 내음 누가 아나요

아카시아 맑은 향이야
열 몇 살 가슴 두근거리던 때 이야기지만
들찔레 소복이 피어지던 그 언덕에서
나는 비로소 살 냄새를 피우기 시작했어요

여자도 낙지발처럼 앵기는 여자가 좋고
그대가 어쩌고 쿡쿡 찌르는 여자가 좋고
하여튼 뻘물이 튀지 않는 꽹과리 장구 소리보단
땅을 메다치는 징 소리가 좋아요

하늘로는 가지 마……
하늘로는 가지 마……
캄캄하게 저물며 뒤늦게 오는 땅 울음
그 징 소리가 좋아요

저물다가 저물다가 하늘로는 못 가고
저승까진 죽어 갔다가

밤길에 쏘내기** 맞고 찾아드는 계집처럼
새벽을 알리며 뒤늦게 오는 소리가 좋아요.

---

* 페로몬Pheromone : 암꽃이나 암벌이 수컷을 부를 때 내뿜는 분비물, 또는 그 냄새.
** 쏘내기 : 소나기.

남도의 밤 식탁

어느 고샅길에 자꾸만 대를 휘며
눈이 온다

그러니 오려거든 삼동三冬을 다 넘겨서 오라
대밭에 죽순이 총총할 무렵에 오라
손에 부채를 들면 너는 남도 한량
죽부인竹夫人을 껴안고 오면 너는 남도 잡놈이란다
댓가지를 흔들고 오면 남도 무당이지
올 때는 달구장태를 굴리고 오너라
그러면 너는 남도의 어린애지

그러니 올 때는
저 대밭머리 연鳶을 날리며 오너라
네가 자란 다음 죽창을 들면 남도 의병義兵
붓을 들면 그때 너는 남도 시인詩人이란다
대숲 마을 해 어스름 녘
저 휘어드는 저녁연기 보아라
오래 잊힌 진양조 설움 한 가락

저기 피었구나
시장기에 젖은 남도의 밤 식탁
낯선 거집*이 지나는지 동네 개

컹컹 짖고
그새 함박눈도 쌓였구나

그러니 올 때는
남도 산천에 눈이 녹고 참꽃 피면 오라
불밝기 창 아래 너와 곁두리 소반상을 들면
아 맵고도 지린 홍어의 맛
그처럼 밤도 깊은 남도의 식탁

어느 고샅길에 자꾸만 대를 휘며
눈이 온다.

---

* 거집 : 큰 손님, 과객過客.

쪽을 뜨며

독 가득 파란 물 출렁인다
조가비를 태워 가는 체에 잿물 받아 풀고
허리 물리도록 아무리 독을 휘저어도
쪽을 문 거품은 기별이 없다
처음은 흰색, 다음은 청색, 다음은 자주색
헛제삿밥 같은 시간을 지나고서야
진짜 쪽을 문 꽃 거품이 뜬다는데
아무리 기둘려도 쪽을 문 꽃 거품은 기척도 없다

쪽풀 농사로 염쟁이 한 세월 츠츠츠춧
우는 저 소쩍새
무에 그리 바쁘냐 세월이 좀먹느냐
쪽물을 깨우려면 쪽물이 거품을 물고
일어설 틈도 줘야지
먼 산 고향 쳐다보고 부모에게 절하듯 저어 봐 츠츠츠춧
여름내 울던 소쩍새도 가고
그래서 나도 먼 산 보고 절하며 젓는다
한데 눈도 좀 팔며 젓는다

고개 쳐들고 머리 위 빙빙 도는 솔개도 보며 젓는다
한숨 돌리고 잊었다 생각난 듯이 또 젓는다
한나절 넘어 자는 듯 졸다 깨어 하품하고 보니

그 틈 사이 먼 산 위로
쪽물 든 하늘이 먼저 와 앉았다

애인이여, 저 하늘 한 자락 불러다
나 길 뜨는 날,
저 쪽물 받아 족두리꽃 화관 쓰고 올래
놋쇠 요령 소리도 구슬피 정든 땅 밟으며
쪽물 든 만장挽章* 한 폭도 펄럭이며 올래
내 먼저 숨지면 그 숨 받아 쪽 비녀 새로 머리 쫓고
무덤 속 그 하늘까진 머리 풀고 올래
꽃 거품 입에 물고 애인이여.

---

* 만장 : 죽은 이를 슬퍼하여 지은 글.

눈 내리는 대숲 가에서

대들이 휘인다
휘이면서 소리한다
연 사흘 밤낮 내리는 흰 눈발 속에서
우듬지들은 흰 눈을 털면서 소리하지만
아무도 알아듣는 이가 없다
어떤 대들은 맑은 가락을 지상地上에 그려내지만
아무도 알아듣는 이가 없다
눈 뭉치들이 힘겹게 우듬지*를 흘러내리는
대숲 속을 가만히 들여다보면
삼베 옷 검은 두건을 들친 백제 젊은 수사修士들이 지나고
풋풋한 망아지 떼 울음들이 찍혀 있다
연 사흘 밤낮 내리는 흰 눈발 속에서
대숲 속을 가만히 들여다보면
한밤중 암수 무당들이 댓가지를 흔드는 붉은 쾌자 자락들이 보이고
활활 타오르는 모닥불을 넘는
미친 불개들의 울음소리가 들린다.

---

* 우듬지 : 나무의 꼭대기 줄기.

우니야, 우니야

고추잠자리 날개가 서느러운 날
누렁 개꼬리 같은 조 이삭이 한 밭

조 이삭 위로 솟아난 수수 모감* 몇 대
참새 떼 소리 한 밭

저런 저런……
수수 모감이 다 휘어지네!

우니는 어디 간 거라니
조 밭에 새는 날리지 않고.

---

* 모감 : 모개, 모감지(이삭).

황태나 굴비 사려

굴비 한 두름은 스무 마린데 북어 한 쾌도 스무 마리다
큰 것은 열 마리다 남쪽은 보리가 익는데 조기 철이고
북쪽은 눈이 내리는데 명태 철이다
칠산 바다에 봄바람이 불면 너는 오고
주문진 속초 항에 눈이 오면 나는 간다
나는 생태탕이 그리워 가고
너는 생조기탕이 그리워 온다

맛 따라 오고 간다 눈 따라 오고 가고
바람 따라 오고 간다
이 미친 풍토병 때문에 나는 굴비 한 두름 꿰차고 올라가고
너는 북어 한 쾌 꿰차고 내려온다
올라가고 내려온다

어랑, 어랑, 어랑, 어랑,
동해라 주문진 속초 덕장에 명태 익는다
한겨울 눈발 속에 익으면 동태 아니라 황태란다

어랑, 어랑, 어랑, 어랑,
황해라 칠산 바다 법성포 덕장에 조기 익는다
한여름 햇빛 속에 익으면 조기 아니라 굴비란다

어랑, 어랑, 어랑, 어랑,
등짐장수로 한평생 떠돌이 이 땅의 사내들
황태나 굴비 사려, 굴비나 황태 사려.

파천무破天舞

사랑이란 말 함부로 쓰지 말자
인연이란 말 함부로 쓰지 말자
만남이란 말 함부로 쓰지 말자

오직 한 사람을 찾아 밤하늘 은하계를 떠돌았다
대기권을 진입하면서 불타버린 돌멩이 하나로
그녀는 이 지상에 나를 찾아왔다

내가 태어나던 해에 그녀도 똑같이
우리 고향 성두리 뒷산에서 한 나무꾼에 의해
발견되었고, 한 일본인 손에 들려 두원운석豆原隕石이란 이름으로
도쿄 제국 박물관에 누워 있다가 환갑을 넘기고서야
이렇게 현해탄을 넘어 왔다

삐뚜름한 모자를 쓰고 금빛 단추를 달았던 흔적,
백조 좌白鳥座의 황금수레를 타고 몇 억 광년을 떠돌며
황금수레의 말채찍을 휘둘렀던 흔적,
하늘의 숲과 내를 대질렀던 그녀의 함성,
그녀 또한 이 지상에 서서
밤하늘을 노래하는 나를 만나러 왔다

사랑이란 말 함부로 쓰지 말자

인연이란 말 함부로 쓰지 말자

만남이란 말 함부로 쓰지 말자.

※ 필자의 고향에는 두 개의 자랑거리가 있다. 그 첫 번째가 '황씨며느리설화'를 담은 '애기부처바위'요, 두 번째가 '두원운석豆原隕石'으로, 이는 1943년 11월 23일 오후 3시 47분, 성두리의 송규현 씨가 나무하면서 발견한 하늘돌이다. 일본 국립과학박물관에 보관되었던 그 운석이 58년(1999) 만에 귀국, 대덕자원연구소에서 1999년 7월부터 영구 임대로 전시되고 있다.

그늘

그늘이란 말 아세요?
맺고 풀리는 첩첩 열두 소리 마당
한의 때깔을 벗고 나면
그늘을 친다고 하네요
개미란 말 아세요?
좋은 일 궂은 일 모래알로 다 씻기고
오늘은 남도 잔치 마당 모두들 소반에 둘러앉아
맛을 즐기며
개미가 쏠쏠하다고들 하네요.
순채*란 말 아세요?
물속에 띠를 늘이고 사는 환상의 풀
모세관의 피를 맑게 거르는……
솔찮이란 말 아세요?
마음 외로운 날 들로 산으로 바장이며
나물바구니에 솔찮이 쌓이던 나숭개 봄나물들……
그러고도 쑥국과 냉이 진달래 보릿닢 홍어앳국……
벌천**이란 말 아세요?
시집온 지 사흘 벌써부터 기러기 고기를 먹고 왔는지
깜박깜박 그릇을 깨기만 하는 이웃집 새댁……
사는 재미도 오밀조밀 맛도 아기자기
산 굽굽, 물 굽굽 휘어지는 남도 칠백 리

다 우리 씀씀이 넉넉한 품새에서

그늘을 치고 온 말들이에요.

내 사랑은

저 산마을 산수유꽃도 지라고 해라
저 아래 뜸 강마을 매화꽃도 지라고 해라
살구꽃도 복사꽃도 앵두꽃도 지라고 해라
하구 쪽 배 밭의 배꽃들도 다 지라고 해라
강물 따라가다 이런 꽃들 만나기로소니
하나도 서러울 리 없는 봄날
정작 이 봄은 뺨 부비고 싶은 것이 따로 있는 때문
저 양지쪽 감나무 밭 감잎 움에 햇살 들치는 것
이 봄에는 정작 믿는 것이 있는 때문
연초록 움들처럼 차오르면서, 햇빛에도 부끄러우면서
지금 내 사랑도 이렇게 가슴 두근거리며 크는 것 아니랴
감잎 움에 햇살 들치며 숨 가쁘게 숨 가쁘게
그와 같이 뺨 부비는 것, 소곤거리는 것,
내 사랑 저만큼의 기쁨은 되지 않으랴.

고승高僧

볏 잎 뒤에 붙은 밀잠자리 한 마리
속 나래와 겉 나래 두 닢

저 수많은 땡볕과 폭풍우를 치고 와서
겹눈을 뜨고 날개는 수평 그대로인 채

손을 댔더니 겹눈도 나래도 바스라져
섬뜩해라, 폭삭 재가 되는걸!

무얼 남기겠다고
주접떨지 마라

아 저 시원한 늦가을 창공
한 자락.

찬란한 밤길

내가 가는 밤길은 아무래도 이상하다
늦가을 밤 별들이 낙엽 속에 묻히고
발이 낙엽을 파헤칠 때마다 별들은
풀무치 울음소릴 내며 아래 골짜기로 날아간다

왕시루봉 깊은 골짜기, 올라갔던 길을
몇 굽이나 굽이쳐 내려오고 또다시 엇비슷이
구불구불 올라가는 산길, 문수사文殊寺는 그런
골짜기를 수도 없이 지나고서야 맨 위 골짜기
둥근 하늘 끝 차일처럼 떠 있다

내가 가는 밤길은 아무래도 이상하다
골짜기를 지날 때마다 서러운 운석隕石이
몇 차례씩 묻히는 것이 보이고, 아무래도
저 세상 밖의 어떤 불길한 일들이 일어날 것을 예감한 듯
파천황破天荒* 같은 별들이 옷소매에서 지기도 한다

내가 가는 밤길은 아무래도 이상하다
천상천하天上天下 별 밭, 별들이 쓸어 놓은 길이 끝나고서야 문수사文殊寺
의

일주문에 닿고, 문수보살을 만날 수 있나니

아무래도 내 밤길은 도솔천兜率天**을 잘못 오르고 있나 보다.

---

 * 파천황破天荒 : 천지개벽 이전의 혼돈한 상태를 깨뜨린다는 뜻.

** 도솔천 : 수미산 꼭대기에서 12만 유순 떨어진 곳에 있는 미륵보살이 사는 곳.

불타는 절벽_{絕壁}

1
만 권의 책을 쌓아올렸다는
채석강 절벽
황혼이 불타고 있다
분서갱유로 치솟는 불기둥이 저만했으랴

다 타지 못한 세치 혀
함부로 놀리고 다닌 죄
이곳에 와서야 다 태운다
한 줄의 시_詩, 한 권의 책,

그러니 황혼이 울고 있다

2
타고 남은 재
타고 남은 숯 더미
타고 남은 절벽
분서갱유 타고 남은 뒤끝이 이만했으랴

절벽_{絕壁}에 기대어
절벽이 된 삶!

그러니 절벽이 피 흘리고 있다

3
만 권의 책을 쌓아올렸다는
채석강 절벽
이곳에 살며 단 한 줄의 시詩
단 한 권의 경책도
읽은 적 없다

겨울바다엔 큰스님 한 분이 살아 있어
시詩를 써 무얼 하려느냐
경책을 읽어 또 무엇에다 쓰려느냐
대갈일성

온몸으로 절벽을 핥고 간다.

초록의 감옥

초록은 두렵다
어린 날 녹색 칠판보다도
그런데 자꾸만 저요, 저요, 저 저요, 손 흔들고
사방천지에서 쳐들어온다
이 봄은 무엇을 나를 실토하라는 봄이다
물이 너무 맑아 또 하나의 나를 들여다보고
비명을 지르듯이
초록이 움트는 연둣빛 눈들을 들여다보는 일은 무섭다
초록에도 감옥이 있고 고문拷問이 있다니!
이 감옥 속에 갇혀 나는 그동안 너무 많은 말들을
숨기고 살아왔다.

여운餘韻

헬리콥터처럼 수직으로 내려오지 못하는 슬픔
백로는 물이 흐르는 가까운 곳, 집을 짓는다
우포늪이 있는 우항산牛項山 솔 숲, 한밤중에도
그것들은 목화솜처럼 희게 부풀어 오른다
날 빛 들기 전 이른 새벽 소택지에 떠오른 가시연꽃들
불을 켜고, 둥둥둥 떠다니는 둥근 연잎새를 디딤돌로
통, 통, 통, 통통, 발굽을 차며 사뿐 내려앉는다
하얀 발가락들이 젖어 불빛에 환하다
불 꺼진 다음에도 발목이 다 붓도록 디딤돌을 딛는다
망망대해를 건넌 저것들에게도 이런 슬픔이 있다는 것,
물안개 속에서도 통, 통, 통, 통통 저 디딤돌 뛰는 소리
내 숨구멍까지 크게 열려 한 몸이 한 박자를 이룬다
내 몸 안에도 한 춤사위 한 장단 있음을 안다.

얼음산

땅, 땅, 땅, 누가 온종일 얼음산을 깨고 있다
굴참나무 뒤에 누가 숨었나 보다
맑은 소리 하늘에 퍼진다
나도 언젠가는 저 산의 골짜기에 아이 하나를 묻고 왔다
산봉우리들은 큰 슬픔을 이루어 산울림보다 멀리 갔고
구름도 더 가까이 내려와 흙 구덩 하나를 덮어주었다
사는 날이 숨차도 내 그리움 늘 저만큼한 키의 높이로
떠 있어라, 무슨 위안이거든
흘러가다 흘러가다 하품이라도 하는 날은
불쑥 그리움 되어 솟아라
물 흐르는 곳, 주저앉아 마음 흘리며 물장구라도 쳐라
저 산에 자라는 나무 하나하나가 우리들의 악기며 위로인 것
그 나무 하나하나가 모여 이루는 숲은
내 영혼의 콘서트홀인 것
땅, 땅, 땅, 누가 온종일 얼음산을 깨고 있다
굴참나무 뒤에 누가 숨었나 보다
산봉우리여, 불쑥 솟아오르는 그리움이여
가까이 오를수록 맑은 소리 하나가
잠든 얼음산을 깨우는구나.

부석사浮石寺 가는 길

소백산 바람소리 귀를 묻고
부석사浮石寺 가는 길
천 년 넘도록 붉은 옷자락 펄럭이며
서 있을 선묘, 꿈꾸는 선묘善妙
온천장을 들러 몸 씻고 가리라
눈 크고 발바닥 좁은 당唐나라 처녀
치마폭 한번 내준 죄로
젊은 스님 따라와 절을 쌓은 여자
풍기 순흥 안흥 사과꽃밭 지나
귓불에도 흰 사과꽃이 날리는 여자
휘청거리며 휘청거리며 부석사 가는 길
선묘각 앞까지 나가 단지斷指하고
마음속 큰 절 하나 지으리라

한 채는 호준이의 탑塔
한 채는 문지의 탑塔
한 채는 못다 핀 첫사랑 서른여섯
그렇게 간 당신의 탑塔.

솔바람 태교胎教

산벚꽃잎 죄다 져 내려 골짝 물 따라가고
돌배나무 흰 꽃잎이 산을 휘덮은 마을
이때쯤은 아무도 모르는 그 마을에
은은한 솔바람이 뜨기 시작한다

당찬 60령 고개를 휘어 넘어
뱀사골, 우리는 늦깎이 아이 하나를 실어놓고
솔바람 태교를 하러 가는 길이다

누가 심었는지 애솔 하나 자라
마을 지킴이로 천년송이 되고
서리서리 용 비늘 뒤집어쓴 채 꿈틀거리면
온 골짜기 청 비늘 가르는 솔바람 소리
겹겹 에워싼 저 능선들의 이마가 서느랍다

초밤 별이 서느랍고
밤중에 뜬 유정한 달이 서느랍다
소쩍새 울음이 한바탕 자지러지니
뱃속에 든 아이의 배냇짓 잠도 서느랍다
그녀는 항만한 배를 내밀고
천년송 아래 섰다.

화공畵工이여, 눈물나는 우리 화공畵工이여
월하미인도月下美人圖를 그리려거든
이쯤은 그려라.

※ 솔바람 태교 마을은 실재하는 마을로서 지리산 뱀사골에 있다.

새가 된 시인

스륵스륵 향 연필 깎는 밤
창 밖에선 눈 오는 소리
인터넷 세상 속에서도
바람 불고 비가 오는 걸까
연필로만 향그런 시를 쓰는 시인
이메일이 아니라 우체국에 가서 매일
편지와 원고를 발송하고 오는
새대가리 시인

답청踏靑 날 교외의 풀밭을 밟으며
족두리풀 풀각시 쪽을 지어
쪽– 소리나게 입맞춤하며
하늘 보고 새치름하네요, 말하는 시인
엘리베이터 안에서 이따금 운전 핀을 잊고
맹– 하니 서 있는 시인
나 완전히 새 됐어
혼자서 어깨짓을 하며 가만하게 웃는 시인

그 나이에 차 없이도 잘 나다니네요,
제자들이 핀잔하면
얘들 봐라, 물에 빠진 선비가 개헤엄 치는 거
봤니,

달구지는 누가 타는 건데,
패대기로 걷다가 구두창이 나간 것도 모르는 시인
늘 한쪽 어깨가 기울기만 한 시인

나 완전히 새 됐어
새벽 세 시에 횡단보도를 비틀거리다가
어느 날 구두창이 아니라 창이 나간 시인
강물에 재를 뿌리자 재빨리 날아가
새가 된 시인
그의 영혼이 너무 가벼운 게 아니라
우리들의 삶이 너무 무거운 게 아닐까.

※ '나 완전히 새 됐어'는 가수 싸이의 노래 〈새〉에서 따온 구절임.

철도원

첩첩 산중을 넘어가면 조그만 간이역 하나 있네
협곡을 뚫고 들어온 두 개의 레일
레일 속에는 늙은 철도원의 한 딸아이가 묻혀 있네
디젤의 기적은 늘 산 밖에서 들려오고
여름 땡볕 속에서 푸른 깃발을 흔들 때마다
취직 열차가 서고 많은 사람들이 내렸네
한때는 그처럼도 흥청대던 탄광마을
늦은 봄까지 눈은 쌓여 진폐증이 들끓는 곳
흰 마스크를 쓰고 입을 가린 사람들
경월鏡月 소주잔 속에서도 검은 가래가 넘쳤네
원주 보훈병원에서 백일해百日咳로 딸아이가 죽어오던 날
늙은 철도원은 늘 그 자리에 서서 깃발을 흔들었네
당신은 우리 딸아이의 죽음도 깃발로 맞이하는군요
차디찬 달빛 속에서 누군가의 흐느낌이 떨어져 오고
낡은 역사 지붕 위엔 마시다 둔 사내의
경월鏡月 소주잔 같은 달이 떠 있네.

섬들도 때로는 어머니를 부르고 싶을 때가 있다

눈 그쳐 햇빛 좋은 날
격포의 등대 끝에 나와보아라
너무 오래된 이름 하나 지우고 싶어
섬들은 순백의 알들로 깨어나 한 목소리 내어
어머니를 부르고 있구나
어느 할미새가 날아오다 잃어버린 전설인지
희고 둥근 다섯 개의 알들은 물 위에 떠서
한 목소리 내어 저렇게 어머니를 부르고 있구나

위도蝟島는 북극에서 온 고슴도치의 알
여도汝島는 너의 자궁 속에서 흘러나온 알
형제도兄弟島는 물 위를 건너던 쌍봉낙타의 알
비안도飛雁島는 허공을 미끄러져 날던 기러기의 알
우도牛島는 백제승 마라난타가 서해를 건너다
잃어버린 하얀 망아지의 알
아이스크림처럼 혀끝에서 잘도 녹는 섬들
저렇게 깨끗이 오래된 이름 하나씩 지우고 싶어
한 목소리 내어 어머니를 부르고 있구나.

즐거운 디저트

서귀포 오구대왕님
저의 육신은 너무 때 묻고
저의 혼은 너무 질겨서
대왕님 석쇠 위에 이 질긴 고기
잘 익을 수 있을 까요?
어젯밤 잠 속에서도
검은 상복차림 저승차사 두 놈이
벌컥 문을 열고 들어와 육환장을 내리찍으면서
에쿠야 이 살덤버지 에쿠야 이 살덤버지*
쿵쿵 코를 말더니
에취야 이 비린내 에취야 이 비린내
육환장은 고사하고 토악질까지 해대면서
문밖을 뛰쳐나가는 것을 보았습니다

이승바람 한으로 절인 핏기는
늘 이렇습니다요

그러나 오구대왕님
이승에서 저는 이 한을 다 풀고
길 뜰 차비를 하는 날에는
서귀포 시인 광협이네 농장에 들러
저의 육신은 마지막 거름이 되고

저의 혼은 봄눈 속에서도
속죄양처럼 익어가는 귤이 되겠습니다

서귀포 오구대왕님
그때는 저승차사 두 놈 다시 보내주셔요
저녁 시간 당신의 식탁 위에서
저는 불고기 대신 노오란 귤이 되어
당신의 즐거운 디저트가 되어드리겠습니다.

---

* 에쿠야 이 살덤버지 에쿠야 이 살덤버지 : 아이고야 이 살덩어리 아이고야 이 살덩어리.

물꽃

세월이 이처럼 흘렀으니
그대를 잊어도 되는 것인지 모르겠습니다
나는 오늘도 채석강 가에 나와 돌 하나 던집니다
강은 온몸으로 경련을 일으킵니다
상처가 너무 깊은 까닭입니다
상처가 너무 큰 까닭입니다
돌 하나가 떠서 물 위에 꽃 한 송이 그립니다
인제는 향기도 빛깔도 냄새도 없는 그것을
물꽃이라 불러도 되는지 모르겠습니다
오늘도 채석강 가에 나와 돌 하나 던집니다

돌머리 물빛

—안동 백비탕白沸湯

접대接對란 말 아셔요? 주인이 손님을 깍듯이 접어 모시는 것을 말하지요. 접대나 대접이나 그게 그것 아녀요. 그런데 이 틈새를 파고드는 말이 있어 깜짝 놀란 적이 있습니다. 안동 가서 들은 얘기인데요, 도산서원 사랑방 툇마루에서 내 친구 권오삼과 함께 깍지 베개를 하고 누워 배고픈 뻐꾸기 소리를 듣다 들은 이야기인데요. 서원書院 앞을 휘돌아 나가는 돌 머리[河廻] 물빛이 왜 저토록 아득한고 했더니 그것이 선비골에만 있는 백비탕白沸湯 때문이라는군요. 오죽 가난했으면 상床 위에 펄펄 끓는 물 한 대접이라니요. 돌계단 앞 모란꽃이 뚝뚝 지고 있는 그 사이 뻐꾸기 울음소리가 간간히 끊기고 있는 그 사이, 친구로부터 점심은 뭘 들겠냐고 해서 서원 입구에 있는 '영계백숙집' 하려다 말고 영계와 백숙집 그 사이에서 입 꽉 틀어막았지요.

얼간재비*

— 간고등어

이건 안동 선비로 자처하는 내 친구 권오삼으로부터 들은 이야긴뎁쇼.
6·25사변 직후 집도 절도 없고 못살고 가난했던 시절, 자기 집 머슴이었
던 혈혈단신 홀아비 김 서방 이야기라는군요. 해마다 아버지 젯날이 오면
업둥이처럼 지방을 써달라 해서 '현고처사부군신위顯考處士府君神位'라 써
주면 저고리 앞섶에 옷핀으로 꽂곤선 아버지 산소로 피일 달려가선 벌초
를 하고는 조심조심 산을 내려오더라는 거였어요. 그러고는 안동 시장 장
터 마당을 지날 때는 저고리 앞섶을 제치고는

　—아부지요, 떡 잡수시이소.

또 어물전 앞을 지날 때는

　—아부지요, 마른 명태 잡수시이소.

또 과일가게 앞을 지날 때는

　—아부지요, 능금도 대추도 곶감도 다 잡수시이소.

술집이며, 식육점, 심지어는 청포묵판 앞에서는

　—청포묵에 탁배기 한잔 잡수시이소.

그러고는 장터 마당을 돌아 나와 터벅터벅 산을 오르더라는 거였어요.
산소에 이르러서는

　—아부지요, 잘 잡수시니더.

하고는 앞섶의 지방을 떼어 불사르고 두 번 무릎을 꿇고 하직 인사를 올
리더라는 거였어요.

그런데 이게 웬일인지요? 이 이야기가 잘못 와전되어 영덕서 안동 가는
어물차가 지날 때 얼른 저고리 앞섶을 제치고는

　—아부지요, 저기 얼간재비 차가 와요. 실컷 얼간재비나 잡수시이소,

하다 말고는 그런데 그게 아니었구만요. 얼간재비차가 아니라 똥차였구
먼요. 김 서방 후다닥 놀라 저고리를 벗어 거꾸로 제치고는

　─아부지요, 얼간재비가 아니라 이건 똥이구먼요, 똥, 얼른 토해 뿌리
시이소, 얼른요, 하더라는 거였습니다

　거두절미하고, 천하 몹쓸 선비 놈들 요로코롬 이야기를 잘라 먹는 악취
미라니, 쯧쯧⋯⋯.

---

* 얼간재비 : 안동 지방에서 자반고등어를 일컫는 말.

삼대三代 숯불구이

광양 숯불구이를 마로화적馬老火炙이라 한다던가
백제시대 마로현이라 불렸다던가

살다보면 가슴에서 내려놓지 못한 한恨
별의 별 것이 다 섭섭해
중마동 옛터 봄 맞은 남새밭
조선朝鮮 파는 누가 먹나

지척이 천 리만 하여 백계산 참숯굴막도
무너지고 없는데
삼대 숯불구이 집 고향 사람들은
줄을 선다

방짜 유기 청동화로 연기 자욱한데
화끈 닳은 구리 석쇠 위에서
노릇노릇 익어가는 암소 갈비의 살점들
그것도 고삐가 닿지 않는 왼쪽 갈비라니!

옛날엔 송아지 구이였다던가
파김치에 한 저붐*씩 말아

물리도록 먹고 나면 느랭이골 물소리도 어벙벙해지는

천하일미天下一味 마로화적馬老火炙.

---

* 저붐 : 젓가락의 경북 · 전라 · 충남 방언.

김치

같은 접속어로만 가지고 말하더라도
'하더라도'가 아니라 '하였는디'로
'그런데'가 아니라 '그리하얏는디'로
전라도 말 가락에만 있는 판소리 표준어
그 세류청청細柳靑靑 휘늘어진 말씨로만 빚은 서정시抒情詩

이제 우리 서정은 비닐깡통 속에 들어 있고
윤 나는 버터의 질 속에 유해 색소와 함께
섞여 있다
감옥소의 뒷마당 내리는 눈 속에
쓰레기 하치장 바퀴벌레의 단단한 갑피질 속에
김치 맛이 돌지 않은 솔벤 유油처럼
우리 서정시는 반들거린다

맵고 짜고 새콤한 그 맛!
통영갓을 썼던 그 시대에도
개털 모자를 쓰고 북만주를 떠돌았던
독립군의 모자 속에서도
얼큰하고 맵고 짜고
헬멧이 유행이었던 일제치하
아니 해방 후 중절모 속에서도

4·19 이후 신동엽의 쭈그렁 등산모 속에서도
그 맛은 그 맛인 것
요즘은 물 건너 아메리칸들도 좋아한다는군

사할린 콜사코프 남쪽 항구
한평생 안개 속을 떠돌다 눈감은
이노마李老馬 씨의 무덤 속에서도
뻘겋게 빛나는 김치

오늘은 세마치장단으로
오리발 궁둥이를 달싹이는
이승엽 방망이 끝에 터지는 알싸한 그 맛!

무젓*

어제는 서해안에 가서
밀낙지국에 무젓을 먹었다

밀수제비 고명을 떼어 넣고
보글보글 끓인 낙지국에 곁들여 내는
꽃게무침이 그것이다

유식한 서산 댁 보살님 이야기로는
옛날 양반들은 천것들의 음식이라고
먹지 않았다고 한다

뻘밭을 기는 것도 하려니와
꽃게란 놈은 모로 기는 비틀걸음에다
속창아리**도 쓸개도 없이 눈을 치뜨고
거품을 뿜는 게
숭한 상것이란다

내가 어디서 본 기록으로는 송시열 가家라 했고
도 음식학자의 점잖은 표현들로는
무장공자無腸公子, 횡횡거사橫橫居士, 내황후內皇后
천상목天上目, 서호판관西湖判官이라 했다

맛에도 격이 있고 품계가 있는 걸까
사팔뜨기 천상개비***라도 서울만 가면 되지 않던가

간월암 솔밭엔 솔광****이 떴다
만공 스님도 이 맛엔 배틀거렸을 거라고
나도 한바탕 너스레를 떨고 왔다.

※ 무장공자, 횡횡거사, 내황후, 천상목, 서호판관은 모두 서해안에서 꽃게를 지칭하는 말들이다.

* 무젓 : 꽃게 무침. 서해 음식.
** 속창아리 : 철(사리를 분별할 수 있는 힘)의 전라도 방언.
*** 천상개비 : 사막에 사는 동물.
**** 솔광 : 소나무에 걸친 달(화투에서 솔광).

궁발거사窮髮居士

뭐, 그 나이에도 신 새벽에 일어나
여의도 광장을 한바퀴 삐잉 돈다고?
일요일엔 관악산에 올라 야호—를 외친다고?

자네 소슬한 가을밤에
철렁철렁 우는 방울 소리 들어보았는가?

풍덩풍덩 지그재그로 뛰는 숭어
꼬리로 물창*을 치는 잉어
쏘가리와 날치는 수평으로 날지
눈치는 눈치 없어 바깥세상 일 몰라
환한 물밑을 긴다네.

복지부동, 뱀장어는 야행성이지 똥
지렁이를 좋아한다네.

---

* 물창 : 물이 고여 질퍽거리는 장소.

접시꽃

흔들린다 대낮의 땅 그늘도
제 정적이 무서워 장독대 그늘로만
깊어지는, 저녁 햇살 기우는 날은
하얀 접시꽃 눈부시게 피어난다
그 디딤돌을 괴고 가만히 누가 와서
하늘 층계를 내려오는 소리
증조모, 할머니, 어머니 또 나의 내자内子까지
이 하얀 접시꽃 핀 장독대가 아니었으면
한생生 어찌 곧은 소리 낼 수 있었을까
동구 밖 솔대* 위에 한 마리 새를 올려놓고
새벽하늘 밑 박우물을 파내어
대대로 그 물 떠다 치성 드린 자리
오늘은 쓰러져 가는 옛집에 와
다들 한 자리 모여 층층으로 포개어져
흰 사발 같은 접시꽃들 눈부시다.

---

* 솔대 : 솟대.

바람 타는 나무

　바람이 산굽이 하나를 타고 돌다가 머무를 만한 정처定處는 어디란 말인가. 약사암에서 운림동으로 넘어가는 그 고갯길에 칠백 년 노거수는 또 어디 심을 곳이 마땅찮아 이곳 마루턱이었더란 말인가. 산도 제일로 좋은 고래 뱃속 같은 무등산을 한 바퀴 휘젓고 나오다 보면, 목도 출출하여 송풍정 보리밥 한 술에 막걸리 한 동이쯤은 으레 동이 나는 법이라, 여럿의 산행인들 틈에 묻어든 날은 이 평상의 그늘에 누워 나도 깜빡 한 졸음씩 졸다 보면 바람 탄 나무였다네. 수런수런 개어오는 잎새들 사이 눈가리개의 그 하늘들, 마치 회칼로 저며낸 붕어치나 버들치의 살점들 같았네.

　또 배를 뭉개고 가는 흰바구지꽃과 노새와 짝새도 그 이파리들 속에는 다 들어 있는 것인데, 백석白石이 그리워한 나타샤와 흰 당나귀 울음소리도, 마가리로 떠나는 세간도 놋접시 깨지는 소리들도 다들 절로는 잘 들려오는 것이었네.

　그보다는 우리 사는 날들 매양 서러워 이 고개 마루턱에서 동북東北간 어디, 오십 리 밖 동복이나 화순골쯤 친정집 마을 어머니와 시집살이 환장한 딸년이 유두나 백중날쯤 때 잡아 기별 통지하고 나와 설움을 바가지로 떠내는 그 반보기 나무는 아니었을랑가 몰라, 그러면서 보아라, 시방 팔팔거리는 느티의 겉잎새들, 벌써 등이 휘어 저승 갈 듯 빼랑빼랑 쉰목소리로

　울고, 그 겉잎새들의 우듬지에 촘촘히 들어찬 속잎새들 눈 비비고 깨어나 청자수靑磁水병이나 신사辰砂항아리를 빚어 구름 탄 학鶴을 불러들이는 그 능청스러운 웃음과 손모가지들을! 그 속눈썹들을! 또 어느 가지에선

통꾼*이 다 된 아이들이 닥나무 밭 닥종이를 한 장씩 떠내어 허튼 가락 귀얄**로 풀을 바르고 피워낸 그 영원이란 이름의 포름한 난초꽃들을!

---

* 통꾼 : 한지를 떠내는 기술자.
**귀얄 : 풀이나 옻을 칠할 때 쓰는 솔의 하나.

덧정*

약사암을 구릉에 두고
새인봉을 쳐다보는 고갯길 송풍정 앞엔
칠백 년을 자랑하는 노거수 한 그루가 정정하다
예부터 운림동 마루턱에서
마을 지킴이로 서 있으니 접신을 해도
일곱 번은 더 했을 나이

어따 마시, 우리 그 그늘 속에서
송풍정 보리밥 한 술 어떤가?
정년을 하고 아직도 다리심이 남아 억울하다는
김 선생을 불러낸다
서석대나 바람머리 재가 좋아서가 아니라
촘촘한 이파리들이 하늘 가리개로
부드러운 햇빛과 바람을 여과시켜 주는 그늘이
좋은 것이다
이쯤에서 서로가 땀을 닦아주고
반반쯤은 해묵은 김치 같은 정을 나누어줄 수 있어
좋은 것이다

그늘과 끈— 살아가면서
어린 날 소고삐를 바투 잡듯이 놓지
않는 일은 얼마나 덧정 나는 일인가

어이, 어따 마시 내일은 주말인데
송풍정松風亭 보리밥 한 술 어떤가?
고추당초 매운 시절
일 년에 한 번쯤 유두나 백중날쯤
날 잡고 터 잡아 반보기**로 기별 통지하고
고개턱에 올라
친정어머니를 뵙듯이 말이네.

---

* 덧정 : 정분이 나면 그에 딸린 것까지 사랑스러워지는 정.
** 반보기 : 중로中路보기라고도 한다. 시집살이가 고된 딸과 친정어머니가 일 년에 한 차례씩 중간 지점에서
만나던 풍습.

백련사 동백꽃 1

동백의 눈 푸른 눈을 아시는지요
동백의 연푸른 열매를 보신 적이 있나요
그 민대가리 동자승의 푸르스름한 정수리 같은……
그러고 보니 꽃다지의 꽃이 진 다음
이 동백숲길을 걸어보신 이라면
아기 동자승이 떼로 몰려 낭랑한 경經 읽는 소리
그 목탁 치는 소리까지도 들었겠군요
마음의 경經 한 구절로 당신도 어느새
큰 절 한 채를 짓고 있었음을 알았겠군요

그렇다면 불화로를 뒤집어쓰고 숯이 된
등신불等身佛 이야기도 들어보셨나요
육보시* 중에서도 그 살보시가 으뜸이라는데
동백꽃 피어 산문山門 밖 저 구강포의 바닷길까지
등燈을 밝힌다면, 보시 중에서도 그 꽃보시가 으뜸인
오늘 이 동백 숲을 보고서야 문득 깨달았겠군요!

한 세월 앞서
초당 선비가 갔던 길
뒤 숲을 질러 백련사 법당까지 그 소롯길 걸어보셨나요
생꽃으로 뚝뚝 모가지째 지천으로 깔린 꽃 송아리들
함부로 밟을 수 없었음도 고백하지 않을 수 없겠군요

조심히 접어 목민심서 책갈피에 꽂았더니
누구의 울음인지 한 획 한 글자마다 낭자한 선혈
애절양 애절양으로 우는
동박새 울음이 유난히 슬픈 봄날이었지요

동안거冬安居**도 끝나고 구강포 겨울바람이 설치면
어느 큰 손이 부싯돌을 긋는지
팍팍 날리는 불티 몇 점도 보셨나요
그 불길 동백 숲에 옮아 붙어 아련한 모닥불로 번질 때
그 불기운으로 저 정수사 앞 뜰 흙가마 속
청자수병靑磁水餠이 솟고, 그 수병 속 물길 휘둘러
바다도 쪽빛으로 물들고 있었음을.

---

* 육보시 : 원래는 육바라밀六波羅蜜. 불가에서 말하는 생사生死의 고해를 건너 이상향인 열반涅槃의 피안에 이르는 여섯 가지 덕목.
** 동안거 : 불교에서 음력 10월 보름부터 정월 보름까지 승려들이 바깥출입을 삼가고 수행에 힘쓰는 기간.

백련사 동백꽃 2

백련사 동백 숲길을 걸어보신 적이 있나요?
동박새 울음이 유난히 슬픈 봄날이었지요
모감지*째 생꽃으로 뚝뚝 지는 동백꽃을
쓸어 모아보신 적 있나요?
노오란 꽃 수술이 달린 그 빨간 주머니꽃 말예요
저의 돌잔치 때 할머니가 만들어주셨다는
어쩌면 그 복주머니들 같았지요
저는 그 복주머니 꽃 주워서 귀에 대고
흔들어보았어요.
찰랑찰랑 한반도 남녘 끝 맑은 물소리 들렸지요
발길에 툭툭 차인 동백 꽃송이 쓸어 모아
꽃 목걸이를 만들어 목에 꿰어보았지요
동백전冬柏錢의 찰랑거리는 소리가 났어요
동백전은 궁중에서 썼던 돈이라 민초들은 모르지요
그러나 웬일인지 그 무지렁이들 울음소리 들려왔어요
백련사 동백 숲길을 걸어보신 적 있나요?
처음엔 동박새가 부리로 쪼아 그러는 줄 알았지요
저는 그 소롯길 걷고 나서야 알았어요
동박새 울음이 유난히 슬픈 봄날이었지요.

---

* 모감지 : 모가지의 전라도 방언.

호남검무 湖南劍舞

우마발사위 엇박으로 뛰는 춤사위
시원하고도 활달하다

넓은 들 도리깨질 타작인가
염불 장단 쌍칼이 허공에서 운다

쌍오리*는 둘이 얼싸안은 태평무舞
진격태*는 황토현을 넘는 용맹무舞

붉은 전립 색동옷 쾌자 자락 넘실넘실
애 살포시 흘리는 저 나비고름

연풍대*를 돌아드는 외칼사위*
우리 산천 그 휘모리장단 가락 분명타.

---

* 쌍오리, 진격태, 연풍대, 외칼사위 : 호남검무의 춤사위 형태.

하늘 매 발톱

하늘 매 발톱이 한창 보랏빛 등을 내걸 때
생각나는 말은
하늘 매는 언제나 하늘에 살아도

발톱은 지상에 꽂힌다.

언 땅에 조선매화 한 그루 심고

언 땅에 조선매화朝鮮梅花 한 그루 심고

암향부동暗香浮動*이란 말
함부로 써도 되는지 모르겠다
조선매화 한 그루 뜰에 심어 놓고
어제는 어초장 서재를 옮겼다
강가에 나가 아직도 시들지 않은
구절초 몇 송이 꺾어다 창호 문 바르고
군불을 지폈다
화개동천 언 겨울 빙벽에 땅땅 못을 박고
전화를 놓고 우편함을 새로 개설했다
허옇게 얼어붙은 강줄기를 내려다보며
이 적막한 시대에 어디에 가서
무릎 꿇고 큰절 올려야 하나
참매화 향이 그리운 밤
뽕짝조 시詩도 개매화도 작당으로 피는 시절
스승도 제자도 갈 곳도 따로 없는 밤
뜰에 조선매화 한 그루 심어놓고
암향부동이란 말
함부로 써도 되는지 모르겠다.

---

* 암향부동 : 그윽한 향기가 감돎(매화향).

신선봉神仙峰

―성선聖善 형을 보내며

썩어가는 영랑호를 끼고 누워 신음하는
속초의료원 영안실
발인을 끝내고 고성군 토성면 성대리 256번지 고향을 향해
영구차는 떠났다
이곳에서 속초까지 꼬박 걸어 다녔다는 마을 앞
노거수 밑에서 노제를 지냈다
남의 집이 된 생가 마당 흙을 밟아도 보고
내 몸에선 '산의 향기'가 난다는 말대로
만이천 봉우리 금강산의 첫 관문인
신선봉을 무연히 쳐다보기도 했다

초록이 물젖은 오 월의 한낮
벌써 햇뻐꾸기 나와 징징 울었다

하루에 한 번씩 세숫대야에 거꾸로 비친
신선봉을 들여다보고
엎드려 절했다는 그
얼굴을 씻어도 발은 씻을 수 없었다는 그

화장터의 아궁이에 관을 밀어 넣고 나와
굴뚝을 쳐다보았다
연기마저 흐르지 않았다.

암향

예닐곱 그루 성긴 매화 등걸이
참 서늘도 하다
서늘한 매화꽃 듬성듬성 피어
달빛 흩는데
그 그늘 속 무우전無憂殿* 푸른 전각 한 채도
잠들어 서늘하다.

* 무우전無憂殿 : 선암사仙岩寺에 있는 전각. 7백 년 된 조선매화 향으로 유명하다.

피아골

청학동천 악양동천 화개동천
다 놔두고
저녀르* 골짜기만 들여다보면
피가 끓는다

일찍이 피죽을 끓였던 피밭골
화전민火田民의 마을

노고단에서 임걸령으로 내려오는 길목에서
불퇴전不退轉의 자술서를 쓰고 나온
땅꾼 할아버지와 채약꾼의
노부부를 만났다

오래 늙어 쭈그러진 사타구니 같은
피아골
저녀르 골짜기만 들여다보면
피가 끓는다.

* 저녀르 : 저년의.

섶다리

전통傳統은 박제된 풍경이 아니라
흐르는 동강의 개울물에
이리 구불 저리 구불 이쪽도 밟고 저쪽도 밟는
휘돌아나가는 물길에 구부러진 고샅길에
쪽달이* 밟고 가듯
밟고 가는 것

누이야,
그 휘모리장단 가락을 네가 아느냐

그 여울물 따라
한 마리 암소 몰고, 꼴망태 지고
불여귀 울음소리 밟고, 쪽달의 그늘을 밟아서
밤늦은 농부 한 사람이 베잠방이 다 젖도록
건너가듯
건너가는 것

섶다리,
섶다리 건너서 가는
쪽박 같은 세월을 네가 아느냐.

---

* 쪽달이 : 발줄과 그물 사이에 간격을 두고 그 사이를 이어주는 줄. 북한어.

간지럼 타는 나무*

추석 무렵 우리 하늘 참 너무 맑기도 하다
백련사의 선원禪院 앞뜰
목백일홍 한 그루 피어 온 뜰이 다 물결친다
기왓골마다 흘러내리는 투명 햇살들
목백일홍꽃 그늘에서 바다를 내다보고 섰던
노승 한 분이 심심했던지
백일기도인 양 맨드롱**한 아랫도리에
자꾸만 간지럼을 먹인다
그때마다 까르륵 까르륵 웃다 말고 터지는 꽃잎들
화무십일홍이 아니라 왜 백일홍인지
그 뜻을 알겠다
노승이 섰던 자리 나도 따라가
간지럼을 먹였더니
우듬지의 꽃다지들이 바르르 떨다 말고
또 까르륵 까르륵
연분홍 꽃잎들을 동시다발로 쏟아낸다.

---

* 간지럼 타는 나무 : 목백일홍木百日紅 또는 세 번 피면 쌀밥을 먹는다고 해서 풍년화라고도 하며, 간지럼을
잘 타기에 '간지럼 나무'라고도 한다.
** 맨드롱한 : 매끈한.

여자의 성소聖所

어미 등 뒤에 코알라를 보면
젖니 두 개가 났을 때가 생각난다
움, 움, 움─하다
젖니 세 개가 났을 때
나는 움, 움마라는
이 지상의 마지막 말을 완성했다.
부엌 뒷문으로 비친 북두칠성 별자리를 보고
일곱 걸음을 옮겼을 때
밥물이 끓고 뜸 들이는 그 밥 냄새를 처음 알았다
이 세상 어떤 꽃들의 진한 향기보다 진했다
좀 더 자라서는 부뚜막에 부지깽이 숯검정으로
가갸─뒷다리를 썼고
일곱 살 땐
애야, 이곳은 네가 개칠改漆할 곳이 아니란다
그 성소聖所에서 쫓겨났다
나 대신 삽살강아지 한 마리가 들어와
그 깔자리를 개칠하고 살았다
내 나이 지천명이 되었을 때
마지막 타오르던 아궁이의 그 빨간 불꽃,
굴뚝 드높이 솟은 연기 따라
그녀는 하늘로 갔다.

가을볕

여름 장마에 누습*이 든
능화판** 문양의 비단 표지表紙 좀 슬은 책들을 꺼내놓고
곰팡이 얼룩을 지우며
가을볕에 책을 말린다

첩첩 산중에 흰 구름이 일듯
한 장씩 책장을 넘길 때마다
행간들에서 소슬한 바람이 일고
캄캄한 묵향墨香이 코끝에 시리다

축축하게 구겨진 옷가지들을 빨아 널 듯
내 영혼 한 숟갈 표백제처럼 물에 풀린 한나절은
어초장魚樵藏 산굽이를 휘돌아나가는
섬진강 물줄기에도 가슴이 두근거리고
마당가 감나무 떫은 감들도 단물이 들 대로 들었는지
벌써 뺨들이 붉다

이 가을엔 농부들이 거피去皮한 알곡들을
지붕 위에 널어 말리듯이
나도 가을볕에 나와 거풍擧風을 하고 섰다

장악원 악공들이 여름내 녹녹해진 북 가죽 끈을
소리 없이 죄듯이.

---

* 누습 : 축축한 기운이 스며 있음.
** 능화판 : 능화는 물풀로서 덩굴이 수면까지 솟아오르며 줄기 끝에서 꽃이 되어 수면을 가득 덮는다. 전통적
으로 책표지 문양으로 써왔기 때문에 이에 기인하여 보통 책표지를 능화판이라 한다.

시 241

포플러 한 그루의 시詩

시詩는 어떻게 써야 잘 쓰는 거냐고
네가 말하는 사이
저것 보아라
키 큰 포플러 나무 한 그루가
서편 하늘에다 먼저 알아듣고
시를 쓴다
하늘 가장자리까지 크려는지
노을이 머플러처럼 감겼다 풀리고
바야흐로 구름 몇 조각이 떠서
진보라색으로 서서히 물든다
시는 말로 쓰는 것이 아니라
먼 길을 걸어와서
서늘한 제 그림자를 모래밭에 묻고
발로 이렇게 쓰는 거라고
어두워가는 하늘에다 솨 — 솨—
빗자루 짓을 해댄다
언어가 아닌 맑은 물소리를 퍼내며
끝내는 모래밭의 제 그림자마저 지운다
어둠 속을 또다시 걸어가는 세례 요한처럼.

빈집 1

밤새 눈이 쓰러지게 와서
누가 저 빈집을 지키고 갔는지
나는 안다

빗물이 어룽진 흙벽 밤이 깊어도
어머니는 오지 않았다
아랫말 잔치가 드는 날은 새벽닭이
세 홰를 쳐도 봉당 밑에 눈이 들이쳐도
어머니는 오지 않았다

그런 날 밤 벽에 뜬 그림자는 유난히 춥고
무서웠다. 슬슬 산山지네가 기어가고 호랑나무가시가
돋고 당나귀가 몇 번이나 긴 울음을 울었다
산골 여우가 나와 몇 번이나 재주를 넘었다
황소뿔이 걸리고 호롱불 심지가 꼴깍 졸아들기도 한다

세월歲月이 지난 뒤에야 그 호롱불을 깔고 앉은 악머구리*가
우리들 할머니였다는 사실을 알았다
야윈 손 쳐들어 풀어내던 벽壁 그림자……

밤새 눈이 쓰러지게 와서
누가 저 빈집을 그리워하고 갔는지

나는 안다

* * *

오래도록 잠긴 저 문에
누군가 빗장을 푼다
삭아 내린 싸리 울바자** 다시 세우고
눈보라가 설쳐대는 툇마루와
댓돌을 쓸고
댓돌 위에 신발 몇 켤레도 가지런하다
어제는 서울서 일만이네 식구가 내려와
밤새도록 저 창호 문발에 불빛 따뜻하다

그 불빛 새어 나와
온 마을이 다 환하다
낯선 듯 동네 개 컹컹 짖고
울바자를 넘는 애기 울음소리
동쪽 하늘에 뜬 샛별이 파르르 뜬다
마당가 바지랑대에 널린 애기똥풀 빛 기저귀
이제야 사람이 사람답게 보이기 시작한다

아침부터 굴뚝의 연기가 치솟아

한밭 재 대숲머리를 돌아나가는
저 들판의 자오록한 연기 보아라
오래 잊힌 자진모리 설움 한 가락이
그렇게 풀리는구나

아이엠에프가 대순가 돌아가야지 돌아가야지
벼르고 벼르던 30년 세월
조금 일찍 돌아온 것뿐이다
조금 앞당겨 돌아온 것뿐이다.

---

* 악머구리 : 잘 우는 개구리라는 뜻으로, '참개구리' 를 이르는 말.
** 울바자 : 울타리에 쓰는 갈대나 수수깡 대.

저녁 답에 내려

해질녘
대숲머리를 돌아 아득한 벌판으로 기어나가는
저녁연기를 보면
나는 지금도 울먹해진다

그런 날 저녁 답을 서성이면
어디선가 목어木魚가 울고
범종 소리 들려오고
성긴 눈발 속

갈 길을 잃고
말뚝처럼 혼자 서서 저물 때가 있다.

인연因緣

내 사랑하던 좋이 죽었다
어초상 언덕바지 감나무 밑에 묻어주었다

이듬해 봄 감나무 잎새들 푸르러
경경* 짖었다.

---

* 경경 : '컹컹' 보다 여린 말.

아내의 맨발 1

그녀의 피 순결하던 열 몇 살 때 있었다
한 이불 속에서 사랑을 속삭이던 때 있었다
연蓮 잎새 같은 발바닥에 간지럼 먹이며
철없이 놀던 때 있었다
그녀 발바닥을 핥고 싶어 먼저 간지럼 먹이면
간지럼 타는 나무처럼 깔깔거려
끝내 발바닥은 핥지 못하고 간지럼만 타던
때 있었다

이제 그 짓도 그만두자 하여 그만두고
나이 쉰셋
정정한 자작나무, 백혈병으로 몸을 부리고
여의도 성모병원 1205호실
1번 침대에 누워
그녀는 깊이 잠들었다
혈소판이 깨지고 면역체계가 무너져 몇 개월째
마스크를 쓴 채, 남의 피로 연명하며 살아간다

나는 어느 날 밤
그녀의 발이 침상 밖으로 흘러나온 것을 보았다
그때처럼 놀라 간지럼을 먹였던 것인데
발바닥은 움쩍도 않는다

발아 발아 까치마늘 같던 발아
연蓮 잎새 맑은 이슬에 씻긴 발아
지금은 진흙밭에 삭은 연蓮 잎새 다 된 발아
말굽쇠 같은 발, 무쇠솥 같은 발아
잠든 네 발바닥을 핥으며 이 밤은
캄캄한 뻘밭을 내가 헤매며 운다

그 연蓮 잎새 속에 숨은 민달팽이처럼
너의 피를 먹고 자란 시인詩人, 더는 늙어서
피 한 방울 줄 수도 없는 빈껍데기 언어로
부질없는 시詩를 쓰는구나

오, 하느님
이 덧없는 말의 교예
짐승의 피!
거두어가소서.

아내의 맨발 2

한 움큼 삶을 움켜쥐고 다시는 놓지 않으려는 듯
두 발바닥은 침상에 붙이고 무릎을 모아 세운 채
일상의 버릇처럼 아내는 잠들었다

추석절이라 하루 내 피 한 방울 얻어먹지 못하고
온몸에 실핏줄이 경련을 일으킨 채
피멍울 문신을 뒤집어쓰고 누워 있다
애잔하여 곧추 세운 두 무릎을 펴주고
부르튼 맨발을 밤새도록 주물렀다

알면서도 모르는 척 두 눈 딱 감고
감은 눈꺼풀 위에 깍지 낀 손 얹은 채
울지 않으려고 애쓰는 그 손사래 밑으로
두어 방울 눈물이 침상 밑으로
굴러 떨어지는 것을 보았다

이매패二枚貝의 키조개처럼 갈라진
발바닥,
천하를 주유하고 온 부처님의
맨발바닥.

아내의 맨발 3

―갑골문甲骨文

뜨거운 모래밭 구덩을 뒷발로 파며
몇 개의 알을 낳아 다시 모래로 덮은 후
바다로 내려가다 죽은 거북을 본 일이 있다
몸체는 뒤집히고 짧은 앞 발바닥은 꺾여
뒷다리의 두 발바닥이 하늘을 향해 누워 있었다

유난히 긴 두 발바닥이 슬퍼 보였다
언제 깨어날지도 모르는 마취실을 향해
한밤중 병실마다 불 꺼진 사막을 지나
침대차는 굴러간다
얼굴엔 하얀 마스크를 쓰고 두 눈은 감은 채
시트 밖으로 흘러나온 맨발

아내의 발바닥에도 그때 본 갑골문자들이
수두룩하였다.

아내의 맨발 4

―격포에서

아득하구나!
먼 길을 헤쳐 얼음구덕을 파며 오는
11월의 연어 떼
앵두알 같은 알들을 마지막 모래 구덩이에 묻는
최후의 수장식水葬式
그리고 강물에 둥둥 떠내려가는 연어 한 쌍
물수리도 거들떠보지 않는……
한 시인은 그런 연어에서 강물 냄새가 난다고 한다

훌쩍 오십 줄을 건너온 사람에게서는 무슨
냄새가 날까
아직도 들찔레꽃 창창한 냄새가 나니 안심해요
그녀가 위로한다
그럼 저에게서는요, 그녀도 궁금했던지 묻는다
당신에게서는 고동 냄새가 나지!
봄 바다 무적霧笛* 속에서 우리는
고동을 줍고 있었다

우리는 몇 번이나 물새가 되어
시름없이 수평선을 날아간다.

---

* 무적 : 안개가 끼었을 때 선박이 충돌하는 것을 막기 위해 등대나 배에서 울리는 고동.

아내의 맨발 5
—꺽도요의 발자국

당신 만일 죽어 모래밭 가에 찍어놓은
한 작은 물새 발자국이 될 수 있다면
맨발로 거닐기를 좋아했던
강릉이나 채석강 모래밭쯤 훨훨 날아가서
꺽도요의 그 작은 물새 발자국이 되어주세요

수평선을 나래 저어간
그 빛났던 고통의 순간들을 기억하며
나 오래도록 당신 없는 그 바닷가를 헤매이리

일찍이 내 삶의 뼈 중의 뼈, 살이었던
당신,
이 세상에 와 발에 맞은 신발이 없다고
노상 불평만 했던 당신,

그 작은 발자국의 길을 따라
내 흰 조개무덤으로 돌아가는 날
당신의 피를 걱정하지 않아도 되리

수수마타리꽃 위에 머물렀던
한 점 빨간 저녁노을
그 짧았던 여름날의 사랑을
기억하지 않아도 되리.

아내의 맨발 6

― 수양버들

아내는 무균실에 누워 있다
한밤중 겨울 복도를 나 혼자 서성이며
아내의 고통에 찬 신음 소리를 듣는다
이젠 지치도록 내 귓구멍에도 핏멍울이 지고
남쪽 복도 끝 창문을 열고 넘어도 보면
한강변에 높이 솟은 유한양행 빌딩 광고탑에선
눈 푸른 버드나무 한 그루가 칠칠한 녹음을 드리우고
괴괴하고 죽어 있는 세상의 밤 풍경들 속에 떠 있었다
저 살아 숨쉬는 풍경 하나가
나를 구원에 이르게 하는 설렁줄*이 되었다
이름 모를 한 세상 강 바람이 와서
간간이 체머리를 흔들어 쌌는 수양버들
그 엽록소의 맑은 피안을 꿈꾸는 시간
아내여, 백혈병을 앓는 아내여,
이 다음에 우리 죽어서 하늘 탑塔을 이루면
저 눈 푸른 수양버들로 다시 살자.

---

* 설렁줄 : 잡아당기면 소리가 나도록 방울을 달아 처마 끝 같은 곳에 매어놓은 줄.

아내의 맨발 7

— 단감을 따며

이건 무슨 악몽惡夢인가
가을 햇볕 속 감나무에 올라가 감을 딴다
그녀는 지금 무균실의 옥탑방에 올라가 있다
옥탑방 같은 감나무 꼭대기에 올라가 감을 딴다
언제나 가을이 와서 거리의 좌판에 감이 나오면
한 봉지씩 단감을 사 나르던 기억
나 죽으면 그 무덤가에 감나무를 심어주세요
계면쩍게도 새실새실 웃던 당신,
오늘은 어초장 마당가 그 감들이 빨갛게 익었다
김치도 삶아 먹어야 하는 무균실의 당신에게
눈요기나 하라고
오늘은 가을볕 속에 나와 내가 맨발인 채
청승맞게 감을 딴다.

아내의 맨발 8

어느 날
아내를 병원에 두고 내려와
내의內衣 한 벌을 찾던 중
장롱 밑바닥 오래된 손가방 속에서
낡은 수첩들을 발견했다
그것은 20년 동안 사람과 사람을 접속했던
사람 냄새로 얼룩진 보험 장부였다

사람과 사람 사이를 누비고 다니며
사람과 부대끼며 사람과 더불어 닳아진
전화번호들과 함께 곰팡이꽃이 피어
녹록했다
네 귀퉁이가 회치회치 닳고 종이 보푸라기가
푸수수했다
낡고 휘느스름한 그 수첩들에는 고리고리한
곤쟁이젓 같은 썩은 세월이
아내의 시간들이었음을 말해주었다

어디서 왔다 가는 줄도 모르는 그 사람들 위로
다시 아내의 맨발이 지나가고 바람이 지나가고
또 초롱한 별들이 떴다가 자물렸다
쓰다 버린 도끼날에도 녹물이 끼어 쟁쟁하듯이

쓰다 버린 그 수첩들 위에도
아내의 향기는 쇠꽃으로 되어서
물컹, 물컹했다.

아내의 맨발 9
―얼룩말과 쇠듬새기새

언제 보아도 그녀의 귓구멍은 알록조개 한 잎 같다
얼룩말의 귀처럼 뽀얗고 사랑스럽다
얼룩말은 순하다 착하다 그녀는 얼룩말이다
쇠듬새기새는 얼룩말의 종긋한 두 귀에 관심이 많다
진드기가 숨어 살고 있기 때문이다
쇠듬새기새는 진드기를 파먹고 다음은 귀지를 먹는다
얼룩말은 두 귀를 육감적으로 종긋거린다
쇠듬새기새는 주인 몰래 상처를 내어 피를 마시기도 한다
털을 한 움큼씩 뽑아다 집을 짓기도 한다
알을 까고 새끼들이 자라 쪼로롱 방울 소리 낼 때는
얼룩말의 두 귀가 허전하다
얼룩말이 무엇에 놀라 뛸 때는 그 귓구멍 속에 숨기도 한다
이삿짐센터 같은 얼룩말이 죽을 힘을 다해
아파트 고층을 오른다
날지 않는 새, 쇠듬새기새, 면봉을 휘두르며
나는 지금 그녀의 귓구멍을 파고 있다
그래 사랑은 어떤 이유로든 귓구멍 파기다
나는 목하ㅂㅏ한 여자의 귓구멍을 파며 그녀의 영혼 깊숙이
혀를 밀어 넣는다.

아내의 맨발 10

—회색 올빼미

어찌나 이쁘든지요
이른 아침 논둑길을 걷다가 볏잎 뒤에 붙은
푸시시 막 잠 깬 밀잠자리 한 마리
어느 날 내 영혼도 저렇게 가벼울 수만 있다면
젖은 이슬 털어 말릴 수만 있다면……

어찌나 이쁘든지요
그 견인의 시간 다 지나고 신생의 아침
투명한 햇살에 날아오르는 아른아른한 빈 날개
저 알 수 없는 하늘 뒤로 사라지는……

아내여, 그렇게 가벼운 날개를 흔들며
이 지상의 층계를 다시 걸어 내려오라
우리 한밤중에 우는 회색 올빼미처럼
그렇게 무인도의 숲 속에서 숨어 울었느니라

이 세상 꺾이지 않고 저승에 가서도
우리 다시 그 숲 속에 들어가 회색 올빼미로 살자.

땅 끝 일출*

달마산 찾아 땅 끝 마을
무적을 불고 출항하는 뱃고동
불끈 솟은 사자머리 턱봉
오늘은 바람 불고 물 파랑이 높다
저 미황사 스님들 궁고 치는가 보다

백두대간을 따라오다 마지막 끝난 지점
돌아서서 보면 다시 처음의 시작이기도 한
이곳에서야말로 길은 믿음이고
언제나 희망이었다
갈두리에 와서 하룻밤 새고 나니
가슴속 벌써 불곰 같은 아침 해가 뜬다

더는 갈 수 없는 땅
누군가 첫 발을 내딛었을 때
그 길은 늘 혼자였고 두려움이었다
그 길 위에서 불곰 같은 해를 품었을 때
죽고 나서야 찍는 발자국이
첫발자국임을 알게 한다

그러므로 내 낯선 외로운 방황도
오늘 이곳에 와서 끝을 찍고 다시

첫발자국을 시작한다
암, 쇠똥에 굴러도 이승이 백 번 낫지!
마을 노인들 등대 끝에 나와 해돋이 하며
저마다 한 소식씩 전한다.

---

* 땅 끝 일출 : 땅 끝 마을(해남반도 갈두리)에 서 있는 송수권의 시석비문詩石碑文임.

젊은 날의 초상

위로받고 싶은 사람에게서 위로받는
사람은 행복하다
슬픔을 나누고자 하는 사람에게서 슬픔을
나누는 사람은 행복하다
더 주고 싶어도 끝내
더 줄 것이 없는 사람은 행복하다
강 하나를 사이에 두고 그렇게도 젊은 날을
헤매인 사람은 행복하다
오랜 밤의 고통 끝에 폭설로 지는 겨울밤을
그대 창문의 불빛을 떠나지 못하는
한 사내의 그림자는 행복하다
그대 가슴속에 영원히 무덤을 파고 간 사람은
더욱 행복하다
아, 젊은 날의 고뇌여 방황이여.

내 사랑 캥거루

캥거루 한 마리를 키우고 싶다

유난히도 뒷다리가 길어
풀밭을 겅중겅중 뛰노는 캥거루
무엇에 놀란 듯 큰 눈을 들어
두 발 곤두세우고 바라보는
그 먼 지평선 위의 흰 구름
시도 때도 없이 겅중거리는 모습이
꼭 그녀 같다

이른 봄 매화가 피어도 강강거리고
벚꽃이 지면 진다고 강강거리고
산수유꽃이 피면 핀다고 강강거리고
우리 집 마당 빨간 앵두가 물들면
아장아장 걸어와 조그만 입술에 피 칠을 하면서도
눈이 올라나 비 올라나
강강거리기만 하는
그런 캥거루 한 마리 키우고 싶다

볼록한 아랫배 요람 같은 주머니 속
젖을 빨며
눈감고 싶다.

수련水蓮

가을 물에 뒤집히는
저 연꽃 송이들
보아라

어느 방짜 유기ㅅ간 놋쇠 항아리
두들기는 소리가 나는구나
내 몸에서도 물에 젖은 향기가 나
그 향기 하나로 천 리 밖까지 날아가서
너의 숨결에 닿고

옥황상제의 집 열두 대문을 밀고 들어가
댓돌 위의 가지런한 신발도 만나고
한밤중 불 밝힌 방 안 무에라 속삭이는
40년 전 누이의 목소리

청아, 청아, 청아, 청아—
월컥 눈물이라도 쏟고 싶은 날

가을 물에 뒤집히는
저 연꽃 송이들
보아라.

오동꽃

오 월은 도가풍이 찍어내는
사심 없는 빈 배와 같다

저 보아라 시나브로
청청 하늘에 던지는 불칼

어느 강마을을 넘는지
또 마른 우레 소리 귀청을 찢는다.

후티새* 울다

학생들과 점심을 먹고 오는 길
동천 냇가에서 혼자 내렸다

맑은 물속에 떠오른
징검돌들이 반짝반짝 눈부셨다

어린 날처럼 수도 없이 뒤꼭지를 밟으며
건너뛰고 건너 왔다

구두를 벗고 양말을 벗고 맨발을 씻었다

마른 버찌나무에서 후티새가 울고 있었다
후딱 벗어 후딱 벗어

---

* 후티새의 원말은 후투티다. 인디언 추장같이 장식이 화려해서 '인디언 추장 새'라고 불렀으며. 어렸을 때는
그냥 후티새라고 했는데. 알고 보니 후투티! 발음이 어려워 그렇게 불렀지 않나 싶다. 후티새가 울 때는 어떻게
울까? 후딱 벗어 후딱 벗어? 라고 울지 않을까? 그 울음소리를 유년과 현대의 화두로 결부시켜 재생해 본 것이
다.

이매창의 무덤 앞에서

이 세상 뜻있는 남자라면 변산에 와서
하룻밤 유숙하고 갈 만하다
허름한 민박집도 많지만
그러나 정작 들러야 할 민박집은 한 군데
지금도 가야금 소리 끊이지 않고 큰머리 옥비녀를 쫓았는데*
머리 풀기를 기다리는 여인
서해 뻘밭을 끓이는 아아 후끈 이는 갯 내음
변산 해수욕장을 조금만 비껴 오르면
부안읍 서림공원 그 아랫마을 공동묘지
바다우렁이 속 같은 고둥 껍질 속에
한숨 같은 그녀의 등불이 걸려 있다
온몸의 근질근질한 피는 서해 노을 속에 뿌리고
서너 물발 간드러진 물살에 창창하게 피는 낚싯줄
이 세상 남자라면 변산에 와서
하룻밤 그녀의 집에 들러 불 끄고 갈 만하다
이화우 흩날릴 제 울며 잡고 이별하던 님
펄 속에 코를 처박고 싶은 여름날 아아,
이 후끈 이는 갯 내음.

---

* 쫓다 : 쪽을 짓다. 쪽지다(틀다).

개양할미*

마음눈을 열고 나면 산막집에 걸린
외로운 등불 하나도 헛것이 아니다
대인동 시장이나 자갈치 시장바닥 그 어디서나
무수히 만났던 순대집 욕지기 할머니 같은 개양할미가
그 당집엔 산다

굽 달린 나막신을 신고 딸각딸각 해안 절벽 길을 걸으며
바다 수심을 재어보기도 하고,
낼은 비가 올 테니 집에 자빠졌거라 그 물나울**을 세어보기도 하며
먼 바다 피난길 돛대 위에 부는 바람도 큰 부채 흔들어 밀어낸다
낼은 샛바람이야, 샛바람 아항, 늙은 말 울음소릴 낼 때도 있다
고집불통으로 나 또한 할 일 없이 그 절벽 밑 낚시터에 나와 앉았으면
개수통에 구정물을 퍼다 버리듯 샛바람에 비를 몰아다
된창 물우박을 뒤집어씌우기도 한다

어느 날 밤은 모포 한 장에 살 추위를 녹이려고 개양할미 집에 갔다
할멈, 나 예서 하룻밤 유하고 갈 테니 그리 알아
아랫목을 파고들었더니
야, 이놈아 어디에다 살 섞고 피 섞고 빗장거리하러 드누
귀싸대기를 패버린 덕에 정신이 번쩍 새로 들었다
칠산 조기 떼가 몰리고 위도 파시가 한창일 때는
치맛바람에 욕설도 한 사발씩 튀어 순대국도 잘 말았을 개양할미

오늘은 전주 남문시장에 나가 그 순대국에 욕이나 한바탕 먹고 왔으면 싶다.

[◦] 개양할미 : 격포의 채석강 용머리에 있는 수성당 할미로서, 딸 여덟을 낳아 전국 팔도에 하나씩 시집보내고 막내딸을 데리고 산다. 쇠 나막신을 신고 부채를 흔들며 해안 절벽을 걸어 다니며 서해를 주관하는 당할미로, 음력 초사흘에 격포 주민들의 재물을 받는다. '띠 뱃놀이'로 유명한 위도의 원당願堂 할미와 마주보고 서 있는 것이 격포당(수성당)이다.
^{◦◦} 물나울 : 물결.

기러기 집

기러기 집 상여 나는 날을
복福도 많아……
살구꽃 복사꽃이 환히 저승길까지 비추고
십 리 안팎 실팍한 아낙들까지 몰려와
생보리밭 마구 무너뜨리고 웃음치레 꽃치레 눈물 범벅치레……
석류꽃 석류 꽃길을 기러기 집 넷째 딸이 나는 그냥 좋으면서
홍 갑사 댕기머리가 좋으면서
그 가르마 아랫말로 가는 호수처럼
반짝거리면서…….

가을바람 찬바람

여름날 아침엔 달디단 이슬 한 모금에
우엉잎 속에 숨어 춤추는 달팽이……

가을바람 찬 바람
야윈 뿔에 감겨서
우엉잎 밭에 서리 낄 때……
피여 피여 굳은 피여
내 혼령의 자지러진 피
이 가을엔 낙엽 져서

너는 어느 도시의 변두리
목을 꺾고
뉘네 집 전세방을 얻어가누.

빈집 2

음陰 2월 영등달 바람 불면 집에 가라

초하루 삭망*엔 오고
보름 사릿물**엔 간다고 했지

부뚜막마다 조왕신이 살고
영등할미*** 오신 날은
산에서 파온 붉은 흙
대가지에 삼색 헝겊을 달아 꽂았지
보름 동안은 숨 막히도록 행동거지도
조신하였지

바람 불면
장독대 위 정화수 얼었다 다시 터지고
영등할미 딸을 데리고 온다 했지

비 오면 착한 며늘아기 앞세워 비에 젖고
고부姑婦간의 갈등이 있긴 있어도
초라하게 오긴 온다 했지

음 2월 영등달 바람 불면 집에 가리
초하루 삭망엔 오고

보름 사릿물엔 간다고 했지

집집이 수수엿 고아 치성 들면
옥황상제께 올라가 이 세상 일 고해바치는데
영등할미 입이 오그라 붙어 고변할 수 없다 했지

음 2월 영등달 바람 불면 집에 가리

아궁이마다 새로 불 지피고
떠돌이 지은 죄 씻고
영등할미 두고 간 수수엿 단지 녹으리.

---

* 삭망 : 음력 초하룻날과 보름날을 아울러 이르는 말.

** 사릿물 : 음력 보름과 그믐 무렵에 밀물이 가장 높은 때.

*** 영등靈登할미는 바람의 신으로 물의 신인 물할미, 산의 신인 산할미와 함께 3대 신할미다. 영등할미는 음 2월 1일 지상에 내려왔다가 20일에 승천한다. 2월 1일 아침에 새 바가지에 물을 담아 장독대, 광, 부엌 등에 올려 놓고 소원을 빌기도 한다. 영등할미가 인간 세상에 하강할 때는 며느리나 딸을 데리고 온다. 딸을 데리고 오면 일기가 평탄하고 며느리를 데리고 올 때에는 비바람이 친다. 친정어머니와 딸과는 의합하나 시어머니와 며느리 사이에는 불화와 갈등이 있는 것이니 이를 비유해 일기로 표현한 것이다.

깅이*죽粥

봄비가 부슬거리는 날은
제주도 바닷가에 가고 싶다
성산포나 법환리 잔돌밭에 나가
등 척척하도록 깅이 새끼들을 잡고 싶다

한 멱서리** 깅이 새끼들 잡아다
초고추장에 버무려 회 쳐 먹고 싶다

오늘처럼 봄비가 부슬거리는 날은
마을 안 망다리 잠녀***들도
저희들끼리 숨어서 좁쌀 깅이죽 맛이 들었겠다

봄비가 부슬거리는 날은
하우장**** 각시도 책함*****지고 나선다는
그 바닷가 잔돌밭,
나도 훌쩍 비행기를 타고 싶다.

---

* 깅이 : 게. 전라도 방언은 기, 제주는 깅이라고 한다.
** 멱서리 :짚으로 날을 촘촘히 결어서 만든 그릇의 하나.
*** 망다리 잠녀 : 늙은 해녀.
**** 하우장 : 글 읽는 선비.
***** 책함 : 책상.

대릉원大陵苑에서

경주라는 고도古都는 파천황처럼 짓눌려서
나를 항상 주눅 들게 했다
경주에 올 수 없었던 이유다
어제는 대릉원에 나가 초원의 하늘을
밟고 오는
스키타이족들의 말발굽 소리를 들었다
능원을 밟아나가자 술패랭이, 엉겅퀴꽃
달개비꽃들이 꼭꼭 숨어 피고
점액질의 햇빛이 입을 대다
기절한 풀 그늘, 젖은 이슬을 털며
어느 구석에선가 풀 자락이 하나 흔들려왔다
내 발 밑에서 까맣게 솟아나는 뱀
대가리 둘,
마주보고 서서 달디단 풀무의 불꽃,
불꽃 같은 혀를 놀렸다
그 사이로 이상한 바람 소리가 흘러가고
숙묵宿墨의 빛깔로 타오르던 풀밭 전체가
흔들렸다 어디선가 낮게 낮게 오는
도랑 물소리가 크게 들렸다.

어초장漁樵莊 3

낚시질을 하다 보면 이따금 쥐들이
꼬리에 꼬리를 물고 강을 건너올 때가 있다
그럴 때면 대개 큰 비가 오거나 홍수가 난다고 한다
서남아시아 해변의 대지진 때도 해일에
휩쓸려 사람들은 때로 죽었지만 쥐새끼 한 마리
죽은 바 없다고 쥐 같은 삶을 부러워한 뉴스가
심심찮게 보도되곤 한다

어초장을 다녀간 제자들 중에 〈시詩 먹는 고양이〉라는 시詩를 써서 리포
트로 제출한 짓궂은 학생이 있었다

어초장 뜰에서 고기 굽는 중에
스르륵 나타난 녀석
퍼런 눈을 깜박인다
볼록하니 무얼 먹었나 싶어
새끼 밴 뒷태 살폈더니
어느새 불 찌꺼기처럼 사라졌다

시인의 고양이는 시를 먹고 살지

그날 밤
하늘에 차오차오 찍어놓은

276

고양이 발자국을 보았다

하, 고놈 제법이다 싶어
그 고양이 발자국을 찾아
겨울 방학을 쥐도 새도 몰래 어초장에 와 지내고 있다
그런데 부엌방에 쥐들이 넘쳐나서
쥐들과의 전쟁이 시작되었다
쥐덫을 놓아도, 그린 쥐약을 놓아도
찍찍이를 붙여도 쥐들은 영악해서 걸려들지 않는다

쥐똥을 쓸어내고 쥐오줌 발자국을 걸레로 닦다가
기둥에 새겨진 이빨 자국을 보는 게 이제는
하루 일과의 첫 시작이다
그래, 어초장 고양이도 시詩를 먹는다는데, 명색이 시인이라면서
쥐를 잡겠다고!
부엌 방문을 여니 비웃기라도 하듯이 쥐 한 마리가
또 기둥을 타고 뽀르르 천정 구멍으로 새나간다.

새벽

날이 샐 무렵은 저 새벽 능선들 보자
오래도록 긴 밤이 가고 어떤 성스러운 빛이 와서
우리 새벽 아름답구나
우리들의 한숨이 아니라 만적萬寂을 흩는 고요
이 새벽 고요 보자
들기러기들 모여서서 긴 한숨 불어 보내고
날이 새면 그 깃털 웅덩이에 던지고 가듯
죽죽 깃을 펴고 날아가는 우리 새벽 능선들 보자
저 능선의 골짜기마다 하나 둘 새는 달빛 아래
마을 엎드린 곳
우리 새벽은 결코 창 맞은 옆구리 피 흘리며 오는
그런 얼굴을 보여서는 안 된다
돌개울이 흐르고, 그 돌개울 위에 한 풍경과 같은
다리 걸리고
한밤 내 어떤 모의를 끝내고 돌아가는
너의 음흉한 기침 소리
새벽 강물에 담을 일은 아닌 것이다
저 새벽 능선들 풀어져 나와 한 산의 얼굴 되고
한 산의 얼굴 포개어 드러내듯
서로의 얼굴을 닦아줄 일인 것이다
햇빛이 아침 산을 닦아주듯
마침내는 우리 산맥 되고 강이 될 일인 것이다

우리 새벽 능선들 보자
우리 새벽 아름답구나
이제 우리 새벽 피를 더 흘려서는 안 된다
날이 샐 무렵은 저 새벽 능선들 보자
오래도록 긴 밤이 가고 어떤 성스러운 빛이 와서
우리 새벽 힘차구나.

오릉五陵에 와서

슬픔에도 근원이 있을까
나도 언젠가 한 번쯤은
오릉五陵에 오고 싶었다
오늘은 일용직 인부들이 나와 아침부터
다섯 무덤들의 풀을 깎는다
생풀 냄새가 포르말린처럼 공기 속에 풀려서
풍경은 결코 상처가 될 수 없다는 듯이
큰 공기주머니들처럼 부풀어 떠오른다
시조왕 혁거세, 알영, 남해, 유리, 파사왕까지
풀 깎는 소리에 섞여서 그 이름들이
경쾌하게 지워져 나간다
풀을 다 깎고 나자 코끼리 풍선들처럼
오릉들은 어디론가 둥둥 떠서 간다
하늘도 그날처럼 수국 빛이다.

작은 상징

　큰 상징은 한 시대의 정신을 찌르고, 작은 상징 하나는 삶을 바꾸어놓는 시침時針과 같다. 그러므로 큰 상징은 종교와 철학에 있고, 작은 상징은 시詩의 언어 속에 있다. 그건 가을날의 느릿한 괘종掛鐘 소리와 같이 언어의 오묘한 그늘 속에서만 들린다. 그늘을 갖지 못한 시詩, 그늘을 갖지 못한 삶, 그늘을 갖지 못한 사랑은 푸석거리는 먼지와 같다. 박새가 나무 그늘 속에 집을 짓듯 내 영혼 속에 아늑한 집을 친다. 물같이 맑은 꽃, 어젯밤은 우편함 속에서 인디언 염색법 삼베 올로 짜낸 씨앗 묻은 꽃베개 하나를 꺼내다 잠을 잤다. 숨비기꽃이 가득 피어 있었다. 제주 해협의 여름에만 피는 꽃, 잠수질에 멀미나면 귀를 씻고, 눈을 씻고, 머리에 족두리 화관처럼 뜨는 생꽃이다. 꽃이 마르면 마른 꽃을 비벼서 베개 솜으로 시집갈 때 가마 속 놋요강 속에 숨겨가는 꽃, 어머니가 딸에게 은밀히 건네어주는 유가풍의 금서禁書와 같은 꽃이다. 숨비소리 숨찰 때도 푸른 물굽이 남실남실 실어놓고, 물 및 저승바닥까지 비추어보라고, 연보라색 등燈, 이승의 갈옷 썩은 육신, 냄새까지도 탈취해 가는 영혼으로만 투명한 꽃이다. 어젯밤, 나는 푸른 이불 한 자락 끌어 덮고 이 투명 유리꽃으로 저승까지 내려갔다 왔다. 제주 시인 김 선생이 보내준 숨비기꽃 베개 하나, 이 세상 멀미 끄고 곱게 살다 뒈지라고, 한 땀 한 땀 바느질 수 끝에 바코드 같은 그녀의 문신文身, W자 하나가 물허벅지처럼 출랑대며 파도 소리 내고 있었다. 아니, 생인손의 부종 끝에 닿자 피고름이 쏟아지며 금방 생살이 차올랐다. 서귀포 칠십리七十里 해변 절벽마다 저승에서 다시 살아온 피죽새 울음이 해인海印처럼 찍혀서, 해인삼매경海印三昧境으로 내 베개 하나를 적시어 가득 물들고 있었다.

늦가을

늦가을엔 떠도는 이 나라의
시인들 너무 많다

천 이랑 만 이랑
술빛으로 익어가는 저녁 바다
누에머리 흔들흔들 이백李白과 함께
채석강에 내려와
참 가당찮은 세월
해인海印*이란 말뜻을 아느냐고
머리 도장을 찍더니

오늘은 내소사來蘇寺에 들러
우두커니 혼자 저무는 동자승이 민망했던지
죄 없는 머리통을 쥐어박으며
여기 손도장 하나 찍고 간다고
호들갑을 떤다

오백 년 묵은 키 큰 미루나무 잎새들
'쟤가 왜 저러나'
덩달아 웃다가
와르르르 무너진다.

---

* 해인 : 부처의 지혜로 우주의 모든 만물을 깨달아 아는 일.

여자

이런 여자라면 딱 한 번만 살아봤으면 좋겠다
잘 하는 일 하나 없는 계산도 할 줄 모르는 여자
허나, 세상을 보고 세상에 보태는 마음은
누구보다 넉넉한 여자
어디선가 숨어 내 시집 속의 책갈피 모조리 베끼고
찔레꽃 천지인 봄 숲과 미치도록 단풍 든
가을과 내 시를 좋아한다고
내가 모르는 세상 밖에서 떠들고 다니는 여자
그러면서도 부끄러워 자기 시집 하나 보내지 못한 여자
어느 날 이 세상 큰 슬픔이 찾아와 내가 필요하다면
대책 없이 따라 나설 여자, 여자라고 말하며
'여자' 란 작품 속에만 숨어 있는 여자
이르쿠츠크*와 타슈켄트**를 그리워하는
정말, 그 거리 모퉁이를 걸어가며 햄버거를 씹는
전신주에 걸린 봄 구름을 멍청히 쳐다보고 서 있는
이런 여자라면 딱 한 번만 살아봤으면 좋겠다
팔십 리 해안 절벽 변산 진달래가

산벼랑마다 드러눕는 봄날 오후에.

---

* 이르쿠츠크 : 러시아에 있는 상공업 도시. 제정 러시아의 시베리아 총독부가 있던 곳.
** 타슈켄트 : 우즈베키스탄의 수도. 키르기스 산맥 서쪽에 있으며, 유럽과 아시아 교역의 중심지.

저 환한 몸부림

이 가을은 어디선가
소달구지를 끌고 오는 사람이 있다
코스모스 한들거리는
자갈길이 덜컹거리고
짐수레 칸에 발을 걸고 앉은 또래 아이들
조잘대는 모습이
그 꽃길 사이 떠올랐다 사라졌다 한다
필통 속에서 몽당연필 소리도
들렸다 안 들렸다 한다
햇빛이 서늘한 오후 저 환한 몸부림

두 줄의 수레바퀴 자국이 선명하다

이 가을은 어디선가
소달구지를 끌고 오는 사람이 있다.

산문

겨울나비

어무이요. 아시다시피 내가 시집간 지가 꼭 석 달째 안 나능교. 우리 신
랑 내 얼굴 한시라도 못 보면 죽을라 하고 나는 신랑의 얼굴 한시라도 못
보면 환장을 하는데 내 신랑에게 미쳐가지고 나는 못 가겠심더.

—〈바리 공주〉 중에서

오늘은 놈이 장가가는 날이다. 새벽부터 집안은 술렁거리기 시작했다.
신부 집은 먼 마을 오십 리 밖에 있다. 마당엔 차일이 둘러쳐지고 횃불이
활활 타올랐다. 밤새도록 음식을 장만하느라 설쳤던 식구들은 퉁퉁 부은
눈두덩을 깔고 안방에 모여 앉은 채로 누구 하나 말이 없었다. 무서운 정
적이 감돌기 시작했고 이상한 공포증에 가슴들은 벌벌 떨고만 있었다. 큰
고모, 작은고모도 왔다. 백지장처럼 얼굴들이 하얗게 질려 있었다. 마당
가운데서 징이 몇 번 댕댕 울었다. 징채를 휘두르는 화랭이[1]들의 손은 신
바람이 나 있었다. 헛간에서 작둣날이 마당 가운데로 실려 나왔다. 횃불
속에서 작둣날이 번쩍거렸다. 잘 씻긴 볏 짚단을 추스르며 한바탕 춤을 추
었다. 그리고 작둣날이 마당에 놓이고 볏 짚단도 작둣날 곁에 놓였다. 첫
번째 화랭이가 두 손에 침을 바르더니 한 손으로는 신장神杖을 짚은 채 작
둣날 통귀목에 한 발을 괴고 서서 번쩍 작둣날을 들어 올렸다. 작둣날이
번쩍거리며 허공에 떠오르자 두 번째 화랭이가 볏 짚단을 풀어 먹였다. 싸
그락싸그락 짚날과 짚총이 작둣날 속에서 넘어지고 그 비명 소리가 마당
에서부터 안방을 꽉 채워 흘렀다. 댕댕 가슴을 찢는 징소리가 뒤따라왔다.

---

1) 화랭이 : 조선시대 광대의 한 부류 혹은, 박수무당.

세 번째 화랭이가 빗갓을 쓰고 양손에 대신칼을 흔들며 마당귀를 돈다. 몽두리 자락이 미쳐서 모닥불을 넘고, 스르릉스르릉 불빛에서 울던 작둣날이 질겁해 헤드레청[2]으로 쫓겨 간다. 화랭이 둘이서 짚동을 날라서 짚총을 추려 제웅을 만든다. 덩더꿍 장단과 젓대 소리(지금은 수首무당이 없어졌다)는 빠져 있다 해도 놈의 저주스러운 요설은 그들의 입과 목을 타고 흘러서 마당에 넘치고 안방의 죽은 적막을 흐득흐득 흔들어 숨소리로 깨워낸다. 놈은 화랭이들의 혀끝에 살아서 식구들의 가슴을 타고 안방 깊숙이 구들장 속으로 귀신같이 여행한다.

> 한 모랭이 두 모랭이 삼세 모랭이
> 열두 모랭이 나를 던져서
> 누가 날 살리리
> 날 살릴 이 누가 있더냐.

—〈바리데기〉의 1절

세 번째 화랭이가 몽두리 자락에 걸친 붉은 주머니를 흔든다. "벌써부터 노잣돈 투정인가? 지깐 놈이 원제 시상 바람 쐈다고 나자마자부터 돈 투정이여!"

놈의 숙모뻘 되는 여자가 꼬깃꼬깃 접힌 지폐를 안섶에서 꺼내더니 쪼르륵 마당으로 뛰어나간다. 붉은 주머니가 몇 번 허공으로 날아오르고 지폐를 흔적 없이 받아 삼킨다. 자세히 보니 붉은 주머니가 돌아가는 땅바닥에서 첫 번째 화랭이가 짚날과 짚총으로 머리를 만들고 두 번째 화랭이가 난쟁이 배불뚝이 같은 몸통을 달아내어 첫 번째 화랭이로부터 받은 머리를 왼새끼줄로 단단히 비끄러맨다. 머리와 몸통이 이어지더니 다시 두 번

---

2) 헤드레청 : 허드렛일을 하는 마루.

째 화랭이가 만든 양팔이 몸통의 겨드랑이에서 쑥 삐져나온다. 방 안에서 흐득흐득 느껴오는 이상한 숨소리가 마당을 꽉 채우고 흰창[3]을 뒤집어 깐 집식구들의 눈알들이 벌벌 떤다. 세 번째 화랭이가 미쳐 날뛰고 두 번째 화랭이가 마지막 양다리를 달아내더니 그 제웅은 벌떡 일어섰다. 한 번 일어서더니 다시 나자빠진다. 첫 번째 화랭이가 잽싸게 방으로 뛰어들더니 웃목에 놓인 검게 닳은 목재 함에서 사모관대와 꽃당혜를 꺼내간다. 사모관대를 입히고 꽃당혜를 신기니 벌렁 나자빠졌던 놈이 히히 웃고는 일어선다. 세 번째 화랭이가 손을 잡아주자 놈은 시시덕거리며 마당을 돈다. 그때 멀리 있는 무덤에서 한 화랭이가 왔다. 명주필로 싸 든 신기神器를 상에 바치더니 놈을 끌고 갔다. 놈은 어칠어칠 따라가더니 서쪽을 향해 두 번 절했다. 그리고 상 앞으로 똑바로 걸어왔다. 전신을 비틀거렸다.

> 게 누가 날 찾는가 날 찾을 리 없건마는
> 어느 누가 날 찾는가
> 버려라 버리데기 던져라 던지데기
> 깊은 산중 퍼 버려라 퍼 버려라.
>
> ——〈바리데기〉의 2절

이번엔 무덤에서 온 화랭이와 대신칼을 흔들던 화랭이가 들러리를 섰다. 놈은 똑바로 서서 절했다. 너무 감격스러워 울고 있는 듯했다. 동시에 안방에서 꺽꺽 맺히는 소리가 마당을 흘러왔다. 놈도 그들의 눈길과 마주치자 이상한 신음을 내었다. 눈 표정으로도 하나하나 알아보는 듯했다. 그리고 똑바로 걸어왔다. 댓돌을 딛다가 기우뚱하는가 싶더니 성큼 마루로 올라섰다. 똑바로 안방을 향해 걸어 들어갔다. 꽃당혜가 사뿐사뿐 바람을

---

3) 흰창 : 흰자위의 경상도 · 충청도 방언.

일으키고 사모관대가 삼현육각을 잡히는 듯 펄럭거렸다.

"아부이요."

놈은 꾸벅 절을 했다.

"어무이요."

두 번째 절을 했다. 놈은 무릎을 꿇고 절을 했다. 고요한 산속처럼 흐득흐득 가랑잎 지는 소리가 들렸다. 뿌옇게 어린 수증기들이 공중에 가득 얼어 있다가 후둑후둑 가랑잎 밟는 소리를 냈다.

"오냐, 잘 갔다 오너라!"

놈의 어머니뻘 되는 사람이 툭 말문을 텄다. 그리고 여기저기서 쩔렁쩔렁 엽전이 놈의 무릎 밑에 떨어져 왔다. 몇 장의 구겨진 종이돈들이 동전닢 위에 가득 쌓였다. 그리고 어머니뻘 되는 사람이 장롱 속에서 혼숫감들을 끌어냈다. 날이 뿌옇게 새고 있었다. 그때 가마 한 채가 마루 끝에 당도했다. 집안 장정들이 방문을 기웃거렸다. 놈은 일어서서 침통한 표정으로 마지막 고모뻘 되는 사람에게 절을 올리고 가마 문 속으로 쏙 들어갔다. 가마가 움직였다.

집안 장정들 넷이서,

"꽤 무거운걸……."

이상하다는 듯이 머리를 저으며 가마를 메었다. 놈의 재종 당숙뻘 되는 사람이 흰 두루마기를 걸치고 따라나섰다. 이런 상객上客은 처음인걸, 역시 투덜거렸다.

"곶감하고 대추는 싸와라!"

그의 고모들이 가마 문 뒤에다 대고 소리쳤다. 화랭이들이 끄억끄억 트림을 하며 나섰다.

대신칼이 스르릉 찬 공기를 찢었다. 동이 트고 가마가 사립을 나섰다. 신부 집은 마을 오십 리 밖에 있다.

선간에 가서 선간 사람입니다.

그 고양이와 강아지는 둘이 살아서

둘이 부비처럼 인간의 십 년은 감해져 있으니까니

그래서 고양이나 개가 십 년 아니 합니다.

십 년을 양해서 보니까니

둘이 쌍합이 돼서 사람이 돼서

그 고가高哥라는 성姓은

개가 고양으로 환생해서 낳은 성이 돼서

고개 돼서 고개라는 성은

가슴에 털이 있습니다.

—〈궁상이 굿〉 1절

놈을 장가들이기 위하여 처음 화례무당花禮巫堂을 찾아갔을 때, 그녀는 병들고 초췌해 보였다. 자기 말로는 신통력이 많이 줄었다고 했다. 요즘은 통 나비가 오지 않는다고도 했다. 그 전에는 겨울철에도 신당神堂에서 나비를 보았는데 지금은 볼 수 없다고 했다. 봄인데도 나비가 오지 않는다고 그는 서러워했다. 아랫목 벽장 끝 상청上廳 같은 신당에는 거미줄이 두 줄 세 줄로 가로 쳐져 있었다. 그녀는 요즘 대를 쥐고 흔들어도 통 신이 내리지 않는다고 했다.

그녀는 원래 전승무당이나 학습무당이 아닌 본풀이로 접신을 한 무당이었다. 그래서 화랭이는 아니었다. 그녀는 열세 살 때 아버지를 여의고 어머니를 따라가게 되어 의붓아버지를 섬겼다. 의붓아버지는 그녀를 극심하게 학대했다. 그녀는 어느 날 밤에 나비 꿈을 꾸었다. 옷섶에도 치맛자락에도 주렁주렁 노랑나비가 매달렸다. 그녀는 너무 좋아서 꿈을 깨지 못한 채 밖으로 뛰쳐나갔다. 며칠을 돌아오지 않았다. 혼수상태에서 이 마을로 저 마을로 떠돌아다녔다. 이것을 알고도 집에서는 말문을 터주지 않았다는 것이다. 우연히 삼십 리밖에 있는 화랭이 촌을 들어가게 되었는데, 그것을 안 화랭이들이 씻겨 내렸다는 것이다. 그때부터 그녀는 이름자대로 화례무당이었다. 씻김을 당하고 나서부터 그녀는 참 용한 점쟁이로 이름을 떨쳤다. 재산도 꽤 붙었다. 그러나 여순 사건이 터지고 6·25가 일어나고 세상 인심이 하루아침에 뒤바뀌면서 손님이 뜸해졌다고 한다. 내가 숙모님과 더불어 찾아갔을 때 그녀는 몇 년 만에 처음으로 어젯밤 나비 꿈을 꾸었다고 했다. 오늘은 신이 잘 내릴 것 같다는 말에 우리는 안심했다.

점쌀鮎米을 내밀자 그녀는 상바닥에 쌀을 엎질렀다. 그리고 점쌀 위에선 동전닢이 몇 번째 비명을 지르며 넘어졌다. 화례무당이 무어라고 구시렁거리며 댓가지를 쌀에 꽂는다.

놈은 무덤에서부터 먼 길을 왔는지 쌕쌕 후깨질[4]을 하며 흰창을 까집는다. 방바닥에 나뒹군다. 화례무당은 뱀 같은 혀를 놀려 놈의 말을, 죽음을 쏟아놓는다.

놈이 제대복을 입고 허무증을 안고 돌아오던 날이 1966년 3월이었는데, 그 이튿날로 놈은 자기 어머니 무덤이 보이는 언덕 밑에서 자살을 했다. 놈이 먹다 남은 수면제 알약들이 군복 깃을 타고 흘러 들찔레꽃처럼 아침 이슬에 희게 젖어 피고 있었다. 놈을 거적때기에 말아다 산에 묻고 오던 날부터 입바람이 나기 시작했다.

"나 장가갈래……."

동남간東南間 쪽 어느 마을에 색시를 보아두었다거니 아무 데 마을 색시는 마음에 안 들고 겁살怯煞꼈다거니 축방丑方 쪽은 액운이라니 횡설수설 떠들어댔다.

……그러니 시간, 망각하는 법을 배우라. 시간이 지닌 의미를 두려워하

---

4) 후깨질 : 숨을 고르고 씩씩 불며.

지 않는 법도 배우라. 감상적인 기록의 모든 흔적들을 억누르고 곧 사라져 버릴 명상 어린 추억도 가을도 짓밟힌 꽃잎도 향수마저도 억누르라.

—〈부카레스트〉, 1934

신부의 가마가 도착한 것은 저녁 무렵이었다. 정확히 말해서 폐백을 드리는 시간은 신시초申時初였다. 가마는 네 귀에 흰 띠를 두르고 있었다. 문간 쪽 오동나무에서 몇 번 징이 울고 가마 앞에 서서 놈은 어슬렁어슬렁 걸어 들어왔다. 간밤 신부 방에서 곤죽이 된 탓인지 풀기가 하나도 없었다. 가마를 향해서 쌀, 녹두, 검은 콩알들이 쏟아져 내리고 폐백 상에 몰려 있던 마을 사람들은 떨떠름한 정적에서 깨어나 선소리도 하고 쿡쿡 옆 사람 겨드랑이에 간지럼을 먹이면서 웃기도 했다. 집 안은 갑자기 활기가 돌기 시작했다. 은은한 불빛 속에서 묶여 있던 닭이 꼭꼭 소리를 지르고 폐백실 마당에는 횃불이 타올랐다. 큰 등 작은 등이 안팎 뒤란까지 비치고 있었다. 폐백상이 놓인 돗자리에는 놈의 상객으로 갔던 그의 재당숙뻘 되는 사람과 어머니뻘 되는, 그러니까 신부로서는 시가媤家가 되는 식구들이 차례로 죽 나와 앉았다. 놈은 가마 문을 열고 제 계집을 끌어냈다. 이 일은 화랭이 넷이서 전적으로 거들고 들러리를 섰다. 신부는 초록 저고리 다홍 치마 얼굴도 고왔다. 족두리 화관에다 용잠을 찌고 연지곤지도 발랐다.

"시상에 시상에도 이것이 무슨 일이당가잉……."

혀끝을 끌끌 차대는 마을 젊은 새댁들보다 훨씬 예뻤다.

신부는 우선 시집 식구들의 선영이 있는 서북쪽 하늘을 향해 절을 올렸다. 그 다음, 시집 식구들에게 차례로 폐백을 드렸다.

시아버지의 바지저고리에서부터 두루마기, 하다못해 시집 끝 식구들의 버선짝 양말짝도 두루뭉수리였다. 반짇고리·요강·바가지 등…….

폐백이 끝나고 신부는 놈이 기다리고 있는 안방을 향하여 하얀 명주필을 밟으며 아장아장 걸어갔다. 첫 번째 화랭이와 두 번째 화랭이가 들러리를 서서 부축했다. 세 번째와 네 번째 화랭이는 마당굿을 시작했다. 대신 칼이 번쩍거리고 몽두리자락이 모닥불을 넘는다. 그때마다 신부의 치맛자락이 나풀거리고 예쁜 꽃신이 벗겨질 듯 벗겨질 듯 따라갔다.

이 원색 속으로 어디서 왔는지 한 마당 가득히 겨울 나비들이 날아 내렸다.

—산문집 《아내의 맨발》에서

※ 이 글은 대표작 〈산문山門에 기대어〉의 창작배경으로 송수권 시인이 1966년 3월 군대를 제대하고 그 이튿날 자살한 동생의 영혼을 위해 혼례를 치른 내용을 적은 것이다. 처음 산문집 《사랑이 커다랗게 날개를 접고》에는 〈사혼가死婚歌〉로 발표되었다.

사랑이 커다랗게 날개를 접고

대체로 인간의 성장 과정에서는 두 개의 결정적 요인이 작용한다. 이 결정적인 두 개의 요인을 목격할 때마다 나는 무릎을 꿇고 기도를 올릴 만큼 경건해진다.

'신神은 위대하다.'

적어도 내가 아는 두 가지 사실에 관해서는 그렇다.

나는 어느 날 아침 내가 살아가는 시간 속에서 내 피를 나누어 가진 그 아이와 같이 이 말을 배웠다. 그 아이란 다름 아닌 내 딸 경이 녀석이고 녀석은 아장아장 걷는 흉내를 내느라고 벽을 짚고 비틀거리기도 하고 유성음과 무성음을 섞어서 '엄'이니 '부' 소리를 내기도 하더니 오늘 밤에는 드디어 병아리처럼 입을 놀려 '어음마'라는 말을 완성했다. 별이 총총한 밤이었다. 젖니가 두 개쯤 났을까? 그 말을 할 때 입속을 들여다보니까 빨간 울림대가 가늘고 긴 풍선처럼 떨었다.

"여보! 당신 들었소. 우리 애가 말을 했어요. 엄—마, 엄—마, 엄마—라고."

아내는 들떠서 손을 모으더니 경이를 덥석 끌어안고 볼에다 뺨을 비비기 시작했다. 나는 이때 아내의 두 눈에서 한 줄기 눈물방울이 소리 없이 두 뺨을 적시는 것을 보았고 그 눈물이 아이의 볼에 닿아서 뜨겁게 어룽지는 것을 보았다. 나는 이들 모녀가 하는 애무의 풍경을 시큰해지는 눈시울로 오래도록 지켜보고 있었다.

그리고 외쳤다.

"신은 위대하다."

사실 경이가 이 말을—어음마라는 말을— 완성하기까지에는 피나는 노력이 따랐다.

우리 부부가 곁에서 지켜보기에도 그것은 안타까운 노릇이었다. 막 태어나서는 아기 방울을 흔들어도 알아듣지 못하고 손가락을 눈에 대고 찌를 듯이 위협해도 눈동자 하나 움쩍 않더니 한 달째는 소리와 물체의 움직임에 반응을 보이기 시작했다. 이때부터는 너도 살려는 본능이 싹트는구나 싶어 측은해지기도 하던 것이다.

'삶'이란 명사 하나가 '살다'라는 동사의 움직임으로 실감되었을 때 녀석은 세차게 울어대었으며 한시라도 누워 있지 않으려고 발버둥을 쳤다. 둥개둥개 하고 팔 그네를 매어서야 말똥말똥 눈동자를 움직거렸고 작은 손가락을 빨기도 했다. 손가락을 빨 때마다, "이렇게 손가락을 빠는 건 애정 결핍증의 표시라는데" 하며 내 꺼칠꺼칠한 손가락 하나를 물려주면 유치원생이 쮸쮸바를 빨 듯 잘도 빨며 히물히물 웃기까지 하던 것이다. 그때마다 시장에서나 외출에서 돌아온 아내는 이 징그러운 모습을 보고 "아서요, 더러운 손. 병 걸리려고"하며 기겁을 하며 애를 빼앗은 적도 있고 "웃는 것은 진짜 웃는 것이 아니라 배냇짓이에요"라고 무슨 비밀을 털어놓듯이 소곤거리기도 하던 것이다.

그러던 넉 달째로 접어들어서는 덮어씌운 기저귀를 툭툭 차기도 하며 아랫목에서 윗목까지 송장헤엄 같은 반복 운동을 쉴 새 없이 되풀이하던 것이다. 베개를 장애물로 설치해 놔도 그 장애물을 밀어젖히는 것이었다. 또 어떤 때는 고개 운동을 하며 그 장애물을 넘어가다 엉덩이가 걸쳐서 모둠발을 하늘로 치켜들고 기겁을 해서 까무러친 적도 있었고 고개가 외틀어져서 발악을 하거나 송장헤엄을 중지한 듯이 제풀에 지쳐 깊은 잠 속에 떨어진 적도 있었다.

다섯 달째는 장구벌레처럼 기기 시작했고 이 기어 다니는 일은 가속이 붙어 심지어는 텔레비전 네 다리 사이에까지 끼어드는 일도 있었다. 이 기는 일은 기는 일로만 끝나는 것이 아니라 방바닥에 떨어진 단추를 주워 먹어 무른 똥에 섞여 나온 적도 있었고 무릎이 까지고 이마가 까져 피를 흘린 적도 있었다.

아내는 그럴 때마다 아기 발에 부드러운 편자를 신기기도 했다. 이때부터 밥내를 풍기기 시작했으며 불타와 가섭존자에게서 이루어진 저 연화묘법 같은 육두문자와 애정의 웃음이 교감되기도 했다.

여섯 달째는 앉는 법도 알았으며 대개는 베개를 받쳐주면 혼자서도 똑바로 꼿꼿이 앉았으며 열 달째는 '엄'이나 '무무' '푸푸' 같은 거품 속에서 페니키아의 문자들이 쏟아져 나왔다. 그것은 만물에 대한 신비로운 인식이었으며 우리들 세계의 인식에 대한 끈을 언어로 표현하려는 눈물겨운 노력이라 생각되었다.

이때부터 먹는 일과 생각하는 일이 공존되며 형이하학적에서 형이상학적 세계로 비상하려는 '새'와 같은 자유의지가 표현되기도 했다.

생각해 보라. 누가 이 성스러운 자유의사에 감히 쇠사슬을 씌울 수가 있는지? 그는 이때부터 똑바로 앉으며 창밖의 하늘을 보았을 것이다.

"아, 날고 싶다."

"……?"

"그러나 나는 아직 멀었는걸."

그는 갈매기 조나단 리빙스턴 시절처럼 외쳤을 것이다. 하기야 잠자리도 날고, 풀무치도 날지.

"푸후후, 아냐, 아직 멀었어."

그리고, 그는 드디어 섰다. 열 달째 되던 어느 날이었다. 그의 돌이 가까워오고 있는 10월도 중순, 억만 평의 하늘이 쩽 하고 금이 갈 듯한 어느 하루, 한순간의 일이었다.

머리를 하늘로 드는 일이란 이렇게 어려운 것인가?

나는 한숨 같은 것을 내쉬며 그 며칠 후 외출에서 돌아왔다. 아내는 말

했다.

"여보, 우리 애가 오늘 걸었어요."

그리고 그날 밤, 아내는 아기가 걷는 모습에 대해 열심히 설명했다.

"처음에는 한 발자국⋯⋯ 그 다음에는 두 발자국 세 발자국⋯⋯ 그리고 쓰러지지 않아요. 이제 걷는 거예요."

(하기야 개도 걸으니까)

나는 고이 잠든 아기의 볼을 꼬집었다. 하루 내 걸음마로 지쳤는지 아기는 자면서도 웃는다. 아마 오늘 걸었다는 사실에 대한 기쁨으로 들떠 있겠지. 아니, 그는 낮에 창 너머로 넘어다본 억만 평의 하늘을 날고 있는지도 모른다.

"그래 날아라, 리빙스턴 시걸[1]처럼⋯⋯ 아빠가 가보지 못한 저 아마존의 늪까지⋯⋯."

다음 날 아침 제 엄마가 밥을 짓는 동안 나는 이놈을 실제로 걸어보게 한 것이다. 내 팔 길이에 맞추어 세워놓고서 손바닥을 짝짝 하고 옳지, 경이 착하지 했더니 한 발자국⋯⋯ 그러고는 팔의 길이대로 내 품에까지 와 안기며 쓰러진 것이었다. 마치 디딤돌을 건너듯 불안한 상태로⋯⋯ 나는 예쁜 발가락에 입을 대며,

"네가 걷다니⋯⋯ 아직은 내 팔 길이의 공간 안에 있다만 좀 더 자라면 저 억만 평의 하늘이 좁을걸. 경이야 직립直立보행의 쾌감이 어떤가? 어렵지? 힘들지?"

연화묘법 같은 대화를 그의 얼굴에 이마에 손에 발가락에 퍼부었던 것이다.

"그래, 우리 다시 한 번 시작할까? 이번엔 네 발자국이야. 다음은 다섯 발자국이고⋯⋯."

---

1) 리빙스턴 시걸 : 미국의 소설가 리처드 바크Richard Bach가 쓴 《갈매기의 꿈》의 주인공.

나는 밥상을 물리고 나서도 계속했다. 제 엄마가 하는 양을 한참이나 지켜보다가,

"그만 해요. 힘 빠지겠어요. 그러다간 정말 날아가 버릴 거예요."

하더니 그녀도 까르륵 웃음을 터뜨렸다.

그녀는 새실거리며 "오늘은 일찍 들어오라는 말은 필요 없겠군요. 아기 놀리는 재미가 여간 아닐 테니까, 하기야 그래. '섯다' 판보다 재미있을 걸"하고 못을 박았다. 신비한 것은 신비한 것이니까. 소나 개, 돼지 같은 짐승들이 걷는 일은 하나도 신비할 것이 없지만 인간이 걷는다는 것, 이것은 얼마나 신비한 일인가? 어느 날 아침 갑자기 머리가 하늘로 쳐들어지고 한 발자국을 떼놓게 된, 그것은 기적에 가까운 것이니까. 그렇지 않은가? 그 기적이란 다름 아닌 인간의 수치고 번뇌고 사랑이고 자유고 평등이니까. 그러면서도 그것은 이 모든 구속과 억압으로부터의 탈출과 해방이니까.

형이상학적 세계로의 비약, 이것이 없다면 구태여 인간이 걸을 필요가 있을까? 머리를 들지 않고 걷지도 않았다면 머리 위에 주렁주렁 매달린 금단의 과실도 보지 못했을 것이고 낙원의 주방에서 무화과 잎으로 부끄러운 데를 가릴 필요도 없었을 테니까.

나는 이날 아내의 말대로 서둘러 일찍 퇴근을 했다. 한 인간이 걷는다는데 어찌 신비롭지 않겠는가? 내가 돌아오자 아내는 경이를 안은 채 쪼르르 달려 나와 싱글벙글 하며 손가락 일곱 개를 폈다. 그녀는 정말 경이처럼 귀여운 데가 있었고 순진해 보였다. 나는 아기의 볼을 쓸며 여자의 행복이란 이런 것인가 하고 생각해 보았다. 아니, 부부의 행복이란 이런 것인가 하고 생각해 보았다. 아니, 부부의 행복이라야 옳을 것이다. 우리는 방 안으로 들어왔다. 옷도 벗지 않은 채 나는 다급하게 소리쳤다.

"일곱 걸음, 어디 실험해 봐!"

"아이, 천천히 해요. 경이가 무슨 기곈 줄 알아요. 실험을 하게?"

그녀는 곱게 정말 행복하게 눈을 흘겼다. 그래 기계는 아니다. 어디 해봐. 경이는 정말 내 앞에서 일곱 걸음을 해냈다. 첫 번째는 네 걸음, 두 번째는 여섯 걸음, 세 번째는 일곱 걸음이었다. 세 번째 만세다! 나는 소리를 쳤다. 그 다음도 일곱 걸음이었다. 네 번째 만세다. 나는 다시 소리를 쳤다.

"힘 빠져요. 그만 시켜요."

아내는 경이를 뺏다시피 낚아채 갔다. 경이는 더 해보겠다는 듯이 어—ㅁ 어—ㅁ 소리를 질렀다.

그 순간이었다. 아내가 '엄마' 라고 해. 엄마 엄마야, 하고 얼러대니 경이도 '어음마' 라고 서툴게 발음을 했다. 아내는 감전된 것처럼 숨을 멈추며,

"여보, 방금 뭐랬죠?" 하고 비명을 질렀다. 경이가 또 한 번 '어음마' 라고 했다. 방금 했던 말을 영원히 잊지 않으려는 듯이.

"여보. 당신 들었어? 우리 애가 엄마, 엄마 엄마라고 했어요."

그녀는 세 번이나 '엄마' 소리를 퍼질렀다. 경이가 '어음마' 소리를 할 때, 경이의 입속을 들여다보니까 빨간 울림대가 가늘고 긴 풍선처럼 떨었다.

오늘 경이는 일곱 걸음을 떼고 말을 했다.

이 지상에서 처음으로 '엄마' 라는 말을!

신은 정말 위대하다.

사랑은 어떻게 너에게로 왔던가
햇살이 빛나듯이
혹은 꽃눈보라처럼 왔던가,
기도처럼 왔던가,
말하렴!
사랑이 커다랗게 날개를 접고
내 꽃이 핀 무지개의 영혼에 걸렸습니다.

우리는 저녁을 물리고 우리의 아기가 자는 얼굴을 한참이나 들여다보았다. 천상에서 내려온 박나비 같은 숨결이 온 방 안에서 째근거렸다.

아내는 한 번 더 뽀뽀를 하고 나서 창문으로 다가가 커튼을 쳤다. 커튼을 치려다 말고 "어머. 저 별들 좀 봐……" 하며 드르륵 유리창을 열었다. 총총한 별들이 방 안으로 가득 쏟아져 들어왔다.

오래도록 잊고 산 밤하늘. 나는 아내의 곁으로 다가가 어깨 너머 별들을 쳐다보았다. 아내는 행복한 듯이 내 머리에 어깨를 기댔다. 나보다도 키가 크니까.

"인간은 죽으면 별이 된다죠. 저 작은 별은 우리 같은 평범한 사람들이 스쳐간 영혼의 발자국이고 저 큰 별은 옳지……"

이 도시를 굽어볼 수 있는 외곽지대의 창밖으로는 북방 하늘에 큰 곰이 어기적거리고 큰 개가 초저녁에 뜬 개밥별을 먹고 있었다. 아내는 마치 커다란 슬픔의 웅덩이에 고여 있는 낮달처럼 한 이별에 대한 어떤 예감을 준비하는 듯한 표정이었다. 그래서 나는 그녀의 말끝을 이어주어야 했다.

"저 큰 별 세 개 보이지. 큐피드 화살 같은 별 말야. 하나는 아문센[2]의 별이고 하나는 콜럼버스의 별이고 하나는 리빙스턴의 별이야. 나는 다음에 경이가 크면 이렇게 말해줄 거야. 저 별들은 그들의 영혼이 스쳐간 별이라고……"

아내는 슬픈 듯이 갑자기 호호 웃었다.

"그게 아녜요. 저 북두칠성을 봐요. 일곱 개의 국자 같은 별……. 오늘 우리 경이가 걷는 걸음이 저렇게 찍혀 있는걸. 마치 붉은 벽돌처럼 말야. 일곱 발자국을 떼놓기에 얼마나 힘들었을까?"

아내는 어느새 울고 있었다.

—산문집 《만다라의 바다》에서

---

2) 아문센Amundsen : 노르웨이의 극지탐험가(1872~1928).

통일시대를 향한 문학

문인 12인의 '광복 50주년을 맞으며' 시인의 공개서한

해방 공간 50년의 정신사를 말한다면 일제 잔재의식 청산이 요구되던, 반민특위로 대표되는 반식민의식시대와 독재와 외세 배격이 필요하던 난민의식시대, 4·19를 즈음하여 군사독재를 거부하던 민중의식시대, 그리고 올 6·27을 기점으로 한 시민자치의식시대로 규정할 수 있을 것 같다. 이중 1980년의 5·18광주민중항쟁은 민주화운동의 기폭제이자 참다운 시민자치시대를 연, 민중의 승리를 예감한 커다란 사건이었다. 이러한 역사적 진행단계는 결국은 통일시대로 가기 위한 몸부림일 것이며 시(문학) 또한 이를 지향함은 당연하다.

광복 30주년이 되던 해인 1975년, 나는 〈산문山門에 기대어〉 외 4편이 《문학사상》 신인상에 당선되어 등단했다. 그해 개인적인 또 하나의 사건으로는 광복 30주년 기념 문공부 예술상 공모에 〈동학란東學亂〉이란 서사시를 응모해 상금 50만 원을 받은 일이었다. 당시로선 파격적인 상금이었지만 그보다 내가 그 일을 기억하는 것은 '동학란'이란 제목에서 보인바, '난亂'이란 말을 학자들이 그대로 써왔다는 데 있다. 그때까지만 해도 우리의 의식은 식민지의식이나 난민의식을 넘지 못했다.

그때의 일이 부끄러워 나는 80년대에 〈동학란〉을 단행본으로 내면서 《새야 새야 파랑새야》로 개작했고, 광주민중항쟁을 그 결말에 끌어왔다. 광주 현장에 있었던 나는 《전남일보》(현 《광주일보》)가 복간될 때 복간시詩를 썼고, 홍남순·김지하 시인의 출감 시에 YMCA 주최 문학행사 가담, 광주여고 삐라사건 등으로 형사를 전담으로 달고 다닐 무렵이어서 서광여중으로 좌천되었다.

그 무렵인 84년 6월, 남풍출판사 제의로 《분단시선집》을 간행하는 일을 맡았다. 신석정 시인으로부터 김정환 시인에 이르기까지 총 51명의 시 5편씩을 선정해 '편'으로 구성하는 일이었다. "《분단시선집》에 실린 작품들과 해설은 50년대에서 80년대 현재에 이르기까지 분단시대 시들의 변화를 여실히 감지할 수 있게 만들어준 70년대의 유신체제 하의 민중시들이 어떻게 분단 문제를 취급해 왔는가를 독자들로 하여금 손쉽게 일별할 수 있도록 만들어준다"라고 홍정선 교수는 한신대 학보에 소개했다. 《조선일보》(1984년 7월 3일)에는 '분단의 한恨 첫 집대성'이란 제하에 서울로 보내는 30매나 되는 공개장도 실렸는데 '우리 시인들 그동안 무얼했는지요'라는 반성의 글이었다. 거기에는 "1천5백여 명의 시인들이 사는 땅, 그 작품을 분석한 결과 분단의식을 가지고 편을 구성할 수 있는 시인들은 50명에 불과했습니다. 실로 놀랍고 놀라운 일 아닙니까?"라는 구절도 보인다. 그때만 해도 분단시란 용어가 광주민중항쟁이란 말만큼 금기시되고 낯설었던 시대였다.

  해방 50년 기간 중 겨우 20년을 살아온 내가 문단에 나와 한 일이라고는 고작 이런 정도뿐인데 이런 부끄러운 글의 청탁에 응하다 보니, 갑자기 이 시대의 양심 김지하의 "새벽 세 시는 서 있기도 앉아 있기도 어중간하다"는 시구가 생각난다. 떡목 같은 세월, 다시 김구 선생의 말이 통일 공간을 쩡쩡 울려온다. "나는 우리나라가 세계에서 가장 아름다운 나라가 되기를 원한다. 가장 부강한 나라가 되기를 원하는 것은 아니다. 우리의 부력富力은 우리의 생활을 풍족히 할 만하고, 우리의 강력强力은 남의 침략을 막을 만하면 족하다. 오직 한없이 가지고 싶은 것은 높은 문화의 힘이다"라는 말, 오직 이 한마디.

  —《문학사상》, 1995년 8월호

분단의 한 첫 집대성

분단역사의 아픔과 한을 조명한 시인들의 작품이 우리 문단에서 처음으로 정리, 집대성돼 뜻 깊은 평가를 받고 있다. 지난달 27일에 간행된 《분단 시선집》은 한국전쟁 이후 34년 동안 이 땅의 시인들이 분단을 주제로 쓴 시를 추려 한자리에 묶은 460쪽의 작품집. 우리 문학사에 또 하나의 맥脈을 잇는 '분단 시사詩史'로서 큰 의미를 던지고 있다. 특히 이번 작업이 소외와 외로움 속에서 오늘을 살고 있는 지방 시인들에 의해 이루어졌다는 점에서 중앙문단으로부터 더욱 충격과 놀라움을 자아내고 있는 것이다.

80년대 이후 분단 극복의 논리가 다각적으로 모색되고 있는 가운데, 전남 광주에서 활약하고 있는 시인 문병란 씨와 송수권 씨의 공편共編으로 엮인 《분단시선집》은 "분단 상황이 우리에게 가하고 있는 정치 · 경제 · 사회 · 문화적인 폐해와 민족 이질화의 갈등을 변증법적 통합으로 극복해야만 민족시가 본질적인 생명력을 갖게 된다"는 취지에서 기획된 것임을 밝히고 있다.

따라서 이 시선집은 "민족 주체의식을 각성시키는 시인들의 공동작업의 하나로 분단의 역사적 현실에 대한 건강한 시혼詩魂의 작품을 중심으로 모았음"을 재확인시켜 주고 있다.

수록된 작품들은 시단의 1천5백여 명에 달하는 시인들의 기존 발표작을 대상으로 오랜 기간에 걸친 조사 작업 끝에 추려낸 것으로, 민족과 역사의 조국을 향한 고뇌와 사랑, 그리고 타율적 분단의 극복과 지상명제인 통일쟁취의 의지가 살아 숨쉬는 작업들이다.

북녘에 고향을 둔 구상 씨의 연작시 〈난중시초亂中詩抄〉, 전봉건 씨의 〈꿈길〉과 〈성묘〉, 김광림 씨의 〈길 트고 마음 트고 얼싸안고 울어야 할 때〉를 비롯해서 이북에 연고지는 없지만 분단의 비극을 주제로 작품을 쓴 다수 시인들의 절규가 시집 속에 함께 메아리치고 있다.

이를 엮은 문병란 씨는 "참된 분단시詩는 이제부터 나와야 한다"고 말하고 "분단시대의 극복을 위한 민족적 노력의 하나로서, 문학은 정치와는 다른 면에서 민족의 에너지를 분출시키는 진정한 사랑의 재결합을 시도해야 한다"고 분단문학의 방향을 제시하고 있다.

또 송수권 씨는 "생각보다는 분단 문제를 다룬 시인들은 의외로 많지 않았다"고 안타까워하면서 "80년대 분단극복의 시는 50~60년대의 회고와 선정적인 벽을 깨고 새로운 의지로 추구돼야 할 것"이라는 의견.

수록시인은 신석정, 김광섭, 조지훈, 박두진, 김수영, 구상, 이인석, 김규동, 문익환, 전봉건, 박재삼, 박봉우, 김광림, 신기선, 정공채, 강인섭, 고은, 유경환, 신동엽, 문병란, 황명걸, 이근배, 조태일, 김광협, 강우식, 김지하, 최민, 김준태, 이시영, 정희성, 양성우, 김창완, 김명인, 이동순, 정호승, 장영수, 이영걸, 김진경, 김용해, 송수권, 하종오, 이영진, 김명수, 문충성, 김정환, 박주관 씨 등 48명.

—《조선일보》, 1984년 7월 3일

광주 시인이 서울시인에게 보내는 공개장公開狀

남도南道는 연일 비가 올 듯 우울한 날씨입니다. 쉴 새 없이 기획에 매달려 드디어 《분단시선집》을 세상에 내놓게 되었습니다. 기대한 만큼 책이 잘 나왔으면 싶은데, 그렇지 못할까 봐 걱정입니다. 모든 시인들이 우려한 점이 바로 이 문제였습니다. 지방이란 한정된 악조건을 깨려고 애를 썼는데 나무람만 뒤따르면 어떡하나 하는 걱정뿐입니다. 1천5백여 명이 사는 이 땅의 시인詩人들.

작품을 분석한 결과 분단의식을 가지고 매달린 시인은 50여 명에 불과했습니다. 그것도 해방 후 지금까지 작고作故 시인을 포함해서 말입니다. 실로 놀라운 일이 아닙니까?

하기야 어느 강연회장에서 '분단의 슬픔'을 말한 연사가 있었는데 대학생의 3분의 1이 '분단'의 낱말 뜻조차 모르더라는 우스갯소리를 듣고 놀란 적이 있습니다. 시인들이라고 해서 전부 분단시에 매달리라는 뜻은 아니지만, 그러나 보다 철저하게 인식을 가질 필요는 있겠구나 싶었습니다.

그중에는 '민중'을 얘기하고 '민중'의 시인이란 사람에게서도 분단시가 없어 저는 깜짝 놀라기도 했고, 또 그런 시인들이 많았습니다.

해방 후, 분단…… 몇 주년, 6·25특집…… 했으면서도 이 분야를 정리한 '역사 시집' 한 권 없었던 것을 생각하면 우리 시인들이 무엇을 했고, 저 자신도 무엇 때문에 시를 쓰는지 되묻지 않을 수 없었습니다. 이런 뜻에서 기획을 맡은 저는 이번에 큰 공부를 하게 된 셈입니다. 비록 서울 문화권에 눌려 항상 빛을 못 보는 광주이긴 해도 지방에서 이 책을 역사적인 자료로 정리했다는 데 큰 기쁨을 갖습니다. 어느 정도 출판문화의 방향감각도 알게 되고 '양질과 저질'의 문화도 알게 되었습니다. 꼭 필요한 책이 이 시대에 외면당하는 슬픔도 알게 되었고, 매스컴에서 무어라고 하면 사족을 못 쓰고 매달리는 군중의 속성도 알게 되었습니다. 그러나 "좋은 책은 여전히 좋고 양심적인 책은 양심을 따른다"는 깨어 있는 민중이 어느 층이란 것도 알게 되었습니다.

'깨어 있는 출판문화' 이것이 이 땅의 정직의 논리가 되고 80년대를 이끌어가야 할 것입니다. 그런 의미에서 출판인들이 얼마나 의로운지도 깨닫게 되었습니다. 그래서 외로운 출판사를 사랑하는 독자야말로 가장 영리하고 현명한 독자라는 느낌도 가져봅니다.

저는 이 원리를 인간과 유사환경을 대비시킨 오스트리아의 동물심리학자 콘라드 로렌츠에게서 찾고 싶습니다. 먹이를 찾아 몰려다니는 많은 무리의 피라미 떼 가운데 한 마리를 골라내어 그 뇌의 전엽前葉을 제거한 뒤 다시 피라미 떼 속에 넣어주면 이 피라미는 방향감각을 상실한 채 제 멋대로 행동합니다. 이런 행동은 결과적으로 다른 피라미 떼에게 영향을 끼쳐 그 뇌 없는 피라미를 따라 움직이는 군집群集이 되게 합니다. 이 원리를 출판문화의 원리로 연결시켜도 이상할 것이 없을 듯합니다. 분단 40년. 왜

이 책이 광주에서 나와야 합니까?

　80년대 이후는 이 방향감각이 설정되고 분명히 확인되어야 할 것입니다. 보다 많은 시인, 작가作家가 이 일에 매달려야 할 것 입니다.

―《조선일보》, 1984년 7월 3일

나의 길 나의 삶

황토 흙 마당에 빗물이 흘러넘쳤다.

지금은 공해로 찌든 하늘에 무지개조차 보기 힘들지만 내가 자라던 시골은 소나기가 한바탕 지나면 동산에 시원한 무지개가 솟았다. 또한 소나기가 자주 지나고부터 추석빔을 위해 대목장에 빠뜨릴 수 없는 것이 물감이었다.

장롱 속 깊숙이 감춰둔 물감을 찾아내어 마당에다 풀어 흘렸다. 그때마다 오색빛 찬란한 강이 섰다. "뭐가 될래?" 이 광경을 넋을 놓고 지켜보신 어머니가 꾸중을 했다. 부엌에서 꺼내온 바가지 함지박 등이 멋대로 떠돌았다. 밥주걱과 숟가락들도 실려서 이상한 소리를 냈다. 나폴리, 시드니, 마르세유 등 평소 꿈꾸었던 일등 항해사가 되어 떠도는 꿈을 펼쳤다.

겨울이 왔다. 어디서 왔는지 갈까마귀 떼가 온 들판을 덮고 있었다. 갈까마귀 떼를 추적하여 동생과 나는 둘이서 해가 저물도록 화살을 날리기도 했다. 내 유년, 이 시절이 나에게는 가장 반짝했던 시절이다.

그 후, 어머니는 오래 앓아누웠다. 화랭이 촌에서 떼 무당들이 몰려와 자주 굿판이 벌어졌다. 비교적 여유가 있는 집안이라서 한량 소리를 들으며 소리판을 떠돌던 아버지가 와서 대낮에 술이 벌겋게 취하여 고래고래 소리치던 모습도 선하다.

어머니의 병명은 '주마담'이라 했다. 그때 주마담이 무슨 병인지는 알 수 없었으나 지금 생각하면 이상한 종양 같은 것이었나 보다. 페니실린이 귀했던 때라 그것 몇 대 값이 황소 한 마리 값이었다는 말을 얼마 전 운명하신 아버지로부터 들었다.

"뭐가 될래?" 이 물음은 어머니가 세상을 떠나고 그 많은 가산이 탕진되고 나서부터 실감 나게 다가왔다.

나는 지금도 그 무지개가 얼마나 쓸쓸한 꿈을 심어주었는지를 안다. 10대에 벌어진 문학의 꿈은 이렇게 해서 저질러졌다. 시간의 흐름이란 묘한 데가 있어 몇 년 전 나폴리를 돌면서 그 바닷가에 뜬 무지개를 쳐다보고 일행들 틈에 끼어 오래도록 유년을 되새겨본 적이 있었다. 그 아픔이 얼마나 섬뜩했는지 모른다.

대학을 나와서도 13년이 걸려서야 문단에 발을 붙일 수 있었다. 이때는 벌서 30대 중반으로 치닫고 있었다. 늦깎이란 두려움이 그래서 지금도 떠나지 않고 있다. 영원한 늦깎이인 지각생, 이 지각생이 되는 것마저도 어떤 결단이 필요했다.

스물아홉에 나는 사람들을 피해 달아났다. 뱃길은 멀고 험했다. 여수항에서 여덟 시간이나 걸려서야 도착할 수 있는 낙도. 사람이 죽으면 아직도 초분을 쓰는 섬. 어떤 날은 풍랑에 배가 밀려 대마도 앞까지 흘러간 적도 있었다.

나는 이 무렵 또 하나의 참담한 충격에 휘말리고 있었다. 스물넷의 나이로 군대에서 돌아온 동생이 자살한 사건이었다. 그는 늘 빈혈에 떠 있었고 병중에 태어났으므로 젖도 못 빨고 비실비실 자란 아이였다. 동생이 철들기 전(7세) 어머니는 병이 너무 무거워 세상을 떠나셨는데 그로부터 동생은 기 한 번 펴보지 못하고 세상을 살았었다.

추운 겨울날에도 어머니의 옆구리에서 흐르는 고름 냄새 때문에 우리는 방문을 열어놓고 살았다. 동생은 어머니의 젖꼭지를 하나씩 붙잡고 흥건한 잠에 떨어질 때가 많았다. 파리 떼가 앵앵거렸다.

여름이면 앞 채마밭가에 핀 치자꽃을 꺾어다 몇 번씩 화병에 갈아 꽂기도 했다. 그래서 나는 지금도 꽃 중에 치자꽃 향기가 제일 은은하다는 것도 안다.

나의 코는 그때부터 이미 후각 기능을 상실했으며 지금도 느닷없이 한 밤중에 깨어나 입에 칫솔을 물 때가 많다. 정화되고 구원받고 싶었던 유년 의 콤플렉스가 이런 습벽으로 젖어 흘렀는지도 모른다. 아마 이 보상 행위 때문에 나는 원고지를 끼적거리게 되었을 것이다. 그리고 녀석은 빈혈을 앓고 제 발로 서지 못한 채 끝내 자살을 택했을 것이다.

—너의 죽음 위에 내가 살아서 복수를 하마. 놈을 거적때기에 말아서 파 묻고 온 날 밤, 나는 술상에 빈 잔 두 개를 올려놓고 선소리를 내질렀다. 〈산문山門에 기대어〉에 나오는 '내 한 잔은 마시고 한 잔은 비워두고' 라는 구절은 그렇게 해서 만들어진 것이다.

섬 학교 생활은 그런대로 행복했다. 처음엔 낚싯대로 물창을 치며 울화 병을 꼈고 나중엔 체념 비슷한 것으로 가라앉혔다. 세월이 약이라던가. 나 는 이 섬에서 무엇인가 새롭게 태어나기로 결심했다. 중학교에 진학 못한 학생들 120여 명을 모아 야간 상록학원을 이끌었다. 석유등을 쓰던 시대 라 월남의 정글 전戰에서 사용하던 미군들의 야전등을 구하려고 남대문 시장을 돌았다.

얼마 후, 육지 학교로 발령이 났지만 이들을 놔두고 갈 수가 없었다. 되 돌아왔다. 주저앉은 것이 6년의 세월이었다. 이곳에서 세 아이의 아버지 가 되었다. 막상 나올 때가 되었다 싶어 발령을 받아놓고 보니 고향 가까 운 섬이었다. 1개월을 인사 담당관과 실랑이를 벌이다 사표를 냈다.

1년간을 산문山門과 산문을 떠돌면서 막판엔 서울로 튀었다. 서울 생활 의 무위도식은 절망과 고통이었다. 어떤 상황에선 죽음 직전까지 이르러 있었다. 이때 아내에게 등덜미가 잡혀 고향으로 돌아왔다. 아내는 갓난 딸 애를 등에 업고 있었다.

얼마 후 서울에서 사람이 왔는데 《문학사상》 신인상에 작품 응모를 했었느냐고 물었다. 편집주간인 그를 찾아갔더니 "자네를 수소문해 찾느라 꼭 1년이 걸렸네" 하면서 원고를 꺼냈다. 서울 진입할 때 어느 여관방에서 죽음에 내몰리기 직전에 써 갈긴 〈산문에 기대어〉 외 10여 편의 작품이었다. 마땅히 있어야 할 여백에 주소가 없었다는 것이다. 참으로 우리가 부딪치고 사는 시간 속에서 인연이란 이렇듯 오묘한 데가 있는가 싶었다.

"자넨 휴지통에서 나온 시인이야."

주간은 이렇게 농담을 던졌다. 처음엔 놀랐고 나중엔 무슨 실수로 콘돔 속에서 나온 아이 같다는 생각을 했다. 여백에 주소가 없는 그 원고를 편집장이 보고 단순히 원고지가 아닌 갱지에다 썼다고 해서 휴지통에 버린 모양이었다. 주간이 마침 편집장의 책상을 지나다 버려진 원고 뭉치를 털어놓고 보니 그 속에서 〈산문에 기대어〉가 나왔다는 것이다. 운명의 장난치고는 참 묘한 데가 있었다. 그 후로 그 주간의 애정을 받으면서 문학의 길로 들어섰고 다음 해엔 다시 교단에 복귀했다.

지금도 광주 충장로 입구, 지하도를 지나다 보면 발목이 없는 웬 거지 하나가 단골손님처럼 양은 밥그릇을 깔고 앉아 있다. 나는 그때마다 양은 밥그릇에 동전을 던진다. 내가 무슨 동정심이 많아서가 아니라 이미 구원 받고 나서야 나의 존재가치를 깨달았기 때문이다.

한때, 나는 서울을 떠돌면서 죽음을 결심한 적이 있었다. 당시 유행했던 세코날 알약을 모아 아차 하면 죽어버리겠다는 생각이었는데 그때 남대문 지하도를 지나다가 웬 거지 밥그릇에 마지막 남은 동전을 쓸어 넣었다. 툭 하고 떨어진 동전닢들 속에 그 세코날 알약 봉지도 묻어 내렸다. 나는 그 순간에 깜짝 놀랐으며 이런 거지도 살아가는데 지금 무슨 수작을 하고 있담, 하고 눈물을 흘렸다. 어떤 신의 계시가 들린 듯했다. 그 거지의 흥얼 거림이었다.

그래서 이 시대 충장로 지하도 입구의 거지야말로 동정 받는 사람이 아니라 이 시대에 살아 빛을 던지는 구세주처럼 생각되는 것이다. 나는 그 앞을 지날 때마다 읊조리는 나만의 타령조가 있다.

동전을 주워 먹고 살다니!
하루의 배고픔을 원망하지 말라.
너의 깔자리가 낮다고 투정하지 말라.
이 세상 살아 있어 너는 빛을 만들고 있지 않으냐.
네 밥그릇에 동전과 독약을 부리고 가는 사람이 있다.
오늘 지하도가 밝은 것은 너 때문이다.

쿵쿵 벽에 울려 이 소리가 되돌아오는 듯싶다. 저 유년의 쓸쓸했던 어머니로부터의 애정 갈구가 좀 더 깊어지면서 그 물감을 풀던 때의 확실한 무지개가 어쩌면 잡힐 듯도 싶은 것이다. 아니 잡히지 않는다 해도 결코 후회는 없을 것이다.

이 시대가 판을 벌이고 있는 무슨 짓거리보다 시 쓰는 일은 더 높은 정신적 차원에 있음을 깨닫는다. 나는 올 봄에도 이 일을 위해 사문의 길로 갈까 망설인 바도 있었고 어느 섬으로 잠적할까 싶어 가족들에게 발설한 바도 있었다. 내가 하는 일에 끝장을 내기 위해서는 지금이야말로 어떤 결단이 필요한 것 같아서였다. 그러나 이것 또한 안타까운 푸념일 뿐 이대로의 평범한 고집과 청빈을 잃지 않고 한 사람의 선생으로 시인으로 남았으면 하는 것이다.

— 〈자전 에세이〉, 《동아일보》, 1991년 6월 17일

송수권 시의 기호론적 독해

 이사라 시인 · 서울산업대 문예창작학과 교수

한국적 서정시 속에 담긴 송수권 시의 양의성

1975년 등단한 송수권은 시 〈산문山門에 기대어〉 외 7편으로 한국현대
시사에 한 획을 그을 수 있다는 가능성을 보였고[1] 그 후 시집 《산문에 기
대어》(1980) 《꿈꾸는 섬》(1983) 《분단시선집》(1984) 《아도啞陶》(1985) 《새
야 새야 새야》(1987) 《우리들의 땅》(1988) 등을 발간하면서 그 가능성을
실현시키고 있다.

한국의 70~80년대 시대적 상황의 특수성으로 인해 사회 현실을 지향하
는 이념이 우세한 편이고 의식을 우선함으로써 포에지(poésie)가 결여된
시들이 많았던[2] 틈에서 송수권의 시는 순수한 서정시를 대표하면서도 가
장 보편적인 민중 의식과 민중적 운율 체계인 민요조를 전승해 왔다. 여기
에 시인은 가장 한국적 정서인 한의 역설적인 힘들을 강조하면서 왕성한
시작을 하고 있다. 그가 자서自書에서 밝힌 대로 "순수한 시를 지켜내자고
아무리 시대가 복잡하고 칼날 같아도 우리 것을 지켜가자고, 순수에 목마

1) 김용직, 〈상상력과 언어의 특성〉, 《문학사상》, 1975. 2월호. 298~299쪽.

2) 권영민, 〈방황과 모색의 언어들〉, 《문예중앙》, 1980. 가을호. 201쪽.

른 시인은 우리 둘뿐인 것 같다고 밤새도록 주먹을 끌어안더니……"[3]라든가 "나는 이때부터 재래종의 한국시에 비판을 가했으며 〈청산별곡〉이나 〈가시리〉에는 눈물은 있어도 힘이 없다는 우리 서정시의 취약성에 착안했다"[4]에서 보듯이 그는 순수한 한국시의 서정성에 그의 시 의식을 두고 있으며 또한 "아마 이 시대에 살면서 울지 못한 놈처럼 불행한 놈도 없을 것이다. 울어도 참새처럼 찔찔거리지 말고 깊이 울어라. 저 뻐꾹새 한 마리가 수천 수백의 지리산 봉우리를 다 울리고 가듯이 이 시대의 한복판에서 울어라. 그것이 가장 현명한 삶의 한 방법일 것이며 불행한 시대의 시인만이 누릴 수 있는 특권일 것이다"[5]라고 하여 당대를 살면서 늘 깨어 있는 인식의 주체자로서 시인과 뻐꾹새를 동일한 자리에 위치시키고 있다. 불행한 이 시대의 한복판에서 울 줄 아는 시인의 뻐꾹새 울음과 같은 시는 한국적 한의 뿌리로 내려 간혹 남도南道의 서정성으로 나타나기도 하고[6] 토속어를 사용한 전통적 시가의 양태로 나타나기도 하고[7] 우리의 분단된 조국 현실의 고통을 민족 재생의 의지로 표출[8]하는 방법으로 나타나기도 한다.

그중에서도 송수권의 시를 집약되게 언급한 것은 지푸라기 감성의 시[9]라고 하여 그의 시에서는 거칠고도 부드러운 짚의 감성을 보게 되는데 남도 사투리, 돌무지 같은 건조한 말을 따뜻한 짚의 감촉으로 바꾸고 있는 이른바 '반대의 일치'라는 양의성을 찾아볼 수 있다는 지적이다.

송수권의 시가 이렇듯 한국인의 공통적 정감대인 한을 읊되 나약한 눈

3) 송수권, 《다시 〈산문山門에 기대어〉》, 오상, 1985, 80쪽.

4) 위의 책, 81쪽.

5) 위의 책, 40쪽.

6) 주동후, 〈황토 빛깔의 시인〉, 송수권 시집 《아도》의 발문 중에서, 창작과 비평사, 1985.

7) 김용직, 앞의 책, 299쪽.
   박남수, 〈한국적인 한恨의 시〉, 《문학사상》, 1975. 2, 297쪽.

8) 주동후, 앞의 책, 152쪽.

9) 이어령, 〈지푸라기 감성〉, 《문학사상》, 1988. 3, 109~110쪽.

물로서가 아니라 토속적이면서 원초적인 생명의지를 노래하고, 순수시를 읊되 시대 한 복판에서 역사적 소명의식을 불태우며,—프로파간다[10]로서의 구호가 아니라— 남도南道의 서정을 읊되 지역적 방어막을 형성하는 것이 아니라 분단된 조국에 대한 재생의지를 읊고 있다는 사실을 긍정하는 것만으로 그의 시를 다 말할 수는 없다. 그의 시에 외피로 입혀진 그의 자전적인 고백이나 총괄적 시선에 의해 파악되어 오히려 그의 시의 내적 구조로 향하는 통로를 막고 있는 요소들을 제거했을 때, 그때에서야 본격적인 송수권 시의 아름다운 지층을 밝혀낼 수 있을 것이다. 본 연구는 여기에서부터 시작된다. 송수권 시가 어떻게 구축되어 있기에, 혹은 어떻게 탈脫구축되어 있기에 기존의 평들에서 짤막하게나 언급되어 있는 그러한 특성들을 지니는 것인가를 구체적으로 살펴보고자 한다.

〈산문에 기대어〉를 통해 본 송수권 시의 구조

(1) 〈산문에 기대어〉의 구조 분석

인간의 예술 활동 가운데 최고의 정신적 활동의 산물이라 일컬어지는 시가 인간들만의 약속인 언어라는 기호로 이루어져 있음은 의심할 바가 없다. 그리고 문학 작품이 언어로 기술되어 있는 한 모든 문학 작품을 작품 외적 요소들에 의해 평가하기 이전에 우선적으로 언어로 기술되는 언어적 체계에 관심을 모아야 한다.

음성적, 음운적, 통사적, 의미론적 층위에 대한 최근의 관심들은 곧 시의 경우에서도 오직 기호를 통해서만, 즉 기호표현記號表現[11]을 통해서만 기호내용記號內容[12]이 결정되며 또한 기호표현과 기호내용 사이에서 의미

---

10) 프로파간다propaganda : 어떤 것의 존재나 효능 또는 주장 따위를 남에게 설명하여 동의를 구하는 일이나 활동. 주로 사상이나 교의 따위의 선전을 이른다.

11) 시니피앙Signifiant. 소쉬르의 기호 이론에서, 귀로 들을 수 있는 소리로써 의미를 전달하는 외적外的 형식을 이르는 말. 말이 소리와 그 소리로 표시되는 의미로 성립된다고 할 때, 그 소리를 말한다.

12) 시니피에Signifié. 소쉬르의 기호 이론에서, 말에 있어서 소리로 표시되는 의미를 이르는 말.

를 산출하고 있는 의미작용을 밝혀낼 수 있다는 것을 말해준다.

그의 데뷔작이며 첫 시집의 표제이자 대표작인 〈산문에 기대어〉는 1975
년에 발표되었다. 그 다음 해인 1976년 그는 〈속 산문에 기대어〉라는 시를
발표하여 그때까지 완성작이라 생각됐던 그의 데뷔 작품이 아직 끝나지
않은 미완의 작품이었음을 드러내 가벼운 충격을 주었다.

이 두 편의 시가 '속續'이란 단서가 붙음으로써 전편과 후편으로 나누어
져 있고 합해졌을 때 비로소 한 편의 시가 될 수 있다는 사실을 확인할 필
요가 생긴 것이다. 아니면 '속'이 계속 이어져 영원히 끝나지 않는 그의
주된 시라는 것인가? 아니면 '속'이라는 접두어는 함정인가? 이러한 문제
의 규명이 요구된다. 이 문제 규명을 위한 하나의 방법론으로서 기호론적
독해를 하고자 한다.

기호론적 독해를 위한 〈산문山門에 기대어〉의 전문은 다음과 같다.

I . A   1 누이야
         2 가을산 그리메에 빠진 눈썹 두어 낱을
         3 지금도 살아서 보는가

    B   4 정정한 눈물 돌로 눌러 죽이고
         5 그 눈물 끝을 따라가면

    C ⓐ   6 즈믄 밤의 강이 일어서던 것을
      ⓑ   7 그 강물 깊이깊이 가라앉은 고뇌의 말씀들
         8 돌로 살아서 반짝여오던 것을
      ⓒ   9 더러는 물속에서 튀는 물고기같이
         10 살아오던 것을

    D   11 그리고 산다화山茶花 한 가지 꺾어 스스럼없이
         12 건네이던 것을

Ⅱ. A　　13 누이야 지금도 살아서 보는가

　　　　14 가을산 그리메에 빠져 떠돌던, 그 눈썹 두어 낱

　　C　　15 을 기러기가

　　　　16 강물에 부리고 가는 것을

　　D　　17 내 한 잔은 마시고 한 잔은 비워두고

　　　　18 더러는 잎새에 살아서 튀는 물방울같이

　　　　19 그렇게 만나는 것을

Ⅲ. A　　20 누이야 아는가

　　　　21 가을산 그리메에 빠져 떠돌던

　　　　22 눈썹 두어 낱이

　　　　23 지금 이 못물 속에 비쳐옴을

〈산문에 기대어〉에서 시적 화자話者인 '나'와 시적 청자聽者인 '누이'와 시적 대상인 '눈썹'의 관계 설정 속에서 '나'와 '누이'가 살아서 보는 존재로서 죽음에 대응하는 존재로서 생의 공간에, 생의 기호체계에 속해 있다면 '눈썹'이 속해 있는 공간, 기호체계는 죽음의 그것이다.

'누이야 / (……을) / 지금도 살아서 보는가'와 '가을산 그리메에 빠진 눈썹 두어 낱을'의 의미론적 이항대립은 생과 사의 체계를 확립하고 있다. '눈썹'이라는 기호가 지시하는 기호대상이 송수권의 동생 수종의 죽음[13]을 은유하고 있든 혹은 생을 마감한 어느 죽음들의 형상화든 간에 죽음이라는 체계로서의 기호표현에서 볼 때 '살아서 보다'의 생과는 이항대립적 관계에 있으며, 죽음이 '그리메에 빠진 눈썹'으로 은유되고 있는 데 반해 생은 직설적 표현으로 강조되어 있다. '살아서'라는 기호표현은 유표有表

---

13) 송수권, 앞의 책, 175쪽.

(marked)된 기호로서, 살아서 보고 듣는 일련의 행위들이란 죽어서 보지도 듣지도 못하는 일련의 대립적 행위들에 의해 그 기호체계가 확고하게 된다. 즉 유표화가 무표無標(unmarked)라는 대립의 존재에 의존[14]하며 생이 죽음이라는 대립의 존재에 의존하는 한 쌍 중의 한 짝이라는 것이다.

Ⅰ의 A에서 '누이야…… 을 지금도 살아서 보는가' 라는 진술은 Ⅱ의 A와 Ⅲ의 A에서도 반복적 기능을 하면서 존재론적 전환을 꾀하고 있다. Ⅰ의 A—3에서 보듯 '지금도 살아서 본다' 라는 단정적 진술이 아니라 '살아서 보는가' 라고 하여 수사적 의문을 던짐으로써 의미의 약화를 기도하는 듯하면서 실상은 정반대의 효과를 얻고 있다. 이것은 시적 화자인 '나'가 시적 청자를 텍스트 안으로 끌어들여 ('누이야' 로 설정된) 독자와의 직접적인 긴장관계를 우회시키는 문학적 장치를 사용한 것과 연관된다. 즉 시적 화자가 직접 독자에게 메시지를 전달하지 않는 전략적 방법을 취함으로써 오히려 설득력을 획득하고 있다. 이렇게 시인이 의식적으로 지향성이 동일한 체계를 구축하면서 다양한 기호들로 표현돼 하나의 패러다임을 형성하는 것을 볼 수 있다.

Ⅰ의 B와 C는 선행문과 후행문의 관계로 파악되는데 B라는 조건형의 구문이 선행될 때 그 전제에 따라 C라는 결과를 얻게 되는 것이다.

$$B \rightarrow C — ⓐ$$
$$ⓑ$$
$$ⓒ$$

로서 B—4의 '정정한 눈물' 은 '가을산 그리메에 빠진 눈썹 두어 낱' 으로 인해서 생성된 것인데 그 눈물을 돌로 눌러 '죽이는' 시적 주체의 능동

---

14) Elizabeth Mertz, "Beyond Symbolic Antropology : Introducing Semiotic Mediation", 〈Semiotic Mediation〉 Elizabeth Mertz · Richard J. Parmentier 공편, Academic Press, Inc. 1985, p. 14.

적이고 의지적인 결단을 거친 후에 그 죽어버린 눈물의 끝을 '따라가면' C의 ⓐⓑⓒ가 되더라는 것이니

죽이다 ≡ 따라가다	→	일어서다 ≡ 살아서 반짝여오다
		≡ 살아오다
p	→	q

로서 죽음의 끝을 '따라가면'이라는 충분조건 구문[15]이 이 시 속에서 어떻게 기능하고 있느냐를 밝히는 작업이 요구된다.

A—2에서의 '눈썹'이라는 죽음의 기호체계는 B—4의 '정정한 눈물'의 죽음이 기호체계와 동의태가 되며, 병렬적 체계를 이룬다. 이 '눈썹'과 '눈물'은 '돌'과 대립 관계를 이루어

눈썹 ~ 돌

‖

눈물

이 되며 Ⅰ—A와의 관련해서 보면

빠지다(눈썹) ≡ 죽다(눈물)	따라가다 (눈물의 끝을)	일어서다(강江) ≡ 살다(고뇌의 말씀들) 반짝이다 살아오다
1~4	5	6~10

---

15) 송문준, 〈현대국어 접속문의 의미 연구〉, 서울대학교 석사학위논문, 미간행), 1985, 13~14쪽. 조건구문 중 충분조건을 나타내는 가정구속형 어미로서 가장 대표적이고 사용상의 제약이 제일 적은 것이 '~면'이다. 일례로 '비가 오면, 시합은 연기된다'가 그것이다. p→q, p=비가 온다, q=시합은 연기된다.

이 되어 '따라가면' 이 매개항의 기능을 가지면서 1~4와 5~6의 변별성을 강화시키고 있다.

그의 시에서 '빠지고 죽는' 하강 이미지는 부정적 가치체계를 형성하고 있으며 '일어서고 반짝이고 살아오는' 상승 이미지는 긍정적 가치체계를, 또한 '따라가다' 라는 수평 이미지는 매개적 가치체계를 형성하고 있다.

그의 시에서는 이렇듯 수직 관계에 의해서 긍정·부정가가 결정되는데 Ⅰ—B—4와 Ⅰ—C—7, 8의 부정가와 긍정가를 확립시키는 것은 Ⅰ—B—5이므로 수평 관계도 고찰해 볼 만하다.

'따라가면' 의 '가다' 와 '반짝여오던', '살아오던' 의 '오다' 의 관계가 그것인데, 이 '가다' 와 '오다' 의 가치 교환이 이루어져 송수권의 시에서는 '건네다' '만나다' 등의 교류의 기호체계를 구축하고 있다. 이는 Ⅱ와 Ⅲ의 분석에서 다시 언급하기로 하겠다.

Ⅰ—B—4, 5에 의해 Ⅰ—A의 대립체계로 구축된 삶과 죽음의 기호체계가 무너지고 Ⅰ—C—6~10의 탈구축적인 기호체계로 전환되고 있다. 죽어 있던 혹은 죽은 듯 침묵하고 있던 그 강물 깊이 가라앉은 고뇌의 말씀들이 돌로 살아서 반짝여오는 것이므로 A에서의 유한한 시간성이 C에서는 초시간성으로 바뀌고 있으며 또 A에서의 산 그림자라는 공간적 한계성이 C에서는 강이라는 무한한 공간성으로 바뀌고 있다. 그리고 A에서의 '누이야 ~을 보는가' 라는 수사적 의문문의 서술이 C에서는 '~이 ~하던 것을' 이라는 객관적 진실의 서술로 바뀌고 있다. 이것은 B—4의 '돌'이 부정적 가치를 갖는 죽음의 기호체계에 속해 있었던 것이 C—8의 '돌'즉 긍정적 가치를 갖는 생의 기호체계에 속하는 돌로 의미론적 전환을 하고 있는 것과도 체계적으로 통한다.

이미 송수권의 시에서는 '돌' 이라는 하나의 기호는 단일한 가치를 지니고 있는 것이 아니라 양가적 존재로서 다의성을 획득하고 있다는 것이다.

즉 A의 산 그림자라는 고착적이고 빛이 없고 부동적인 공간에서의 '돌'
은 부정가를 갖는 데 반해서 강이라는 유동적이고 빛의 투명성을 반영시
키는 공간에서의 '돌'은 긍정가를 갖는다. '돌'의 이러한 가치 역전 현상
은 기호의 단일성과 고정성을 파괴함으로써 탈구축의 세계를 열어준다.

이러한 탈구축의 세계는 흔히 우리의 시에서 재생의 이미지로 설명되
기도 한다. 생과 사의 이항 대립을 무너뜨리는 재생의 코드야말로 우리문
학의 전통적 원형[16]이며 송수권의 경우 그의 시적 상상력의 구조 속에서
자연스럽게 드러나고 있다.

Ⅰ—D의 '그리고 산다화 한 가지 꺾어 스스럼없이 / 건네이던 것을'에
서 우리는 송수권 시에서 가장 가치를 갖는 행위를 보게 되는데, 그것은
교통하는 행위이다. 삶과 죽음과의 교통, 자신과 타자와의 교통, 인간과
자연과의 교통 등 그에게 있어 교통의 코드는 그의 궁극적인 성취인 '만
남'을 위한 코드로서 Ⅰ—D에서 꺾은 꽃을 건네며 만난다는 것은 산 자
와의 교통이 아니라 죽은 자와의 만남의 방법이다. 그러한 만남이 비록 현
실세계에서는 불가능하다 할지라도 재생의 기호체계라는 그의 문학적 기
호체계 속에서는 가능한 일로서 Ⅰ—D는 Ⅰ—A와 병치되고 있다. Ⅰ—
A에서 삶과 죽음이 대립되어 있고 삶이 죽음을 보는 시각적 감각 층위로
원거리를 형성하고 있는 데 반하여 Ⅰ—D는 삶과 죽음이 교통하고 있고
삶이 죽음에게 꽃 한 가지 건네는 촉각적 감각 층위로 근거리를 형성하고
있는 것이다.[17]

Ⅱ에서도 Ⅰ과 마찬가지로 삶과 죽음의 대응관계, 산 그림자와 강물의
일—, 십+의 가치체계, 죽은 자와 산 자와의 교통행위, 그리고 만남의 기
호체계가 반복되고 있다. 그러나 Ⅰ과 다른 점은 Ⅱ에서는 B가 생략되어
A—C—D의 구조를 이루고 있다는 것이다. Ⅰ에서처럼 B라는 조건 구문

---

16) 〈찬기파랑가〉, 〈심청전〉, 〈단군신화〉 등의 신화, 소설, 향가들에서 장르를 넘어 쉽게 찾을 수 있다.

17) George Matore, 《Lescape Humain》, Librairie, A. G. Nizet, 1976, pp. 213~214.

이 있어야만 C가 성립되는 것이 아니라는 것인데, 이미 II에서는 '……하면 ……하던 것을'의 도식이 사라지고, 다만 I의 C—@ⓑⓒ가 단 한 구절로 축소되어 '기러기가 강물에 부리고 가는 것을'이 되어버린다. 이 같은 사실은 그의 시에서 중요한 것은 A와 D이며 C는 축소될 수 있고, B는 생략되어도 좋다는 일종의 귀납적 상상력의 구조 속에서 이 시가 태어난 것임을 입증하는 것이다.

I—A가 '누이야 / 가을산 그리메에 빠진 눈썹 두어 낱을(부정적인 상실감, 죽음의 코드) / 지금도 살아서 보는가(삶의 코드)'로 기술되어 죽음이 먼저 기술되고 삶이 죽음과 대응 관계를 이루면서 다음 행에서 구체화되는 데 반해서 II—A에서는 '누이야 / 지금도 살아서 보는가(삶의 코드) / 가을산 그리메에 빠져 떠돌던, 그 눈썹 두어 낱을(죽음의 코드)'로 도치되고 있는 점에 주목해 볼 일이다. 그의 시 속에서는 삶과 죽음의 코드를 일상적으로, 관습적으로 사용하고 있는 것이 아니라 I—A 죽음→삶, II—A 삶→죽음으로 자리바꿈을 시도하여 새롭게 텍스트를 읽어나가도록 의도하고 있다. 이는 텍스트를 관습적으로 읽어가는 자동화에 일격을 가하여 낯설게 함[18]으로써 문학성을 획득하고자 하는 그의 문학적 장치인 것이다.

그리고 I—A에서는 '가을산 그리메에 **빠진** 눈썹 두어 낱'이었던 기호 표현이 II—A에서는 '**빠져 떠돌던** 눈썹 두어 낱'으로 달라지고 있다. 이때의 '**빠진**'과 '**빠져 떠돌던**' 사이의 의미 내용의 변화는 '**빠진** 눈썹'이 주는 고착성 · 일회성의 상실 이미지가 붕괴되면서 '**빠져 떠돌던**'이라는 유동성 · 재생성을 암시하는 이미지로 바뀌고 있다는 것이다. 이것은 송수권 의식의 지향성을 파악하게 하는 하나의 단서로서 그에게 있어서 '산 그림자' 같은 고착적 이미지는 부정적 가치를 갖는다는 것을 I에서 살핀

---

18) Ann Jefferson, 〈Russian Formalism〉, 《Modern Literry Theory》, Ann Jefferson · David Robey 공편, Barnes and Noble Book, 1982, pp. 19~20.

바가 있다. Ⅰ에서의 '산 그림자'와 '빠지다'는 고착적 죽음의 이미지로 패러다임을 형성하고 있는데 그것이 Ⅱ에 와서는 좀 더 긍정적인 가치를 얻고자 '산 그림자'에 '빠져 떠돌던'이라는 유동성을 부여해서 '산 그림자'가 '강물' 혹은 '못물'이 되게 하고 있다. 그래서 '빠져 떠돌던'의 '떠돌다'의 긍정 지향적 기호는 Ⅱ―D에서 확연히 드러나는 바 '그렇게 만나는 것을'이라 하여 '만난다'는 구체적 언술로 증명된다. Ⅱ―C '기러기가 강물에 부리고 가는 것'에서 기러기 역시 강에, 물에 속하는 코드로서 송수권 시에 있어서 강물이 유동성으로서 그에게 십+인 것임을 살폈던 것처럼 강물에 부리고 간 눈썹은 이제 공간의 이동과 함께 가치도 십으로 이동하고 있다.

Ⅱ―D―17에서 '내 한 잔은 마시고 한 잔은 비워두고'역시 Ⅰ―D에서처럼 산 자와 죽은 자의 교통 코드로서 이해된다. 이러한 교통 행위를 통해서 '잎새에 살아서 튀는 물방울같이 / 그렇게 만나는 것'이다. 그리하여 Ⅱ―D는 Ⅰ―D에서 진전하여 '건네이던'교통의 코드가 '만나는'코드로 변환되면서 심층적 의미 변환도 동시에 얻고 있다.

Ⅱ는 Ⅰ과는 달리 '~가는 것을' '~만나는 것을'이라는 현재형의 객관적 진실을 표명하는데 Ⅰ―C, D의 '~하던 것을'의 과거적 진실이 현재에 이르기까지 지속되어 온다는 것을 의미하는 것이다.

Ⅲ은 Ⅰ과 Ⅱ의 구체적 체계의 집약이라고 할 수 있다. 이제는 Ⅱ의 C마저도 생략되고 가장 핵심적인 구조인 A와 D만을 기술함으로써 이 시의 기호체계의 구축을 탈구축으로 전이시킨다. 죽음의 코드를 재생의 코드로 전이시키는 것이 그것인데 A에서는 삶보다는 죽음을 먼저 기술하고 D의 '지금 이 못물 속에 비쳐옴을'이라고 하여 '눈썹'의 부정적 가치체계가 '못물에 비쳐온다'는 투명성, 살아옴의 긍정적 가치체계로 전이되면서 앞서의 Ⅰ―B의 '눈물'과 '못물'의 의미의 중첩 현상을 통하여 '죽은 눈물' ≡ '살아오는 못물'이 된다.

이와 같은 재생의 코드로 인해서 송수권 문학은 우리 문학의 근간이 되고 있는 한과 상실을 초월하는 힘을 그의 작품에서 보여주고 있다. 슬픔이 슬픔으로 끝나지 않고 고통을 거쳐 새로운 힘을 얻으며, 죽음이 죽음으로 끝나지 않고 삶으로 재생하는 힘을 이 시 〈산문에 기대어〉에서 확인할 수 있다.

또한 Ⅲ—A의 '누이야/ 아는가' 는 Ⅰ—A, Ⅱ—A의 '누이야 / ～을 보는가' 와는 인신론적 층위가 다른데, 이것은 궁극적으로 송수권 시가 안고 있는 한계를 드러내고 있는 것인지도 모른다.

그의 시의 특성 중의 하나가 상당한 정신적 충격을 흡수하여 관념적으로 승화시키고 있다는 것이다. 이 점은 이 시의 제목인 〈산문에 기대어〉에서도 발견된다. 산문에 기대어선 자의 시라는 것은 산문에 올라선 자나 산문과 마주선 자의 시와는 근본적으로 시차적 특질을 지닌다. '……에 기대어' 라는 행위에서 추출되는 이미지는 행군이나 도보의 이미지와는 다르며 정복이나 극복, 대결의 이미지와도 상이하다. '……에 기대어' 에서는 일상적 행위, 관습, 사고, 감각 등의 생에서의 관조적 이미지를 준다. 거기에다가 '산문山門' 에 기댄다는 것에서 그가 자연을 가장 원초적인 힘으로 여긴다[19]고 고백하는 것을 염두에 두지 않는다 해도 산문이란 문학적 상상력 속에서 파악할 때 단순한 자연물로서의 범주를 너머선 거룩한 성소[20] 중의 하나인 것이다. 즉 거룩한 공간에서의 관조적 명상이 이 시의 제목 〈산문에 기대어〉의 주제인 동시에 Ⅲ—A에서 '누이야 / 아는가' 라는 기호체계를 설명하는 것일 수 있다.

그러나 본 연구에서 밝히고자 한 것은 주제의 규명이 아니라 시 〈산문에 기대어〉의 기호표현과 기호내용 사이에서 기능하는 기호작용의 규명이었고 이를 정리하면 다음과 같이 요약할 수 있다.

---

19) 송수권, 앞의 책, 38쪽.

20) Northrop Frye, 《Anatomy of Criticism》 princeton univ. press, 1957, p.203.

시 〈산문에 기대어〉를 기호론적 입장에서 그 기호체계를 살펴본 결과 Ⅰ>Ⅱ>Ⅲ의 점차적인 축소 체계로 구심적 체계를 이루고 있음을 알 수 있었다.

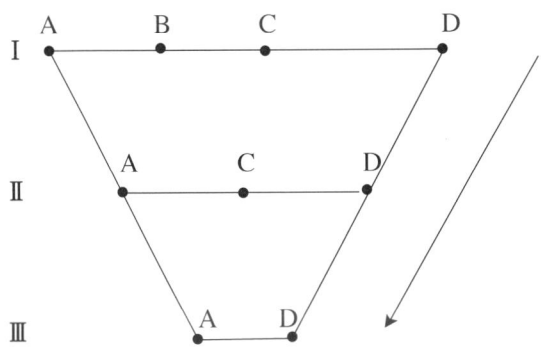

그리고

이 시를 기호론적 의미체계로 분석한 것을 간단히 도표화해 보면 아래와 같다.

분절층위\항	부정항	매개항	긍정항
공간적	산 그리메(눈썹)	눈물 / 돌	강물, 못물
시간적	유한한 시간		초시간성
감각	어둠		빛
	불투명		투명
	시각적(원거리)		촉각적(근거리)
	부동不動적(고착)		유동流動적
	하강(수직)	수평	상승(수직)
가치	단절	교통	만남(재생)
	사死		생生

위의 도표에서 보다시피 송수권의 시 〈산문에 기대어〉는 첫째, 산 그리메와 눈썹의 고착적·부동적인 부정적 가치체계가 눈물과 돌의 매개적이

고도 역전적인 기능에 의해 강물과 못물이라는 유동적인 긍정적 가치체계로 전환되고 있다.

둘째, '지금도 살아서 보는가'라는 삶과 죽음의 유한한 시간 인식이 '지금 이 못물 속에 비쳐온다'는 초시간성으로 그 시간적 기호체계가 전환되고 있다.

셋째, 산 그리메라는 어둠·불투명의 부정항이 강물과 못물이라는 빛·투명의 긍정항으로 전환되고 있다.

넷째, '살아서 보는가'라는 시각적 원거리의 부정가가 '한 가지 꺾어 건네이다'라는 촉각적 근거리의 긍정가로 전환되고 있다.

다섯째, '빠지다' '눌러 죽이다' '가라앉다' 등의 수직적 하강의 부정항이 '따라가다'라는 수평적 매개항에 의해 '일어서다' '뛰다' '반짝여오다' '비쳐오다' '살아오다' 등의 수직적 상승의 긍정항으로 전환되고 있다.

여섯째, 산 자와 죽은 자의 단절의 부정항이 교통의 매개항에 의해 만남이라는 재생의 코드인 긍정항으로 전환되고 있다.

이렇게 송수권의 시에서는 부정적 가치의 기호체계가 소멸되거나 해체되거나 역전이 되어 긍정적 가치의 기호체계로 전환되는 바, 이것은 그가 말한 적이 있던 대로 '눈물은 있어도 힘이 없다'는 우리 서정시의 취약성을 극복하고자 한 그의 의식의 지향성에서 기인한 것으로 파악할 수 있다.

〈속 산문에 기대어〉와의 비교 고찰

여기에서는 앞서 살폈던 〈산문에 기대어〉의 구조 분석에서 추출된 요소들이 어떻게 〈속 산문에 기대어〉에서 발견되며 이 두 시 사이의 구조적 체계의 동질성 혹은 이질성을 자세히 살펴 연구하기 위해 〈속 산문에 기대어〉의 기호체계를 살피기로 한다.

Ⅰ′. A′ 누이야 아는가

     이 봄 한낮을 너는 살아서 듣는가

  B′ 안방 문을 치닫고 안방 문을 치닫고

  C′ ⓐ 옛날은 수단 치마폭에 꽃수실 모냥 흘러간

     뻐꾹새 울음을

Ⅱ′. A′ ⓑ 시방 저 실실한 물결 속에 자물리는 한 산맥들을 보는가

  C′ 한 산맥들은 또 한 산맥들을 불러내어

     그 마지막 한 산맥들까지

     다 자물리어

     푸른 물결로만 잇대어오는 것을

  D′ 푸른 물결로만 잇대어와서는

     봄 하룻날

     조그만 섬 몇 개

     만드는 것을

Ⅲ′. A′ 누이야 아는가

     이 봄 한낮을 너는 살아서 듣는가

  D′ 마지막 맨 마지막에 모이는

     푸른 물결 속

     섬 한 개 동두렷이 떠올라

     이 못물 속 연꽃으로 비쳐오는 것을.[21]

         —〈속 산문에 기대어〉

　〈속 산문에 기대어〉는 전문이 모두 현재형의 시제로 되어 있다. 〈속 산
문에 기대어〉가 시제로 볼 때 Ⅰ—A와, Ⅱ, Ⅲ이 현재형으로 되어 있고

---

21) 송수권, 앞의 책, 48쪽.

Ⅰ—B, C, D는 과거형으로 구성되어 있으며 과거시제로 서술된 Ⅰ—B, C, D의 경험적 사실들의 확인으로 인해 Ⅱ와 Ⅲ이 가능하다는 것을 살폈다. 그럼에도 불구하고 대전제는 Ⅰ—A이므로 현재시제 속에서 살아 있는 과거시제로서 기능하고 있라고 할 수 있다. 이렇게 볼 때 〈속 산문에 기대어〉는 〈산문에 기대어〉의 속편으로 간주할 수도 있다. 시간적 진행 양상도 〈산문에 기대어〉가 가을이라는 계절로 설정되어 있는 데 비해 〈속 산문에 기대어〉는 봄이라는 계절로 설정되어 있어서 가을—(겨울)—봄—(여름)—(가을)이라는 계절상의 순환 구조를 감지하게 된다. 또한 〈산문에 기대어〉의 Ⅲ—A에서 '누이야 아는가'로 끝을 맺고 있는 절구와 〈속 산문에 기대어〉에서 Ⅰ′—A′의 '누이야 아는가'로 시작되는 초구의 연속적인 관계어로 인해 언뜻 보면 두 시는 하나의 시로 연결될 수 있는 것처럼 보이기도 한다.

그러나 〈속 산문에 기대어〉의 기호체계를 밝혀나가면 그 구조적 동일성이 드러나면서 〈산문에 기대어〉의 속편이 아니라는 점을 알게 된다.

〈속 산문에 기대어〉는 A′, B′, C′의 세 연으로 나눠져 있다. 〈산문에 기대어〉에서 Ⅰ이 A, B, C, D로 되어 있듯 이 시에서도 Ⅰ′—B′ '안방 문을 치닫고 / 안방 문을 치닫고'가 앞의 시 〈산문山門에 기대어〉의 Ⅰ—B '정정한 눈물 돌로 눌러 죽이고 / 그 눈물 끝을 따라가면'의 반복 기능을 하고 있음을 본다. 비록 기호표현은 다르게 기술되어 있다 해도 이 두 시 모두 시적 주체의 능동적·의지적 행위를 수반하고 있는 데에는 동일한 기능을 보여주고 있다.

Ⅰ′—C′의 '옛날은 수단 치마폭에 꽃수실 모냥 흘러간 / 뻐꾹새 울음을' 역시 〈산문에 기대어〉의 Ⅰ—C인 '즈믄 밤의 강이 일어서던 것을 / 그 강물 깊이깊이 가라앉은 고뇌의 말씀들 / 돌로 살아서 반짝여오던 것을 / 더러는 물속에서 튀는 물고기같이 / 살아오던 것을'에서 보여주었던 것과 마찬가지로 과거형의 시제 진술로서 옛것의 진리, 전통적인 힘, 과거의 어

떤 고통 속에서도 과거를 부정적으로 받아들이지 않고 다시 일어설 수 있었던 통과제의적 성격을 띠고 있는 것을 알 수 있다. 즉 옛날이라는 고운 이미지, 긍정적인 이미지인 '수단 치마폭에 꽃수실 모냥'이라고만 한정 짓고 있는 것이 아니라 그의 시에서 강력한 힘의 원천이 되는 '뻐꾹새 울음'과 연결 짓고 있는 것에서 이 같은 사실을 확인할 수 있다. 뻐꾹새 울음의 강렬한 이미지에 대한 적극적인 가치 부여가 곧 〈산문에 기대어〉의 I—B에서와 마찬가지로 나타나고 있다.

I′—C′—ⓑ인 '시방 저 실실한 물결 속에 자물리는 / 한 산맥들을 보는가'는 I′ 연에 속해 있지만 앞의 시 〈산문에 기대어〉의 I—C와 II—A와의 관련 하에서 파악할 때 이 구는 I′—C′—ⓑ와 II′—A′의 기능을 동시에 포괄하고 있음을 알 수 있다.

그것은 이 구절이 '시방 ~을 보는가'와 '저 실실한 물결 속에 자물리는 / 한 산맥들을'로 분리가 가능한 데에서 유추될 수 있으며, '시방 ~을 보는가'는 〈산문에 기대어〉의 II—A '지금은 ~보는가'와 그리고 '저 실실한 물결 속에 자물리는 / 한 산맥들을'은 I—C와 구조적 동질성을 보여주고 있다.

이렇게 볼 때 I′와 II′의 의미론적 구분은 연의 구분과 상관없게 된다.

II′—C′인 '한 산맥들은 또 한 산맥들을 불러내어 / 그 마지막 한 산맥들까지 / 다 자물리어 / 푸른 물결로만 잇대어오는 것을'에서는 '산맥들'이 주어가 되는 것과 '물결'로 잇대어오는 것으로 묘사하여 그의 시의 기호체계에서 파악해 본다면 〈산문에 기대어〉의 II—C인 '기러기가 / 강물에 부리고 가는 것을'에서 기러기가 주어인 점과 '강물'이 그의 시에서 긍정적 가치를 지녔던 것을 상기해 볼 때 이 II′—C′ 역시 긍정적 가치체계를 이루고 있음을 알 수 있다. '잇대어오는'에서 그 '잇대어옴'이란 산맥들을 푸른 물결로 화하게 하는 연금술적인 효과를 주고 있다. 송수권의 시에 있어서 '산맥들'이라는 고착적 이미지는 부정적 가치체계에 속한다는 것을 앞서 살핀 바 있는데, 이 시에서는 산맥들이 있는 공간이 땅이나 굳건한 지상의 부동적 공간이 아니라 물결 속에 자물리는 산맥들이고 또한 푸른 물결이 되어버리는 산맥들이므로 산맥의 부동성이 푸른 물결의 유동성으로 전이되었다고 할 수 있으며, 이러한 상상력의 운동이야말로 송수권 문학의 기본 구조를 이루는 핵심이라 할 수 있다.

Ⅱ′—D′인 '푸른 물결로만 잇대어와서는 / 봄 하룻날 / 조그만 섬 몇 개 / 만드는 것을'에서는 그의 상상력을 통해서 궁극적으로 추구하는 의식의 지향성이란 바로 '섬'으로 완성되는 그것이며 섬은 그의 시에서 최후의 희망적 존재로 인식되고 있다. 즉 '섬'이 지닌 고착적 이미지와 물결에 떠 있는 듯이 보이는 유동적 이미지의 복합체로서의 '섬'은 송수권 시에서는 산과 물결(바다)의 고착적이기만 하거나 유동적이기만 한 단일적 이미지들과는 다른 것이다.

그러한 섬으로 완성되기까지 '산맥들→푸른 물결→섬'이라는 일련의 이미지의 역동적 기능을 찾을 수 있었고 이 과정은 하강적·부정적·절망적 가치를 지니는 방향으로의 움직임이 아니라 상승적·긍정적·희망적인 가치체계를 이루고 있음도 주목할 만하다.

Ⅲ′—A′의 상황도 '누이야 아는가 / 이 봄 한낮을 너는 살아서 듣는가'라고 하여 〈산문에 기대어〉의 Ⅲ—A '누이야 아는가'와 같은 구조로 되어 있으며 Ⅰ′—A′의 '누이야 아는가 / 이 봄 한낮을 너는 살아서 듣는가'의 반복인 것처럼 표면적으로는 생각될 수 있으나 실상은 단순한 반복이 아니며 Ⅰ′—Ⅱ′—Ⅲ′로의 이니시에이션[22]을 거쳐 의미의 심화를 꾀하고 있는 것이다.

Ⅲ′—D′ 역시 Ⅲ—D처럼 '이 못물 속에 비쳐오는 것'으로서 재생의 이미지를 갖는데, 〈산문에 기대어〉의 Ⅲ—D보다 더 구체적 진술을 보이고

---

22) 이니시에이션Initiation. 미개 사회에서, 청년 남녀에게 부족의 성원으로서 가입할 수 있는 자격을 주기 위하여 행하는 공공 행사나 훈련. 때로는 엄격한 고행과 시련 따위를 수반한다.

있다. '마지막 맨 마지막에 모이는 / 푸른 물결 속 / 섬 한 개 동두렷이 떠올라 / 이 못물 속 연꽃으로 비쳐오는 것을'에서 발견되듯 송수권 시의 정수는 '푸른 물결→섬 한 개→못물'로 축소되어 '못물'에 집약된다는 것은 〈산문에 기대어〉에서 이미 밝힌 바 있다. 죽음의 코드를 재생의 코드로 변환시키며 '못물에 비쳐온다'고 하는 투명성, 살아옴의 긍정적 가치체계로 변환되는 이러한 못물 속에서 '연꽃'[23]으로 비쳐온다는 것은 재생 코드의 강조로 파악할 수 있다.

결국 〈속 산문에 기대어〉의 기호체계 역시 앞의 시 〈산문에 기대어〉처럼 삶→죽음→재생이라는 긍정적 원형 구조를 갖고 있으며 이것은 계절의 순환 구조처럼 인생의 순환, 즉 불교의 윤회 사상과 연결되고 있다. 여기에서도 못물의 투명성, 고임은 눈물의 고임, 정정한 눈물의 패러다임인 것이고, 〈속 산문에 기대어〉와 〈산문에 기대어〉의 구조적 체계의 동질성을 입증해 주고 있는 것이다.

한과 상실감을 초월하는 긍정적 원형구조

이상과 같이 본 연구에서는 70~80년대에 가장 순수한 한국 서정시로 평가받고 있는 송수권의 작품 가운데에서 〈산문에 기대어〉와 〈속 산문에 기대어〉에 관하여 그 구조적 접근 방법으로 기호론적 독해법에 의해 연구해 본 결과 다음과 같은 결론을 얻을 수 있었다.

1975년에 발표된 〈산문에 기대어〉와 그 속편이라고 명명된 〈속 산문에 기대어〉의 작품이 표면적인 시제상의 측면으로 볼 때에는 〈산문에 기대어〉가 계절적으로 '가을'로 설정되어 있고 〈속 산문에 기대어〉가 '봄'으로 설정되어 있어 가을—(겨울)—봄—(여름)—(가을)이라는 계절상의 순환 구조를 감지할 수 있어 두 작품이 전편과 후편의 기능을 하고 있는

---

23) 연꽃이 주는 불교적 상징은 차치하고라도 우리 문학의 고전적 작품 속에서 연꽃은 자생의 이미지를 담고 있는 예로서 등장하는 경우가 많다.

듯 보이나 두 작품의 기호체계는 동일 체계로서 〈산문에 기대어〉의 반복 기능을 〈속 산문에 기대어〉에서 밝혀낼 수 있었다.

앞서 〈산문에 기대어〉를 세밀히 분석한 결과 이 시의 기호체계는 생과 사의 이항대립적인 기호체계로 이루어져 있다는 것을 알 수 있었다. 사死의 항項으로는 산 그리메라는 공간적 층위, 유한한 시간이 나타내는 시간적 층위, 어둠과 불투명 그리고 원거리의 시각적 감각과 고착과 부동不動성으로 표현되는 감각적 층위, 단절이라는 부정적 가치의 층위 등을 들 수 있다. 생生의 항은 강물과 못물이라는 공간적 층위, 초시간성의 시간적 층위, 빛이나 투명, 근거리 등의 촉각적 감각과 유동을 살린 감각적 층위, 만남이라는 긍정적 가치의 층위 등으로 나타내고 있다. 또한 그 매개항으로 '눈물'과 '돌'의 역전 기능에 주목했는데 다의적 가치를 지니고 있는 양가적 존재로서 돌과 눈물의 탈구축적 기능이 그의 시에서 전이의 미학을 구축하고 있음을 알 수 있었다. 이러한 탈구축의 세계는 이 시에서 생과 사의 이항대립을 파괴하는 재생의 기호체계로 설명되고 있고 그것을 가능하게 해주는 행위로 교통의 코드를 설정하여 궁극적으로 단절이 아니라 만남의 재생 체계로 이끌고 있음을 살펴보았다.

본론 (2)에서는 〈속 산문에 기대어〉의 기호체계를 〈산문에 기대어〉와 비교해 본 결과 〈속 산문에 기대어〉는 〈산문에 기대어〉와 기호표현은 다르게 기술되어 있지만 두 작품 모두 3연으로 구성되어 있고 Ⅰ > Ⅱ > Ⅲ 연으로의 점차적인 축소 체계를 유사하게 보이고 있으며, 〈속 산문에 기대어〉 역시 〈산문에 기대어〉에서처럼 삶→죽음→재생이라는 긍정적 원형 구조로 되어 있어 두 작품 모두 우리 문학의 근간을 이루는 한과 상실감을 초월하는 힘을 제시해 주고 있으며, 이런 점이 바로 송수권 문학의 특성이라고 자문했다. 두 작품 모두 구조적 체계의 동질성을 가지고 있는데, 과거형의 시제 진술을 사용함으로써 옛 것의 진리, 전통적인 힘을 상징하는 통과제의적 성격을 띠고 있는 점과, 시적 언술이 부정적 사死의 기호체계로부터 시작되어 재생의 기초체계로 완성되고 있다는 것 등에서 그 동질성을 살펴볼 수 있다.

본 연구에서 규명하고자 한 것은 송수권 작품의 기호표현(S′)과 기호내용(S′) 사이에서 기능하는 기호작용의 문제였다. 이 연구에서는 그의 작품 중 가장 대표적인 작품이라 할 두 편의 시 〈산문에 기대어〉와 〈속 산문에 기대어〉만을 그 분석 대상으로 삼았으나 그의 전 작품들에 대한 전반적이고 총체적인 분석이 수행될 훗날을 기약해 본다.

송수권 시의 텍스트 상호성

 이대규 문학평론가 · 전북대 인문학연구소 전임연구원

〈산문에 기대어〉와 향가의 텍스트 상호성

해 아래 새로운 것은 없다. 마찬가지로 새로운 텍스트는 없다. 후기 구조주의자들의 견해를 원용하면, 모든 텍스트들은 이전 텍스트들의 모방이다. 이제 문학 텍스트의 해석은 하나의 텍스트가 다른 텍스트들과 관계 맺는 맥락 안에서 이루어져야 한다. 나는 이 글에서 송수권의 〈산문에 기대어〉가 어떻게 과거의 작품들과 맥락이 닿아 있으며 작가가 어떻게 의도적으로 이전 텍스트들을 변형시켰는지 밝히고자 한다.

문학 작품의 창작은 작가 개인의 창조적 행위이면서 그가 살고 있는 당대의 시대정신 즉 언술 주체들의 집단적 의식이 개입되어 이루어진 결과이다. 작품의 생산은 텍스트 사이에 이루어진 초역사적 교섭의 결과인 것이다. 이러한 상호 관련성은 동일한 작가의 여러 텍스트들 사이에서는 물론 다른 작가들의 작품들과 공시적 · 통시적으로 발견된다. 우리는 이러한 논의를 통해 대상 텍스트가 수용하고 거부한 모델들에서 그가 형상화한 세계의 새로움과 그 의미를 해석할 수 있는 것이다. 특히 문학의 발전이 고도로 규약화되고 낡은 문학적 관습들을 텍스트 상호성의 대상으로

사용함으로써 이루어진다는 점에 비추어볼 때, 문학사에서 텍스트 상호성의 역할은 의미 있게 논의되어야 한다.

〈산문에 기대어〉에는 향가와 겹쳐 읽을 수 있도록 노출되거나 혹은 감추어진 부분이 존재한다. 감식력 있는 독자라면 이를 발견할 수 있을 것이다. 송수권은 향가 텍스트를 의도적으로 차용하였으며, 창작 방법론으로 적극 활용하였다고 볼 수 있다. 〈산문에 기대어〉의 이 같은 특성은 독자들의 선지식을 환기시킴으로써 독자들의 관심을 끌고, 선행 텍스트를 낯설게 하여 기존의 관념을 해체·전복하려는 송수권의 글쓰기 전략에서 연유하고 있다. 따라서 〈산문에 기대어〉가 지니고 있는 향가와의 동질성은 독자들에게 새로운 텍스트에 대한 친숙성을 자아내게 하고, 반면에 그것이 지닌 이질성은 독자에게 변화된 시대에서 새로운 삶의 가치를 모색하도록 자극할 것이다. 텍스트 상호성의 관점에서 〈산문에 기대어〉가 지닌 의미를 해명하는 작업은 〈산문에 기대어〉에 대한 연구를 넘어서 한국 근대문학사의 전통단절론 혹은 이식문화론을 극복할 수 있는 가능성을 열어줄 수 있다는 점에서 매우 중요한 의미를 지닌다고 생각한다.

〈산문에 기대어〉의 구성적 읽기

텍스트 상호성의 관점에서 텍스트를 감상하기 위한 전 단계로서 분석을 중심으로 하는 구성적 읽기가 선행되어야 할 것이다. 또한 구성적 읽기를 위해서 우리는 기본적으로 시 텍스트를 통해 저자가 환기하고자 하는 의미 내용을 발견해야 한다.

우선 시 전문을 인용한다.

누이야
가을산 그리메에 빠진 눈썹 두어 낱을
지금도 살아서 보는가

정정한 눈물 돌로 눌러 죽이고

그 눈물 끝을 따라가면

즈믄 밤의 강이 일어서던 것을

그 강물 깊이깊이 가라앉은 고뇌의 말씀들

돌로 살아서 반짝여오던 것을

더러는 물속에서 튀는 물고기같이

살아오던 것을

그리고 산다화 한 가지 꺾어 스스럼없이

건네이던 것을

누이야 지금도 살아서 보는가

가을산 그리메에 빠져 떠돌던, 그 눈썹 두어 낱을 기러기가

강물에 부리고 가는 것을

내 한 잔은 마시고 한 잔은 비워두고

더러는 잎새에 살아서 튀는 물방울같이

그렇게 만나는 것을

누이야 아는가

가을산 그리메에 빠져 떠돌던

눈썹 두어 낱이

지금 이 못물 속에 비쳐옴을.

　　　　　　　　　　　　　　—〈산문에 기대어〉

　이 작품은 3음보의 가락이 기저에 깔려 있다. 그것이 한의 정서와 결합되고 있다는 점에서 이 시는 정서와 리듬이 일치하고 있는 작품이라 할 수 있다. 이 시는 3연 22행으로 구성되어 있다. 1연은 12행, 2연은 6행, 그리

고 3연은 4행이다. 시 형식이 불안정해 보인다. 그럼에도 불구하고 독자들이 이 시에서 안정감을 느끼는 까닭은 무엇일까? 그것은 이 시의 형식이 감정의 질서화[1] 과정을 담고 있기 때문이다.[2] 이 시는 충격으로 인한 감정의 일탈 상태에서 고뇌의 과정을 겪은 후 다시 감정의 평형 상태로 되돌아가는 내용 구조로 되어 있다. 그러한 내용 구조는 이 시가 '이항대립성'을 바탕으로 하고 있는 것과 무관하지 않다.[3] 이 시는 헤어짐과 다시 만남, 죽음과 부활, 절망과 희망, 생의 부정과 긍정, 어둠과 밝음이 대립되고 있다. 그리고 이 시의 내용과 시적 화자의 정서는 전자의 부정적 상태에서 후자의 상태로 전이되고 있다. 그런 점에서 이 시는 내용과 형식이 일치된 작품이라 할 수 있다.

　이 시는 누이의 죽음이 시 창작의 핵심 모티프다. 이 시는 '죽음과 재생의 패턴'으로 되어 있으며, 후자에 강조점이 주어져 있다. 시적 화자가 관조와 깨달음에 이르기까지 겪게 되는 고뇌[4]는 독자를 위한 빈자리다.

　송수권 시인은 '수사적 의문'을 시에서 즐겨 사용한다. 이 시도 예외는 아니다. 수사적 의문 형식은 독백적 담화면서도 청자를 명확히 상정하고 있어 대화적 성격을 지닌다. 시적 화자는 자신이 알고 있는 내용을 짐짓 모르는 체 시적 청자에게 묻는다. 시적 화자는 시적 청자를 텍스트 속에 끌어들임으로써 그의 발화가 지닌 의미를 오히려 강화하는 효과를 거둔다. 이러한 텍스트와의 대화에서 독자는 자연 긴장하게 된다. 이처럼 이

---

1) 문학 작품이 독자에게 주는 즐거움은 격정에 사로잡히는 것이 아니라 오히려 격정에서 해방되는 즐거움이다. 그것은 또 감정의 질서화이기도 하다. 감정의 질서화란 흥분 상태가 스스로 가라앉아 본래의 조화로움으로 돌아가는 통일과 충족의 기쁨을 가져다주는 것이다. 김성곤 외, 《문학에 이르는 길》, 열음사, 1992. 22쪽.

2) 시의 내적 형식이 감정의 질서화 과정으로 되어 있는 작품은 독자에게 정서적 안정감을 줄 수 있고, 그것이 높은 평가를 받은 요인 중의 하나가 되기도 한다. 〈제망매가〉 〈진달래꽃〉 〈초혼〉 〈임의 침묵〉 등은 그 예가 될 수 있을 것이다.

3) 박호영은 송수권 시를 생성적 구조의 미학으로 요약하면서 그의 시에 이항 대립적 성격이 두드러진다고 지적하고 있다. 박호영, 〈낭만적 리얼리즘의 지평〉, 《시와 시학》 3, 1991. 가을. 100~104 쪽.

4) 이 시도 핵심 어구를 한자로 표기하고 있다. 고뇌苦惱를 주목하는 것도 이 때문이다.

시에서 설득적 담화는 시적 긴장을 확보함은 물론 다양한 정서나 주제의 표출에 기여하고 있다. 이러한 시적 수사가 약간의 변형을 거치면서 3연에 반복되는 것은 이 때문이다. 이 시의 통사적 기본 구조는 '누이야 ~는가'와 그에 대한 목적어로 되어 있다. 1연과 2연은 '누이야 ~지금도 살아서 보는가'라는 질문에 각각 5개, 2개의 목적어가 결합되어 연을 구성하고 있고, 3연은 '누이야 아는가'에 1개의 목적어가 결합되어 있다. 1연의 목적어는 '가을산 그리메에 빠진 눈썹 두어 낱' '즈믄 밤의 강이 일어서 던 것' '고뇌의 말씀들 돌로 살아서 반짝여오던 것' '물속에서 튀는 물고기같이 살아오던 것' '산다화 한 가지 꺾어 스스럼없이 건네이던 것'이다. 2연의 목적어는 '눈썹 두어 낱을 기러기가 강물에 부리고 가는 것' '더러는 잎새에 살아서 튀는 물방울같이 그렇게 만나는 것'이다. 3연의 목적어는 '눈썹 두어 낱이 지금 이 못물 속에 비쳐옴'이다. 이처럼 1·2연에서 첫 번째 목적어는 죽음의 이미지임에 비해 이후의 목적어는 재생의 이미지가 사용되고 있다. 3연의 목적어는 재생의 이미지 한 개뿐이다.

이 시의 내용 구조를 종합해 보자. 〈산문에 기대어〉는 남성 시적 화자가 죽은 누이에게 말하고 있는 담화 구조로 되어 있다. 그는 산문에 기대어 있다. '산문'은 무엇인가? 사전에 산문은 '①산의 어귀 ②절 또는 절의 바깥문'을 의미한다고 되어 있다. 내용으로 보아 후자, 그중에서도 절 문(일주문)으로 해석해야 할 것이다. 이 작품은 제목에서부터 불교적 상상력으로 형상화되어 있다. 시적 화자는 시적 청자인 누이에게 '누이야 / 가을산 그리메에 빠진 눈썹 두어 낱을 / 지금도 살아서 보는가'라고 말하고 있다. 이 시행에서 우리는 몇 가지 사실을 파악할 수 있다. 화자는 죽은 누이를 추모하고 있는데, 누이는 가을에 죽었으며, 그 누이는 이승에 한이 남아 아직 떠돌고 있다는 것 등이다. '산문'은 절과 속세, 성과 속의 경계를 뜻하지만 그 상징적 의미는 생사의 갈림길, 이승과 저승의 경계를 뜻한다. 또한 그 경계에 강물이 흐르고 있다.[5] 따라서 '산문'은 윤회의 끝없음과 부활을 상징한다.[6] 누이는 가을산에 묻혔다. 산은 무덤과 동형체다. 또한 그것은 태중에 있는 인간의 모습과 같다. 인간이 죽어서 땅에 묻히는 행위를 우리는 고향으로 돌아가는 것, 잠드는 것, 쉬는 것, 모태로 회귀하는 것으로 여긴다. 그래서 죽음은 안식과 통한다. 죽음은 프로이트가 말하는 자궁회귀 본능의 완성이기도 하다. 이러한 관점에서 무덤의 반원은 보이지 않는 땅속의 반원과 합해져서 원형을 이룬다. 그것은 윤회의 고리다. 가을은 지상계에서 천상계의 시간 질서로 이행하는 경계의 시간이다. 그럼에도 불구하고 죽은 누이는 지상계에 집착하고 있음을 알 수 있다. 무속적 상상력에서 눈썹(혹은 머리칼)은 인간이 이승에서 못다 풀고 간 끈적끈적한 한의 덩어리를 뜻한다.[7] 그 눈썹 두어 낱이 가을산 그림자에 떠돌고 있다. '가을산 그리메'는 '못물'에 비친 가을산의 모습이다. 그리고 시적 화자는 죽은 누이의 원혼이 무덤 속에서도 잠들지 못하고 무덤 속에서 빠져나와 가을산 웅덩이에 떠돌며 나머지 생에 집착하고 있다고 생각하고 있다. 이처럼 시적 화자는 가을산 검은 물웅덩이에서 죽은 누이의 원혼을 떠올리고 있다. 시적 화자는 이승과 저승을 넘나드는 경계의 문에 기대어 누이의 부활을 꿈꾸며 누이의 눈썹을 지켜보고 있는 것이다.

시적 화자는 '산문에 기대어' 있다. '기대다'라는 시어는 기다림을 뜻한다. 그런데 그 기다림은 의지와 신념의 소산이다. 누이의 죽음 앞에서 시적 화자는 존재의 소멸을 통해 생명의 덧없음을 느껴야만 했다. 죽음이 무無 그 자체라면 살아 있음 또한 의미가 약화될 수밖에 없다. 시적 화자의

---

5) 동서양 모두 이승과 저승의 경계에 강물이 흐른다는 상상력의 공통점을 보이고 있다. 우리나라의 황천黃泉, 인도의 갠지스 강, 유대의 요르단 강, 카롱이 노를 젓는다는 희랍의 검은 강물 등이 그것이다.

6) 산문(일주문)부터 경내다. 그곳은 부처의 세계이며, 인간의 정신적 경지의 표상이다. 불가에서 그것은 6층위로 나누어진다. 대표적으로 대웅전(속계제육천欲界第六天), 도솔천(속계제사천欲界第四天), 일주문(속계제일천欲界第一天)을 들 수 있다.

7) 무속에서 인간의 영과 육은 분리되어 살아 있다. 해원제解怨祭를 할 때 무명 띠에 주발을 싸매 달아 터럭을 건져올리는 것을 볼 수 있다. 이는 지상계에 집착하는 원혼을 달래기 위한 제의다.

기다림은 누이가 부활할 것이라는 믿음에 바탕을 두고 있다. 그리고 그것은 자신을 파고드는 허무감과의 정신적 대결 정신의 결과인 것이다. '정정한 눈물'은 누이의 죽음에서 연유된 감상적感傷的 · 허무주의적 삶의 태도다. 반면에 '정정한 눈물'을 돌로 눌러 죽이는 행위는 허무를 극복하기 위한 적극적 삶의 자세다. 그것은 덧없는 죽음 위에 돌을 눌러서라도 복수를 하고 싶은 부활에의 의지다. 그러한 복수 의지, 부활 의지는 자기 자신을 향하고 있다. 이처럼 '정정한 눈물'이 누이의 죽음에 대한 즉흥적 · 감성적 반응이라면, 그것을 '돌로 눌러 죽이'는 행위는 지성적 행위가 된다. 시적 화자는 '정정한 눈물 돌로 눌러 죽이고' 나서야 비로소 '그 눈물 끝을 따라가'게 된다. 달리 말하면 생과 사의 본질과 의미에 대한 탐구는 감정을 통제할 때 비로소 가능해진다는 뜻이기도 하다. 그때 죽은 누이에게서 부활할 누이의 모습을 떠올리게 된다. 복수 의지를 통해 시적 화자는 색色과 공空을 동일시할 수 있는 도를 터득하게 되는 것이다. 이제 시적 화자는 '즈믄 밤의 강'을 더 이상 죽음의 강, 허무의 강으로 인식하지 않는다. 그 검은 시간의 강[8]은 수평적으로 멀어지거나, 수직적으로 하강하는 것이 아니라 원형적 심상으로 상승 · 회귀하기 시작한다.[9] 이 시에는 재생 · 부활의 이미지와 서술어가 시행의 끝에서 흔하게 사용되고 있다. 1연의 '일어서다' '반짝여오다' '살아오다' '건네이다', 2연의 '만나다', 3

---

8) 시간과 강은 순간의 연속성과 변화의 다양성, 연속과 변화 내에 관류하는 지속성의 측면에서 공통점을 지닌다. 문학에는 이런 성질을 명확히 하기 위하여 '강' '바다'와 같은 상징이나 '비상' '흐름'과 같은 감각적 심상들이 가장 일반적으로 사용되고 있다. H. Meyerhoff, 《문학과 시간현상학時間現象學》, 46~50쪽.

9) 붉은 달걀은 원래대로 환원시킬 수 없다는 비유는 자연의 인과 과정에 의하여 사건의 객관적 · 인과적 시간 순서가 규정됨을 의미한다. 이처럼 시간의 방향 개념은 질서 문제와 관련되어 있다. 열역학 법칙은 시간 흐름의 불가역성을 의미한다. 서구에서 시간은 화살에 비유되며, 죽음과 파멸로 향한 시간 진행은 시간의 폭군(Tyranny of time)으로 화한다. 이를 극복하기 위한 방식 중의 하나가 시간의 순환 이론이다. 종교인들은 죽음과 무로 향해 비상하는 시간의 흐름을 정지 혹은 역류시키고자 했다. 불교의 윤회설은 그 대표적 시간관이라고 할 수 있다. 불교적 사유에서 최고의 경지는 윤회의 숙명, 즉 탄생과 죽음, 갈망과 죄악의 끊임없는 순환으로부터 해탈하여 '열반'이라는 의식 상태에 이르는 것이다. 이 상태는 무시간적이며, 시간 경험으로부터 해방된 상태이기 때문이다. 송수권의 시에서 초월적 상상력은 약화되어 있다. H. Meyerhoff, 앞의 책. 101~126쪽.

연의 '비쳐오다'가 그 예다. 1연의 서술에는 그 주체가 명확하지 않다. 통사적으로 해석하면 '일어서던 것'의 주체는 '즈믄 밤의 강'이며, '돌로 살아서 반짝여오던 것'의 주체는 '고뇌의 말씀들'인 것처럼 보인다. 그러나 독자들은 '빠진' 눈썹은 '일어서'고 있다고 읽는다. 따라서 독자들은 일어서고, 반짝여오며, 살아와 산다화를 건네는 주체를 누이라고 생각할 것이다. 물론 죽은 누이를 부활한 누이로 인식하는 주체는 시적 화자다. 이처럼 이 시 텍스트에서 시적 화자의 발화는 동일한 시간에 이루어지고 있지만, 독자는 누이의 부활과 재생 사이의 시간 즉, 시적 화자가 실제로 체험한 시간의 간격을 느끼게 된다. 그 시간 속에서 독자 또한 감정의 질서화에 따르는 고통을 맛보게 되는 것이다.

2연에서 1연의 내용이 더욱 간명하게 심화되고 있다. 2연에는 생과 사에 대한 시적 화자의 인식 진전이 나타나 있다. 시적 화자는 바람 부는 늦가을, 기러기가 공중에 길을 내는 것만 보아도 눈썹의 행방을 보게 되고, 누이의 무덤을 찾아가 술 한 잔을 나란히 따라놓고 누이가 부활해 돌아와서 빈 잔을 채워줄 때까지 기다리는 것이다. 시적 화자는 기러기의 행로 속에서 죽은 자의 길을 생각한다. 가을은 죽음, 신, 그리고 고향을 생각하게 하는 계절이다. 죽음은 고향으로 돌아가는 행위다. 기러기는 가을에 남녘 우리 나라에 찾아왔다가 봄이 되면 북쪽으로 돌아간다. 시적 화자는 고향을 찾아가는 긴 여로를 위해 이승의 한을 내려놓아야 한다는 생각을 하고 있다. 죽음을 고향 찾기와 동일시할 때, 인간은 그것을 숙명으로 혹은 자연의 질서로 받아들일 수 있게 된다. 오히려 본향으로 회귀하고자 하는 은밀한 그리움마저 인간은 가지고 있는지도 모른다. 그것은 본능에의 이끌림이다.[10] 그럼에도 불구하고 헤어짐은 아픔을 동반한다. 고향을 찾아가는 길에서 기러기는 운다. 그리고 그 사자死者의 울음은 이승에 남아 있

---

10) 고전문학의 적강 소설謫降小說에서 인간의 고향은 천상계다. 결국 지상에서의 고통은 전생의 업의 필연적 소산이며, 현생에서의 삶은 본래적 질서로 돌아가기 위한 노력에 지나지 않는다. 〈심청전〉은 그 좋은 예가 된다.

는 생자의 울음과 공명한다.[11] 시적 화자는 이별의 아픔을 술로 달랜다. 그는 무덤에 앉아 주거니 받거니 홀로 술을 마시며 혼자 대화를 하며 한풀이를 한다. 결국 산다는 것은 이처럼 슬픈 제의祭儀를 되풀이하는 끝없는 행위 그 자체라고 시적 화자는 생각하는 것이다. 2연에서 시적 화자는 그러한 제의 행위를 통해서 적극적으로 한을 다스릴 수 있게 된다. 2연의 말미에서 시적 화자는 누이의 부활과 재회에의 확신을 보이고 있다. 그 재회의 모습은 '잎새에 살아서 튀는 물방울'로 형상화되고 있다. 시적 화자는 연잎에서 합해지는 물방울의 만남처럼 벅찬 재회를 믿고 있는 것이다.[12] 그것은 미래에 성취될 수 있는 가능태이지만 시적 화자는 현재 시제로 생생하게 말하고 있다. 그것은 열망의 강도를 그 화법 속에 담고 있다. 또한 '더러는'이라는 부사는 그 재회의 어려움을 암시하는 동시에 그에 비례하는 기쁨을 내포하고 있다. 특히 "더러는 잎새에 살아서 튀는 물방울같이 / 그렇게 만나는 것을"이라는 시구는 불교적 상상력이 훌륭하게 형상화된 것으로 평가할 수 있다. 불교적 상상력으로서, 윤회의 과정에서의 재회란 삼생三生의 순환 과정에서 이루어지는 놀라운 사건이다. '잎새'를 현생이라 할 수 있다면, 수중(지하)과 공중은 전생과 내생을 의미한다. 이처럼 물의 윤회, 혹은 순환은 삼생(지상—지하—천상)에서 끊임없이 계속된다. 천지는 물방울로 미만하다. 2연의 말미는 물방울들이 갈라져 떠돌다가 잎새에서 재회하기 위해서는 얼마나 많은 인연이 쌓여야 하며, 얼마나 그리움이 간절해야 가능할 것인가를 상상하게 한다.

결구인 3연에서 시적 화자는 생자필멸生者必滅 거자필반去者必返의 깨달음을 간명한 이미지로 형상화시키고 있다. 시적 화자는 누이의 원혼이 떠

---

11) 그런 점에서 이 시는 박용래의 시 〈하관下棺〉과 텍스트 상호성을 지닌다.

12) 이 시구는 강은교의 〈우리가 물이 되어〉와 텍스트 상호성을 보인다. 우리가 물이 되어 만난다면 / 가문 어느 집에선들 좋아하지 않으랴. / 우리가 키 큰 나무와 함께 서서 / 우르르 우르르 비 오는 소리로 흐른다면. (중략) 만리萬里 밖에서 기다리는 그대여 / 저 불 지난 뒤에 / 흐르는 물로 만나자. / 푸시시 푸시시 불 꺼지는 소리로 말하면서 / 올 때는 인적 그친 / 넓고 깨끗한 하늘로 오라. 〈우리가 물이 되어〉 1·4연, 《풀잎》, 민음사, 1974.

도는 검은 '못물'에서 부활한 누이의 모습을 보고 있다. 제3연에 이르면 이 시의 의미와 정서 구조가 헤어짐에서 다시 만남으로, 죽음에서 부활로, 절망에서 희망으로, 생의 부정에서 긍정으로, 어둠에서 밝음으로 완전히 전이되어 있음을 볼 수 있다. 이처럼 제3연은 누이의 부활에 또는 환생에 바치는 비가悲歌의 성격을 지니며, 그것이 이 시의 품격을 높이는 요소가 되고 있다.

〈산문에 기대어〉의 텍스트 상호성

하나의 텍스트의 의미 해석에 이르기 위해 우리는 기존 텍스트의 감상 과정에서 익힌 시 형식과 내용을 환기시키게 된다. 그것은 독자 자신의 모든 체험을 동원함으로써 텍스트 읽기가 비로소 가능해진다는 뜻이기도 하다. 기존의 독서 체험을 활용하면서 〈산문에 기대어〉를 감상할 경우 독자들은 친숙감을 느끼게 될 것이다. 이러한 친숙성은 텍스트에 호감을 가지게 하는 요인이 될 수 있다. 이제 독자는 새로운 텍스트가 기존 텍스트를 어떻게 창조적으로 변형시키고 있는가를 문제 삼게 될 것이다. 이는 낯설게 하기의 개념과도 연관된다. 다만 그것이 단어나 소재에 그치지 않고 전체 텍스트를 문제시하고 있다는 점이 강조되어야 할 것이다. 텍스트 상호성 개념을 바탕으로 하는 주관적 독서는 독자의 사고 작용을 활발하게 촉진시킬 것이다. 따라서 텍스트 상호성 또한 수용자에 따라 다르게 인식될 수 있다는 사실을 전제한다.

텍스트 상호성의 관점에서 작품을 감상할 때 〈산문에 기대어〉의 전 텍스트와 후 텍스트 모두를 논의 대상으로 삼을 수 있다. 또한 동일 작가의 작품과의 연관성을 문제 삼을 수도 있을 것이며, 다른 작가의 작품과의 관련성을 탐구할 수도 있을 것이다. 이 글에서는 통시적 관점에서 〈산문에 기대어〉의 전 텍스트만을 논의 대상으로 삼고자 한다. 또한 동일 작가의 작품과의 연관성도 논외로 하겠다. 이 글이 작가론적 성격을 띠고 있지 않기 때문이다.

위에서 〈산문山門에 기대어〉와 〈하관下棺〉 〈우리가 물이 되어〉를 텍스트 상호성의 관점에서 논의할 수 있는 가능성을 언급한 바 있다. 그런데 필자는 〈산문에 기대어〉와 향가와의 연관성을 주목하고자 한다. 그런 의도에서 이 글에서는 10구체 향가 〈제망매가祭亡妹歌〉 〈찬기파랑가讚耆婆郎歌〉와의 연관성에 논의를 한정시키려고 한다.

〈산문에 기대어〉와 〈제망매가〉는 몇 가지 점에서 연관성을 보이고 있다. 첫째, 두 작품 모두 불교적 상상력을 바탕으로 하고 있다. 둘째, 죽은 누이에 대한 추모의 노래다. 셋째, 기다림의 정서를 형상화하고 있다. 넷째, 3장의 형식이다. 다섯째, 시의 내적 형식이 감정의 질서화 과정을 보여주고 있다. 여섯째, 남성 화자를 택하고 있다는 점을 들 수 있다. 먼저 〈제망매가〉의 전문을 인용한다.[13]

生死路는
예 이샤매 저히고
나는 가는다 말ㅅ도
몯다 닏고 가느닛고
어느 ᄀ술 이른 ᄇᄅ매
이에 저에 ᄠᅥ딜 닙다이
ᄒᆞᄃᆞᆫ 가재 나고
가논곧 모ᄃᆞ 온뎌
아으 彌陀刹애 맛보올내
道닷가 기드리고다. (양주동 풀이)

ⅰ) 生死路는 / 예 이샤매 저히고 / 나는 가는다 말ㅅ도 / 몯다 닏고 가는

---

13) 〈제망매가〉는 향가 중 의미 해석에 있어서 이견이 가장 적은 작품이다.

넛고

ii) 누이야 / 가을산 그리메에 빠진 눈썹 두어 낱을 / 지금도 살아서 보
는가

두 작품은 누이의 죽음을 창작 모티프로 삼고 있다. 두 작품의 서두는
누이의 죽음에 마주 선 괴로운 심경이 잘 나타나 있다. i)은 문맥에 추모
의 대상이 구체화되어 있지는 않다.《삼국유사》에 창작 동기가 작품에 앞
서 제시되고 있기 때문에 이를 알 수 있을 뿐이다.[14] 그에 비해 ii)는 추모
의 대상을 처음부터 등장시키고 있다. 달리 표현하면 i)에는 시적 청자가
내재되어 있다면, ii)에는 시적 청자가 확연하게 설정되어 있다. 이러한
화자의 설정으로 인해 i) 문장은 독백을 지향하게 되고 ii) 문장은 독백
적이면서도 대화를 지향하게 되는 것이다. i)ii)가 의문형 종결 형식으로
되어 있지만 그것은 반응을 기대하는 의문 그 자체보다는 탄식의 성격이
더 강하다. 그런 점에서 필자는 i)의 종결어 '가ᄂ닛고'의 의미가 '갔는
가?' 보다 '가는 것인가'에 가깝다고 생각한다. i)에는 삶과 죽음의 길이
함께 있는 이 세계에서 한마디 말을 나눌 겨를도 없이 떠나간 육친에 대한
시적 화자의 개인적 고통이 '나는 간다 하는 말도 / 못다 이르고 가는 것
인가'라는 탄식 속에 담겨 있다. 이러한 개인적 아픔은 삶과 죽음의 본질
에 대한 탐구로 이어지며, 생명적 존재 일반의 무상성에 대한 고뇌로 확대
된다. i)이 삶과 죽음의 허무, 무상과 두려움을 나타내고 있다면, ii)는
허무감이 약화되어 있고, 오히려 누이의 죽음을 인정하지 않으려는 시적
자아의 의지가 강하게 표현되어 있다.

i) 어느 ᄀ술 이른 ᄇᄅ매 / 이에 저에 뻐딜 닙다이 / ᄒᄃᆫ 가재 나고 /

---

14)〈제망매가〉는 배경 설화를 고려하면 누이의 죽음을 애도한 노래지만, 텍스트 자체에 논의를 한정시키면 죽은
이를 위한 제의적 성격을 띤 의식요라고 평가할 수 있다. 최철,《향가의 문학적 해석》, 연세대출판부, 1990, 160쪽.

가논곧 모두 온뎌

ii) 정정한 눈물 돌로 눌러 죽이고/ 그 눈물 끝을 따라가면/ (중략) 그 강물 깊이깊이 가라앉은 고뇌의 말씀들

가을산 그리메에 빠져 떠돌던, 그 눈썹 두어 낱을 기러기가 / 강물에 부리고 가는 것을

ⅰ) ii)는 죽음과 삶의 원리를 자연의 질서 속에서 파악하고 있다는 공통점을 보인다. ii) 시의 문맥상 누이는 가을에 죽은 것으로 이해할 수 있다. 그러나 ⅰ) 시의 누이는 가을에 죽었는지 알 수 없다. '어느 가을 이른 바람에 여기저기 떨어지는 잎처럼' 은 누이의 죽음 그 자체에 대한 비유일 뿐이다. 이 시들에서 독자들은 누이가 가을에 죽었다는 과학적 정보보다도 두 작품이 공통적으로 가을이라는 계절과 인간의 죽음을 연관지어 형상화하고 있는 점에 주목해야 한다. 봄이 소생 · 생성 · 부활의 상징성을 지니는 계절이라면 가을은 성숙 · 결실, 그리고 이별 · 죽음이라는 상징성을 지니는 계절이다. 가을을 조락의 계절이라고 부르는 것도 이 때문이다. ⅰ) ii)에서 시적 자아는 누이의 죽음을 계기로 죽음에 대한 철학적 접근을 시도하고 있다. ⅰ)에서 시적 자아는 존재의 생성과 소멸이 자연 현상의 일부며, 그것을 회피할 수는 없다는 인식을 보이고 있다. 다만 시적 자아의 한은 누이의 '이른' 죽음에서 연유하고 있을 따름이다. 그럼에도 불구하고 1~8구에서 시적 자아는 아직 한을 다스리지 못한 것으로 보인다. 그것은 그가 아직 생사에 대한 깨달음에 이르지 못한 까닭이다. 인간 능력의 유한성은 모든 유한한 생명들을 지배하는 힘인 '바람' 과 보잘것없는 개체의 이미지인 '잎' 의 대조로 형상화되고 있으며, 그로 인한 무력감은 '한 가지에 나고도/ 가는 곳 모르겠구나(모르는가)' 라는 또 한 차례의 탄식의 의문에서 선명히 드러난다. ii)에서도 시적 화자는 3연에 걸쳐 한을 떠올린다. 그것은 누이가 요절했기 때문이라고 이해된다. '정정한 눈물'

은 누이의 죽음에 대한 시적 자아의 최초의 반응이다. 〈제망매가〉의 시적 자아가 죽음을 낙엽이 땅으로 되돌아가는 것으로 인식하고 있다면, 〈산문에 기대어〉의 시적 자아는 그것을 철새가 고향으로 돌아가는 것에 비유하고 있다. 결국 두 시는 죽음을 고향으로의 회귀로 인식한다는 공통점을 보이고 있다. 죽음에 대한 인식상의 공통점에도 불구하고 두 작품에서 시적 자아의 태도는 사뭇 다르다. ⅰ)의 화자가 운명을 수용하려 하고 있는 반면, ⅱ)의 화자는 운명과의 대결 의지가 강하다. ⅱ)의 화자는 '정정한 눈물 돌로 눌러 죽이고 그 눈물 끝을 따라가'고 있으며, '한 잔은 비워두고' 부활한 누이를 만나고자 '산문에 기대어' 있다. 이러한 시적 자아의 태도는 결구에서 다시 확인된다.

ⅰ) 아으 미타찰彌陀刹애 맛보올내 / 도道닷가 기드리고다
ⅱ) 누이야 아는가 / 가을산 그리메에 빠져 떠돌던 / 눈썹 두어 낱이 / 지금 이 못물 속에 비쳐옴을

ⅰ)에서 운명을 적극적으로 수용한 시적 자아가 취할 수 있는 태도는 자신에게로 향할 수밖에 없다. 이 시는 서방 정토에서 다시 만나 영생한다는 시적 자아의 내세에 대한 신념이 돋보인다. 시적 자아는 현실의 무상함을 저승에서 다시 만날 수 있다는 불도로써 극복하고, 지금의 허무감을 달래고자 하고 있다. 이처럼 ⅰ)에서 현실의 극복 방향은 불가에의 귀의인 것이다. 그에 비해 ⅱ)의 시적 자아는 누이의 부활을 확인하고 있으되 그가 기다리고 있는 공간은 이승과 저승의 경계일 뿐이다. ⅰ)과 ⅱ)의 시적 자아는 불교적 상상력을 지니고 있다는 점에서는 공통점을 보인다. 그들은 불교적 상상력에 자신의 시적 부활 의지를 형상화하고 있는 것이다. 다만 ⅰ)의 시적 자아가 초월적 사고를 하고 있다면 ⅱ)의 시적 자아는 현실 지향적 사고를 하고 있다고 말할 수 있다. ⅰ)에서 시적 자아는 '미타찰에서 만

날' 미래의 시간으로 현재의 시간과 대결하고 있다. 그에 비해 ⅱ)의 시적
자아가 중시하고 있는 것은 '지금'이라는 현재의 시간이다. 그것은 시적
자아가 발화하고 있는 시간이기도 하다. 시적 자아는 '누이야 아는가' 하고
반복해서 묻고 있다. 그러한 발화 속에서 누이의 죽음이라는 객관적 현실
과 누이의 부활에 대한 주관적 신념은 대립되고 있다. 〈제망매가〉의 시적
자아가 달관의 정신적 경지에 이르고 있는 인물이라면, '지금'이라는 현재
의 시간에 집착하고 있는 〈산문에 기대어〉의 시적 자아는 그러한 관조적
삶의 자세를 아직은 획득하지 못한 인물로 보인다. 이런 점으로 보아 〈제
망매가〉는 〈산문에 기대어〉보다 만가輓歌적 성격이 강한 작품이다.[15]

〈제망매가〉에서 낙구 머리 부분의 감탄사阿也는 시적 자아의 심화된 고
뇌의 극한에서 터져 나오는 탄식이자, 그 종교적 초극을 향한 각성의 계기
이다. 시적 자아의 고뇌는 지상적 삶의 무상함을 넘어서 광명의 세계에 이
르고자 하는 불교적 발원으로 포용된다.[16] 따라서 이 시는 개인 서정시이
면서 동시에 종교적 깨달음을 문학적으로 형상화한 종교시라고 할 수 있
다. 우리는 〈제망매가〉에 나타난 감정의 질서화 과정이 고집멸도苦集滅道[17]

---

15) 리하초프에 의하면 만가는 현재 벌어지는 사건에 대한 정서적 동감動感을 표현한다. 그것은 과거─현재─
미래의 시간을 인과적 질서 속에서 이해하고 있으며, 현재의 사건을 말하기 위해 과거에 대한 언급과 미래에
대한 사고를 그것 속에 담아낸다. 만가에서 운명, 슬픔, 죽음, 이별의 묘사 등 시간 외적 모티프들은 인생과 시
간의 위에 존재하는 현상으로서 특별한 의미를 지닌다. 만가는 자신의 서정적 이야기를 사건의 순차성에 따라
단선적으로 진행시킨다. 이처럼 만가는 순차적 시간 구조를 지니고 있어 미래에 대한 생각에 의해 끝난다. D.
S, Likhachev, 〈예술적 시간의 시학〉, 로뜨만 외, 러시아시학연구회 편역, 《시간과 공간의 기호학》, 열린책들,
1996. 224~235쪽.

16) 김흥규, 《한국문학의 이해》, 민음사, 1986, 40쪽.

17) 이를 사체四諦(사성체四聖諦, Āryasatya)라 한다. Āryasatya聖는 높은, 온전함을 뜻하는 Arya와 진리의 도
리, 깨달음의 뜻을 지닌 Satya諦의 결합으로 이루어진 말이다. 고체苦諦는 인생은 고품라는 깨달음이다. 집체
集諦(고집체품集諦)는 고통의 원인이 번뇌(무지와 욕망, 집착)이라는 깨달음이다. 멸체滅諦(고집멸체품集滅諦)는
고통의 원인인 번뇌를 절멸한 상태, 고통이 소멸한 상태, 즉 열반이 이상적 경지라는 깨달음이다. 도체道諦(고
집멸도체품集滅道諦)는 8가지 올바른 실천(팔정도八正道)이 이 고통을 소멸하는 참된 진리며 방법이라고 하는 깨
달음을 뜻한다. 불자들은 고통을 두루 인식하고, 번뇌를 완전히 멸절하여, 이상경을 실현하고, 도를 반드시 실
천하고자 한다. 이기영, 《불교개론》, 한국불교연구원, 1985. 25~26쪽.

의 불교적 깨달음을 함축하고 있음을 알 수 있다. 그러한 깨달음은 〈산문에 기대어〉에도 내재되어 있다. 이는 달리 말하여 사뇌가의 정서적 고양과 해결의 구조가 〈산문에 기대어〉의 미감으로 이어지고 있다는 뜻이기도하다. 사뇌가는 4—4—2구의 의미 구조를 지니고 있다. 〈제망매가〉는 시상의 전개에 따라 시적 화자의 어조가 안정감을 보이고 있다. 1장은 직접화법으로 되어 있으나 2장에 이르면 비유를 활용한 간접 화법이 구사되고있다. 3장에서는 간결한 전환이 이루어진다. 이러한 형식 구조는 추도, 간절한 기원의 표출, 숭고한 존재의 예찬 등과 같은 주제에 특히 잘 부합하여 〈찬기파랑가〉〈원왕생가〉〈보현십원가〉와 같은 맑고도 깊은 서정과 기원을 담은 명작을 탄생시킨다. 특히 사뇌가의 높은 미의식 형성에 불교적세계관이 영향을 끼쳤음을 간과할 수 없다. 향가를 가리켜 '그 뜻이 매우높다[其意甚高]'라든가 '시어가 맑고 구절이 아름답다[詞淸句麗]'라고 당시 사람들이 평가한 것은 주로 10구체 향가의 서정적 세련과 드높은 격조를 지적한 것이다.[18]

〈찬기파랑가〉와 〈산문에 기대어〉의 텍스트 상호성을 논의해 보자. 먼저 〈찬기파랑가〉의 전문을 인용해 본다.

열치매
나토얀 드리
힌구룸 조초 뼈 가는 안디하
새파론 나리여히
기랑이 즈시 이슈라.
일로 나릿 지 히
낭이 디니다샤온

18) 김흥규, 앞의 책. p. 40쪽.

ᄆᄉ미 ᄀᆞᇂ홀 좃누아져.
아으 잣ㅅ 가지 노파
서리 몯누올 화판이여

〈찬기파랑가〉는 〈제망매가〉에 비해서는 해석자에 따라 그 의미가 다양
하지만 그 대체적 의미는 연구자들 사이에서 일치를 보이고 있다. 작가인
충담사는 승려로 알려져 있으며, 기파랑은 화랑일 것으로 추측된다.[19] 제
목이 암시하는 바와 같이 이 시의 시적 자아는 기파랑이라는 시적 대상을
예찬하고 있다. 찬讚의 대상은 숭고한 존재다. 찬미의 주체는 낮고 대상은
높다. 찬의 대상은 이 시에서 '달'이요 '잣나무'다. 그는 광명이며, 고고
한 존재인 동시에, 불변의 가치를 지닌 인물이다. 그리고 '낭이 지니시던
(낭이 디니다샤온)'이라는 회상 어법으로 보아 이 시에서 찬미의 대상인
기파랑은 죽은 존재로 생각된다. 시적 화자는 생전에 자신이 보고 느꼈던
기파랑의 모습을 생각한다. 그리움은 죽은 대상을 선연한 이미지로 부활
시킨다. 그러나 그것은 한갓 환영일 뿐, 임의 부재를 다시금 확인시킬 뿐
이다. 그래서 시적 자아는 다시 기파랑의 내면을 생각한다. 시적 자아는
그가 체험적으로 확인했던 기파랑의 정신을 떠올리면서 그 정신을 계승
하는 것이 중요하다는 생각을 하게 된다. 그럼에도 불구하고 기파랑에 대

---

19) 위 시가에서는 기파를 송백과 같은 인물로서 눈도 서리도 능히 이겨내는 굳은 절개를 지닌 고매한 인물이
라고 칭찬하고 있다. 배경 설화로 보아 대체로 기파를 화랑이 아닐까 생각하고 있다. (김준영, 최철) 기파가 어
느 화랑의 실제 이름인지 어떤 인물을 그러한 이상적인 명칭으로 가칭한 것인지는 단정할 길이 없다. 그 밖의
해석으로 양주동은 기파의 원뜻을 설명하여 '긴 목숨'으로 보았다. 자전적인 해석으로 볼 때 기耆란 늙은이, 스
승, 위대한 인격자란 뜻이 내포되어 있다. 불전에 나오는 기파는 석제환인釋帝桓因 좌우에 시위하는 십대 천자
의 하나라고도 하며, 왕사성王舍城 양의良醫의 이름이었다고도 한다. 이같이 불교에서 기파는 훌륭한 재능과 뛰
어난 인격을 갖춘 인물로 형상화되고 있다. 김선기는 당대 시중 벼슬을 하던 김기金起로 보았으며, 김종우는 혜
공왕의 출생과 관련 깊은 도승 표훈表訓에다 견주기도 하였다. 이처럼 충담이 찬한 기파가 단순히 한 개인의 화
랑을 두고 예찬한 것으로만 볼 수 없다고 하더라도 노래 가운데 나타나는 표현을 볼 때 기파는 위대한 인물임
에 틀림없다.

한 그리움은 깊어만 간다. 생자와 사자의 간극에서 그는 부르짖는다. "아으 잣ㅅ가지 노파 / 서리 몯누올 화판花判이여.' 이처럼 '아으' 라는 감탄사 속에는 기파랑에 대한 그리움, 그를 볼 수 없는 안타까움, 그리고 기파랑의 높은 인품에 대한 예찬이 함께 녹아 있다.

〈제망매가〉는 죽음에 대한 인식, 부활 의지, 감정의 질서화 구조, 누이라는 시적 대상의 설정, 남성화자 설정, 불교적 상상력 등의 측면에서 〈산문에 기대어〉에 영향을 끼쳤다. 그에 비해 〈찬기파랑가〉의 부활한 존재의 선명한 이미지, 결구의 수법 등이 〈산문에 기대어〉에 영향을 주었다고 볼 수 있다. 특히 '눈썹 두어 낱이/ 지금 이 못물 속에 비쳐옴을' 이라는 시구는 〈찬기파랑가〉의 '새파론 나리여히 / 기랑이 즈싀 이슈라'에서 직접 영향을 받았다고 볼 수 있다.

　　ⅰ) 더러는 물속에서 튀는 물고기같이 / 살아오던 것을
　　그리고 산다화山茶花 한 가지 꺾어 스스럼없이 / 건네이던 것을
　　더러는 잎새에 살아서 튀는 물방울같이 / 그렇게 만나는 것을
　　가을산 그리메에 빠져 떠돌던 / 눈썹 두어 낱이 / 지금 이 못물 속에 비쳐옴을

　　ⅱ) 열치매 / 나토얀 ᄃ리 / 힌구룸 조초 ᄠᅥ 가ᄂᆞᆫ 안디하
　　새파론 나리여히 / 기랑이 즈싀 이슈라.
　　아으 잣ㅅ 가지 노파 / 서리 몯누올 화판이여

　　ⅰ)은 〈산문에 기대어〉에 나타난 누이의 부활의 심상이며, ⅱ)는 〈찬기파랑가〉에 나타난 기파랑의 심상이다. ⅱ)에서 시적 자아는 기파랑의 모습을 떠올리고 있다. 먼저 그는 하늘을 바라본다. 그 때 기파랑은 흰 구름 헤치면서 드러나고 있다. 다시 그는 냇물을 바라본다. 냇물에 기랑의 모습

이 투영되어 있다. 시적 자아는 기파랑을 광명한 달과 파란 물속에 투영된 그림으로 상정하고 있다. 천상의 달, 지상의 물속 그림이라고 비유된 그의 모습은 구름과 파란 물색에 의해 효과적으로 형상화되고 있다. 이것은 단순한 외부의 사물에 대한 객관적 묘사가 아니라 시적 자아의 마음에 각인되어 있는 기파랑의 고결한 인품을 비유적으로 표현한 것이다. 달리 말하면 죽은 기파랑은 추모 주체의 마음속에서 이렇듯 생생하게 재생되고 있는 것이다. 또한 "열치매 / 나토얀 드리 / 힌구룸 조초 뼈 가는 안디하"와 새파른 나리여히 / 기랑이 즈시 이슈라'를 독립된 하나의 이미지로 본다면 기파랑은 시적 자아의 내면에서 월인천강月印千江하고 있는 고결한 존재가 되는 것이다. 이 시에서 시적 화자가 기파랑을 예찬하게 되는 내적 동기는 감추어져 있다. 또한 일오천逸烏川 자갈 벌, 혹은 금호강 언저리와 연관되어 있는 기파랑의 행적도 알 길이 없다. 밝음(달)과 어둠, 맑음(새파란 냇물)과 탁함, 불변함(잣나무)과 변함의 대립 또한 이 시 속에 감추어져 있다. 그렇지만 시적 화자는 두 가치의 대립적 상황 속에서 전자를 지향하고자 한다. 그것은 '높아' '서리 모를' 정신적 경지다. 화판花判을 화랑으로 읽지 않고 고깔, 꽃잎으로 읽더라도 그것은 기랑을 상징적으로 표현한 것이다. 위에서 필자는 '아으 잣ㅅ가지 노파/ 서리 몬누올 화판花判이여'의 '아으'에서 기파랑에 대한 그리움과 그를 볼 수 없는 안타까움, 그리고 그의 높은 인품에 대한 예찬이 함께 녹아 있다고 지적한 바 있다. 여기에 하나 덧붙이자면 이 결구에는 상반되는 두 가치가 대립하는 세계 환경에서의 갈등을 극복하고 진정한 가치를 지향하고자 하는 시적 자아의 내면이 드러나고 있다고 보아야 할 것이다. 사뇌가의 이 같은 종결 방식은 당대인들의 현실 긍정적 세계관을 담아내기에 알맞은 시 형식이었으리라 생각된다. 이러한 종결 방식은 사뇌가에 내용과 형식의 통일미를 부여한 요인이 되고 있다. 그리고 〈산문에 기대어〉는 사뇌가의 종결 방식과 유사하다. 〈산문에 기대어〉에서 우리가 한 그 자체보다 한의 극복, 또는 절제된 한의 미학을 중시하는 것도 이 때문이다.

전통의 현대적 계승, 그 가능성

필자가 〈산문에 기대어〉를 주목하는 까닭은 그것이 전통의 창조적 계승이 무엇인가를 우리에게 보여주고 있기 때문이다. 이 작품은 한국 문학의 주된 흐름의 하나라고 볼 수 있는 한恨의 정서를 바탕으로 하고 있다. 그러나 작가는 한을 소재로만 다루고 있는 것이 아니다. 그는 한이 삶의 중요한 속성 중의 하나라는 것을 긍정하면서도 그것이 지닌 부정적 속성의 노출을 경계하고 있다.

많은 연구자들은 한의 정서가 한국 문학의 주조였다는 점을 대체로 인정하고 있다. 그러나 한편으로 한은 극복의 대상이 되기도 한다. 애이불비哀而不悲로 요약되는 소월의 명시 〈진달래꽃〉은 절제된 한의 미학의 정수로 평가되어 왔다. 한이 절제되지 못할 때 한의 문학은 부정적 속성을 드러낸다. 그것은 여성주의와 감상주의다. 여성주의는 시의 화자가 여성이라는 것만을 의미하지는 않는다. 그것은 여성적인 혼을 의미한다. 논자에 따라서는 이를 여성 편향성 혹은 Female Complex라고 부르기도 한다. 여성주의가 절제되지 못할 때 감상주의로 전락하고 만다. 한은 어떤 의미에서 승화되지 못한 감상이다. 황동규는 그 극복의 몸부림을 가장 강력하게 보여주는 시인으로 정지용, 서정주, 유치환, 김수영 등을 들고 있다.[20] 황동규의 논지는 한의 부정적 속성을 지나치게 강조한 느낌이 들지만,[21] 그것은 절제되지 아니한 감상感傷, 생에 대한 시인 나름대로의 고통이 없는 몸짓에 안주하고 있는 많은 시인들의 글쓰기에 대한 비판이라고 생각한다. 김현은 한국 시는 넓게 보아서 남성 문학과 여성 문학이 교차되면서

---

20) 김현, 〈황동규를 찾아서〉, 《시인詩人을 찾아서》, 민음사, 1975. 97~108쪽.
21) 황동규에 비해 천이두의 논의는 한에 적극적 의미를 부여하고 있다. 천이두, 《한의 구조 연구》, 문학과지성사, 1993.

만들어내는 어떤 것이라는 생각을 하고 있다.[22] 향가—고려가요—이조
가사로 이어지는 한국 시가의 흐름이 그것이다. 부연하자면 김현은 향가
를 남성 문학의 한 전형이라고 규정하고 있다. 향가는 개인적인 고뇌를 인
간의 보편적인 것으로 확산시키고, 동시에 그 역의 작업을 감행함으로써
그가 속한 사회의 의미를 깊이 천착하려는 노력의 결과다. 여성 문학은 여
요에서 대두되기 시작하였다. 그 여요는 다시 충효를 그 주된 테마로 삼는
이조가사에 의해 극복된다. 이로 보면 〈산문에 기대어〉는 한의 정서를 테
마로 삼되 삶의 슬픔을 극복하고자 했던 향가의 남성주의 문학의 전통에
접맥되어 있다. 특히 송수권은 남성 화자를 설정하기 위해 개인사적 체험
을 변형시킨다.[23] 누이의 죽음 모티프는 자신의 체험과 〈제망매가〉라는
문학적 전통의 결합으로 이루어졌다는 점에서 작가의 상상력의 깊이를
짐작하게 하는 것이다. 우리는 〈산문에 기대어〉에서 정한의 설움뿐만 아
니라 그 정한을 딛고 일어서려는 부활 의지, 한풀이를 넘어서는 생명 의지
를 읽어냈다. 그리고 그러한 작가의 상상력은 천재적 개인의 소산이라기
보다 전통의 힘에서 가능했음을 확인했다.

향가는 이미 문학적 가치를 높게 인정받아왔다. 〈균여전〉과 〈삼국유사〉
에는 사뇌가를 각각 '사청구려詞淸句麗' '기의심고其意甚高'라고 평하고 있
다. 정병욱은 이를 '고도한 본격적인 문학으로서, 세련된 수사와 투철한
시 정신을 구비한 예술문학'[24]이라는 말로 풀이하고 있다.

이처럼 사뇌가는 내용으로서의 심오함과 동시에 표현 기교로서의 아름
다움을 지닌 것이다. 〈산문에 기대어〉가 명작이 될 수 있었던 요인은 시인
이 향가가 지닌 예술적 미감을 자신의 시 창작에 적절히 원용했기 때문일

---

22) 김현, 앞 책, 99쪽.
23) 〈산문에 기대어〉는 작가가 빈혈 증세를 가진 동생(24세)의 자살을 겪고 이를 변형시킨 것으로 알려지고 있
다. 송수권, 〈문학적 자서전〉, 《시와 시학》 3, 1991. 가을. 130~131쪽.
24) 정병욱, 〈향가의 문학사적 위치〉, 《삼국유사와 문예적 가치 해명》, 새문사, 1982.

것이다.

위에서 필자는 〈산문에 기대어〉를 텍스트 상호성의 관점에서 감상했다. 그 결과 이 작품이 사뇌가 〈제망매가〉〈찬기파랑가〉의 내용과 형식을 현대적으로 수용했음을 확인했다. 달리 말하면 천 년의 시공을 뛰어넘어 사뇌가가 송수권 시인에 의해 창조적으로 변용되고 있음을 확인한 셈이다. 따라서 〈산문에 기대어〉는 고전이 현재에도 어떻게 살아있는가를 보여주는 사례가 된다.

〈산문에 기대어〉는 송수권 시인의 문학적 여정에서 출발점이 된다. 따라서 이 작품은 송수권의 의식과 기법을 해명하는 중요한 단서를 제공한다. 필자는 송수권 시인의 문학적 성취는 그가 우리 문화의 깊은 자양에 상상력의 뿌리를 둔 데 기인하고 있다고 생각한다. 그리고 이 점은 21세기 새로운 민족문화를 창조해야 할 이 시대 문인들에게 많은 것을 시사하고 있다고 생각한다.

경계 너머에서 울려오는 전통의 목소리

 남기혁 문학평론가 · 군산대 국문학과 교수

전통주의 시의 계보

송수권 시인의 시는 깊다. 여기서 '깊다' 는 것은 공간적 의미와 시간적 의미를 동시에 지니고 있다. 그의 시는 깊고 유현한 세계, 정신적으로 아늑하고 아득한 저 깊이에의 침잠을 보여주는가 하면, 우리의 육체에 아로 새겨져 있는 저 시간의 흔적을 거슬러 올라가게 한다. 시간적, 공간적 깊이로의 침잠을 통해 송수권 시의 언어는 경험적 세계에서는 맛볼 수 없는 근원적 세계로 우리를 인도한다. 근원적 세계로의 리드미컬한 비약, 그것은 우리의 현존이 보다 근원적이고 영원 세계에 맞닿아 있다는 감각을 확인하는 것이다. 송수권의 시가 담아내고 있는 민족적 정서와 세계 인식, 질박하면서도 아름다운 토속어와 민요적인 가락, 국토 기행을 통해 쏟아내는 우리의 자연 환경과 문화유산에 대한 재발견, 풍요하기 그지없는 토종 식물과 음식의 세계. 국토에 대한 순례자로서, 민족어의 파수꾼으로서 송수권이 펼쳐내는 전통적 서정시는 개별자의 삶을 원천적으로 규정하는 보편적 토대로서 소위 '민족적인 것' 이 우리의 육체와 정신 속에 얼마나 뿌리 깊게 자리 잡고 있는가를 다시 한 번 확인시켜준다. 이것은 우리가

'민족적인 것'을 의식하고 사느냐의 여부와 상관이 없다. 민요와 판소리의 애달픈, 때로는 신명 나는 가락을 만날 때 우리의 몸에 잠재하고 있는 운율 의식이 작동하여 그 세계에 자연스럽게 동화되듯이, 송수권의 언어는 우리 몸 안에 잠재하고 있는 민족적 정서와 전통의 질서를 작동시키는 독특한 미적 체험을 제공한다. 이를 이른바 전통주의 시라고 말할 수 있을 것이다.

송수권의 전통주의는 한국 근대시에 잠재하고 있는 모더니티 지향성과 근대 지향성의 대립에 대한 우리 시대의 응답이다. 이는 단순히 언어와 기법의 차원에 그치는 문제가 아니라 세계를 바라보고 인식하는 방식의 문제, 더 나아가 아직 오지 않은 시간에 대한 비전을 제시하는 문제에 연결된 것이다. 혹자는 그의 전통주의를 시대착오적인 것, 혹은 낡은 방식에 의존하는 것이라고 간주할지도 모른다. 근대를 지배하였던 저 거대한 계몽 담론들조차 도도한 해체의 물결 앞에서 무너져내리고 있는 시대에, 이미 지나간(혹은 청산된) 구시대의 낡은 정신을 붙잡고 감읍에 빠지는 것이 무슨 의미가 있겠냐는 논리일 것이다. 하지만 김소월, 김영랑, 백석, 서정주, 박재삼 등 한국시에 등장했던 전통주의 시인들의 작품이 우리 근대시의 중요한 유산으로 평가받는 이유가 무엇인가? 그것은 전통주의적 작품 창작을 통해 이 시인들이 자기 시대의 문제 즉 근대성의 위기에 대해 미학적 저항을 시도하였다는 점일 것이다.

사실 송수권 시의 어떤 부분들은 김소월, 정지용, 백석, 서정주, 박재삼과 같은 전통주의 시인들 목소리와 매우 흡사하다. 하지만 어느 누구도 온전하게 송수권 시의 전통주의적 특질을 온전히 지배하고 있지는 않다. 송수권의 전통주의 시에는 선배 시인들의 전통지향의 미의식과 세계관을 계승하면서도 산업화 시대에 진입한 이후의 한국적 현실이 반영되어 있기 때문이다. 어떤 면에서 보면 송수권의 전통주의는 훨씬 불리한 조건에 놓여 있다. 우리 시대만큼 전통에 대한 교양이 부족한 시대, 전통에 대해

적대적인 시대가 없었기 때문이다. 송수권은 사회 구성원의 대다수가 정부 주도의 근대화 프로젝트에 매달려 끊임없는 자기부정을 향해 맹목적으로 달려왔던 개발의 연대를 전통에 대한 견실한 믿음 하나로 살아온 시인이다. 그는 전통주의적 시 창작을 통해 그 숨 막히는 시대에 대한 미학적 부정을 시도한 것이다. 특히 송수권의 전통주의가 유교적 교양주의에 입각한 낭만적 반자본주의의 미학 대신에 역사 속에 살아 숨쉬는 민중의 언어와 정신에 맞닿아 있는 점은 주목할 필요가 있다. 그는 억눌린 것의 자리를 되찾아주고, 과거로부터 희망을 길어 올려 미래로 투사한다. 그는 과거와 전통을 빌려 애써 화해할 수 없고 화해해서도 안 되는 것들과 화해하라고 우리에게 강요하지 않는다. 화해할 수 없는 것들에 대한 분노의 힘을 억눌린 것의 해방에서 찾는 방식, 송수권의 전통주의 시가 갖는 의미는 바로 이것이다.

저녁과 그늘, 경계의 시공간

송수권의 시에는 유난히 경계의 시공간과 관련된 이미지가 많다. 저녁노을이 지는 서해의 갯벌을 그린 시(《대역사大役事》 〈뻘물〉 등), 그늘의 공간을 묘사하고 있는 시(《산문에 기대어》)가 좋은 예이다. 밝음과 어둠, 생명과 죽음이 교차하는 경계의 시공간에 천착하는 송수권 시의 미학은 근대에 대한 미학적 반응의 결과이다. 근대란 무엇인가? 어둠에 대한 계몽, 아니 어둠(타자)의 영역을 의도적으로 설정하고 진보의 이념으로 그것을 처단함으로써 자기 존립의 근거를 마련하는 정신이 바로 근대이다. 문제는 근대성 그 자체가 지니고 있는 어둠의 구조에 대한 은폐에 있다. 그러니까 근대의 일방적인 향일성向日性은 그것에 포섭되지 않는 타자들에게는 폭력이 아닐 수 없다. 송수권 시에서 드러나는 경계의 시공간은 어둠 속에서도 드러날 수 없었고, 햇빛 아래에서는 더더욱 드러날 수 없었던 것들이 자신의 존재 증명을 요구하고 미학적으로 인지되기를 기대하며, 더

나아가 자신을 은폐하고 억압하는 시대의 광기를 고발할 수 있는 그러한 세계이다. 이를 일컬어 그늘의 미학이라고 할 수 있다.

우리는 이러한 '그늘의 미학'이 김소월 시에 이미 훌륭하게 발현되었다는 사실을 안다. 〈시혼〉에서 김소월은 근대적 시공간이 야기하는 불안과 공포로부터 벗어나기 위해 과거적 시간(전통)으로 거슬러 올라가는 전통주의적 사유 방식을 보여준 바 있다.

도회의 밝음과 짓거림이 그의 문명文明으로써 광휘光輝와 세력勢力을 다투며 자랑할 새에도, 저, 깊고 어둡은 산山과 숲의 그늘진 곳에서는 외롭은 버려진 한 마리가, 그 무슨 슬음에 겨윗는지, 수임없이 울고 잇습니다. (중략) 일허버린 고인故人은 쑴에서 만나고, 놉고 맑은 행적行蹟의 거룩한 첫 한 방울의 기도企圖의 이슬도 이른 아츰 잠자리 우헤서 뜯습니다.

〈시혼〉에서 김소월은 '도회의 밝음과 짓거림'을 등지고 나와 깊고 어두운 산과 숲의 '그늘진 곳'으로 들어가서 '일허버린 고인故人'을 만나 그의 '놉고 맑은 행적行蹟'을 듣고 있다. 이는 그의 시 〈무덤〉에서 이미 표현되었던, '내 넉슬 잡아끄러헤내는 부르는소리' 즉 '옛 조상祖上들의기록記錄'을 묻어둔 무덤(죽은 자의 세계)으로부터 퍼져 나와 산 자의 세계에까지 들려오는 전통의 목소리에 소환되는 것을 의미한다. '깊고 어둡은 산과 숲의 그늘진 곳'으로 표상되는 전통의 세계와의 소통에 소환되는 김소월의 전통주의적 시학은 송수권이 펼쳐내고 있는 그늘의 미학과 놀랄 만큼 유사하다. 그것은 주술적 언어를 매개로 산 자와 죽은 자가 소통하고 현재와 과거가 서로 뒤섞이며, 인간과 자연이 유기적으로 결합되는 놀라운 서정적 체험을 빚어낸다.

누이야 지금도 살아서 보는가

가을산 그리메에 빠져 떠돌던, 그 눈썹 두어 낱을 기러기가

강물에 뿌리고 가는 것을

내 한 잔은 마시고 한 잔은 비워두고

더러는 잎새에 살아서 튀는 물방울같이

그렇게 만나는 것을

누이야 아는가

가을산 그리메에 빠져 떠돌던

눈썹 두어 낱이

지금 이 못물 속에 비쳐옴을

— 〈산문에 기대어〉 중에서

　이 시에 '물'은 인간의 근원적인 슬픔, 혹은 정한의 표상이다. 시적 화자는 '정정한 눈물'(1연)에서 시작하여 그 눈물이 '즈믄 밤의 강'을 일으켜 세우고 다시 '그 강물 깊이깊이 가라앉은 고뇌의 말씀'을 끄집어내는 것을 본다. 2연과 3연에서는 죽은 누이의 슬픔을 불러 세우는 '물'이 다시 그 슬픔의 정화로 전환된다. 물에 비친 가을산의 그림자에 '빠져 떠돌던' 누이의 '눈썹 두어 낱이' 바로 '지금 이 못물에 비쳐옴'을 보는 것. 이때 물은 산 자와 죽은 자가 시공을 뛰어넘어 함께 만나는 회통의 공간이 된다. 이 시의 서정적 주인공은 죽은 자의 넋을 불러내는, 물에 비친 가을산의 그림자를 통해 시적 대상과의 교감을 회복하고 서정적인 합일에 도달하고 있다. 산 자와 죽은 자가 회통하는 경계의 시공간은 흔히 지평의 이미지로 드러나게 마련이다. 인간이란 본래적으로 머나먼 곳을 꿈꾸고 현재 저 너머를 바라보는 존재이다. 그 때문에 인간은 멀리 있는 사물을 가까이 할 수 있고, '자신 쪽으로 끌어들일' 수 있다. 송수권 시의 시적 자아는 자신의 시선에 포착되는 경계 저 너머의 세계에서 근원적인 것들을 길

어울려 실존의 감각을 되찾고 현재적 삶을 조망한다.

　그렇다고 송수권이 과거 지향적이고 맹목적인 전통 의식에 사로잡혀 있는 것은 아니다. 그의 시에 드러난 역사는 상처투성이의 역사이다. 과거를 이상화·절대화하여 예찬의 대상으로 삼는 것이 아니라, 역사적 시간 속에 억눌려 있던 타자의 존재성을 드러내고 그들의 언어를 복원하여 새로운 삶을 형성시키는 놀라운 상상력이 송수권의 특징적인 시 창작 방법이라 할 수 있다. 그의 시의 어떤 부분들이 서정주의 목소리를 닮아 있으면서도, 서정주와는 다른 독특한 개성을 느끼게 하는 것도 이 때문이다. 80년대 초에 창작된 〈아도〉라는 시를 보자.

> 아도란 무엇이냐
> 질그릇이다.
> 인사동 골짜기의 고물상 같은 데 가서 만나보면
> 입은 기다랗게 찢겨져 있고 두 귀는 둥글게
> 구멍이 패어 있는
> 입이 있어도 벙어리고 귀가 있어도 귀머거리인
> 못생긴 우리네의 질그릇이다.
> 유언비어를 날조하거나
> 겁쟁이 지식인의 입을 누르는
> 그것은 시어머니가 며느리에게 은밀히 건네는
> 유가풍의 금서禁書와 같은
> 질그릇이다.
>
> ─〈아도〉 중에서

　이 시의 시적 자아가 대면하고 있는 것은 '아도' 라는 조선시대의 질그릇이다. 이 질그릇의 용도는 물건이나 음식을 담아 두는 것에 있지 않다.

입과 귀의 형상을 기형적으로 비틀어 놓은 이 질그릇은 사실 입바른 소리를 하는 사람의 입에 '재갈을 물리기' 위해서 만들어진 것이다. 양심적인 선비나 민중의 올곧은 소리가 퍼져나가는 것을 막기 위해 사용된 이 아도는 그래서 조선시대 지배 계급의 폭력성을 폭로한다고 볼 수 있다. 이런 점에서 아도는 완롱玩弄을 목적으로 잘 빚어낸 도자기와는 구별된다. 완벽한 형태미와 색채미를 구현하고 있는 도자기는 왠지 삶의 흔적이 거세된 느낌을 주기 때문이다. 송수권은 그런 도자기를 보면서 숭배하는 귀족 취향적인 전통의식 대신에 민중적 삶의 고통을 환기하는 일그러진 도자기, 즉 아도를 통해 야만의 역사를 고발하는 민중적 전통의식을 드러내고 있다. 아도가 지니고 있는 기다랗게 찢겨진 입, 둥글게 파여 있는 구멍의 형상은 피지배 계급의 육체에 가해진 상흔을 환기한다. 문제는 이 시의 시적 자아가 '아도'를 통해 자신의 시대를 되비추고 있다는 점이다. 그는 최루탄 가스가 자욱한 거리의 '오 월의 가로수 밑에 비틀거리면서', 자신이 '그 시대(아도가 만들어진 시대—인용자 주)에서 한 발짝도 더 깨어나지 못한' 시대를 살아가고 있다는 사실을 깨닫고, '또 하나의 아도가 되어가는' 시인의 자의식을 드러낸다. 무릇 시인은 자신의 입에 물리는 재갈을 거부하고, 말해야 할 것을 말하고 드러내야 할 것을 드러내야 한다는 것. 이 '아도'로서의 삶을 거부하는 엄중한 역사의식, 억눌린 타자의 존재성을 드러내야 한다는 소명의식은 시 쓰기에 대한 송수권의 독특한 자의식을 보여주는 것이다. 송수권이 80년대의 시 창작을 통해 국토애를 노래하고, 분단의 상처를 고발하며, 통일된 조국을 상상하는 노래를 한 것도 이러한 전통의식이 발현된 결과라고 말할 수 있다. 물론 송수권은 섣부르게 생경한 이념을 노출하거나 과도한 목적의식에 사로잡혀 언어를 질식시키지 않는다. 그는 전통 의식과 역사 의식을 통해 시적인 것, 혹은 참다운 시 정신을 억압하는 경험 세계의 비진정성을 고발하고 있지만, 언제나 시적인 형상성과 청아한 시 정신을 옹호하고 있다.

그러나 내 서툰 가락 이제는 아무도 귀기울여주지 않습니다.
가끔 한 마리도 깃들지 않습니다. 향피리는 봄이
제격인데 나는 봄날에도 뻐꾸기가 우는 줄 알았습니다
산속은 뻐꾸기지만 버들 숲은 꾀꼬리니라……
왜 진작 이 말씀을 못 깨달았을까요. 이제 나의
향피리에도 봄기운이 들면 나는 향피리 다시 고쳐 불겠습니다.

—〈향피리〉 중에서

나의 노숙露宿이 비록 험한 길 위에 있을지라도 밤마다
옷깃을 적시는 시詩의 이슬이 영롱하고 내가 엉망이 되어
쓰러진 자리, 비록 혼돈의 시대에도 별은 저렇게 빛났으므로
어떤 고통에 찬 신음이 내게 와서 나를 좀 슬게 할지라도
이 우주 안의 한 작은 파도 소리에 씻기고 씻겨, 햇빛이 오는 한낮은
저 개펄 위의 젖은 물잎새들처럼 젖어 피련다.

—〈노숙〉 중에서

〈향피리〉는 시 쓰기에 대한 송수권 시인의 자의식을 노래하고 있는 작품이다. 이 시의 시적 화자는 어린 시절 할아버지의 사랑방에서 흘러나온 부드러운 향피리 소리에 대한 기억을 가지고 향피리를 불어왔다. 여기서 향피리를 분다는 것은 '서정시'를 쓰는 것에 대한 은유이다. 서정시를 쓴다는 것은 옛날에 대한 기억을 재현하는 일이다. 하지만 시적 화자의 향피리에서 흘러나오는 것은 봄날의 '버들 숲'에 어울리는 꾀꼬리 소리가 아니라 산속에서 우는 뻐꾸기 소리에 지나지 않는다. 이렇게 '서툰 가락'으로 부르는 노래이기에 이젠 어느 누구도 시적 화자가 부르는 노래에 귀를 기울이지 않는다. 문제는 봄기운에 맞게 향피리를 고쳐 불어야 한다는 것. 송수권은 향피리의 부드럽고 청아한 소리로 표상되는 전통적 미의식에

대한 재발견을 통해 자신의 시 쓰기의 방향을 암시하고 있는 셈이다.

한편 송수권 시인에게 삶이란 풍찬노숙과 같은 것으로 인식된다. 비바람과 찬이슬을 맞으며 노숙을 하듯 시 쓰는 삶을 살아왔지만, 시적 자아에겐 그 삶이 전혀 고통스럽거나 부끄럽지 않다. 왜냐하면 '옷깃을 적시는 시의 이슬이 영롱'하고, 내가 살아온 '혼돈의 시대'에도 '별(시)'은 창공에서 '저렇게 빛났기' 때문이다. 혼돈의 시대를 밝혀 온 그의 순수한 시혼이 역경에 찬 삶을 풍요로운 것으로 인식하는 밑바탕이 된다. 혼돈의 시대를 비추어주는 별빛 같은 시 정신, 이슬 같은 시어에 대한 집착은 그의 장인정신을 보여주는 것이기도 하지만, 그 밑바탕에는 근원적 세계에 대한 지향이 자리 잡고 있다. 타락한 현실 세계에 대해 비판적 거리를 유지하면서, 별빛으로 상징되는 근원적 세계를 드러내는 것. 그것은 〈향피리〉에서 언급되었던, '노상 할아버지 사랑방에서 들려오던 부드러운 피리소리'에 대한 기억을 되살리는 일이기도 하다.

근원적 세계를 불러내는 소리들

근원적 세계의 형상화 과정에서 송수권이 가장 즐겨 사용하는 이미지는 '소리' 이미지이다. 사물에 대한 시각적·후각적 묘사, 민족어의 음악적 가능성을 최대치로 끌어올리는 운율의식 등과 함께 그는 자연 사물이 빚어내는 청각적 이미지를 섬세하게 포착하여 민족적 삶의 원형을 끄집어낸다. 한 비평가가 지적하였듯이 송수권은 '자연 사물과 일체를 이룬 민족 공동체의 생활 속에서 울려오던 내적 생명의 숨소리를 듣는 밝은 귀'를(전정구, 〈화음을 동반한 생명의 숨결〉) 갖고 있다. 가령 〈지리산 뻐꾹새〉에 나오는 뻐꾹새의 울음소리, 〈한국의 강〉에 나오는 '이끼 슬은 관촉사의 저녁 종소리', 〈무량수전 배흘림기둥에 기대어〉에 나오는 새 떼의 울음소리와 같이 송수권은 한국적인 정서를 환기하고 민족적 삶의 원초적인 형식을 보여주는 소리를 찾아 국토 여기저기를 찾아 헤매거나 일상적 삶의 주변을 관조한다. 송수권이 펼쳐 보이는 '소리'는 김수영이 '더러운 진창'으로 표상되는 한국적 현실과 전통에 대한 자기긍정으로 되돌아가면서 발견한 '쩽쩽 울리는' 놋주발(〈거대한 뿌리〉) 소리와 얼마나 흡사한가? 송수권의 시에는 이와 같이 '쩽쩽 울리는' 전통적 소리 이미지가 거의 전편에 등장한다. 그는 이 소리를 통해 과거적 시간에 묻혀있는 공동체의 기억을 되살리고, 억압된 것들 속에서 미래에의 희망을 발견하려 한다.

대들이 휘인다
휘이면서 소리한다
연 사흘 밤낮 내리는 흰 눈발 속에서
우듬지들은 흰 눈을 털면서 소리하지만
아무도 알아듣는 이가 없다
어떤 대들은 맑은 가락을 지상地上에 그려내지만
아무도 알아듣는 이가 없다
눈 뭉치들이 힘겹게 우듬지를 흘러내리는
대숲 속을 가만히 들여다보면
삼베 옷 검은 두건을 둘친 백제 젊은 수사修士들이 지나고
풋풋한 망아지 떼 울음들이 찍혀 있다
연 사흘 밤낮 내리는 흰 눈발 속에서
대숲 속을 가만히 들여다보면
한밤중 암수 무당들이 댓가지를 흔드는 붉은 쾌자 자락들이 보이고
활활 타오르는 모닥불을 넘는
미친 불개들의 울음소리가 들린다.

— 〈눈 내리는 대숲 가에서〉

이 작품은 그의 초기작 〈대숲 바람소리〉와 상호 텍스트적 관계에 있다.

〈대숲 바람소리〉에서 시적 자아는 대숲에서 흘러나오는 바람소리에 묻어 있는 '대패랭이 끝에 까부는 오백 년 한숨'과 '황토 현을 넘어가던 / 징소리 꽹과리 소리'와 '문둥이 장타령'과 '새벽별의 푸른 숨소리'를 듣는다. 민중의 억눌린 한과 해한解恨의 지난한 몸짓을 담은 그 무수한 '소리'들은 새벽별로 표상되는 우주의 근원적인 소리와 결합하여 현실 세계에 대한 도저한 부정의식과 민중적 유토피아를 향한 리드미컬한 비약의 가능성을 보여준다. 위에 인용한 〈눈 내리는 대숲 가에서〉의 시적 자아 역시 놀라운 상상력을 동원하여 다양한 소리 이미지를 그려내고 있다. 내리는 흰 눈발 속에서 대나무들이 눈을 털어내는 소리, 대나무들이 빚어내는 맑은 가락은 '아무도 알아듣는 이가 없다'고 한다. 그것을 들을 수 있는 자, 자연에서 빚어지는 저 소리 없는 소리를 들을 수 있는 귀를 가진 시적 자아는 일종의 영매와 같은 존재가 아닐까? 대나무에서 떨어지는 눈의 소리에 이끌린 시적 자아가 대숲 속을 들여다보면서 '삼베 옷 검은 두건을 둘친 백제 젊은 수사修士들'과 그들을 태우고 가는 '풋풋한 망아지떼 울음들'을 떠올리는 것, 또 '한밤중 암수 무당들이 댓가지를 흔드는 붉은 쾌자 자락들'을 보는 것도 바로 이 때문일 것이다. 시적 자아는 억눌린 것이 지니고 있을 법한 정한과 그것의 극복을 향한 제의적 몸짓을 본다. 경계의 시간을 뛰어넘어 현재적 시간 속으로 현현하는 근원적 세계는 온통 상처로 아로새겨져 있으며, 시적 자아가 현재 처하고 있는 실존의 고통을 환기한다. 하지만 시적 자아는 근원적 세계의 고통이 정화되는 것도 함께 보고 있다. '활활 타오르는 모닥불을 넘는 / 미친 불개들의 울음소리'로 형상화된 소리. 대나무에서 나오는 소리를 통해 민중의 원한과 그 극복 양상을 발견하는 놀라운 상상력은 송수권의 전통주의가 얼마나 동시대의 역사적 삶과 유기적으로 연결된 것인지를 역설적으로 보여주고 있는 것이다.

물론 송수권이 탐색하는 소리들이 역사주의적 상상력에만 국한된 것은 아니다. 송수권의 시적 상상력은 유한한 인간의 현실, 역사적 시간의 구속을 훌쩍 뛰어넘어 보다 근원적인 세계를 지향하고 있기 때문이다. 송수권의 시에서 빈번하게 마주치게 되는 자연의 유기적 생명력과 리듬감, 즉 《수저통에 비치는 저녁노을》이란 시집의 여러 시편에 수차례 등장하는 저 '우주율'에 대한 감각이 그것이다. 가령 〈징〉이란 작품을 보자. 이 작품에서 시인은 징이 만들어지는 과정을 상세하게 추적한다. 여기서 특히 주목되는 구절은 '구리 서른 근에 주석 쉰닷 냥이라 / 우주 일원상—圓相으로 펄펄 끓는 쇳물 부어 징 하나 떠내니'라는 표현이다. 서로 다른 재료들이 '우주 일원상—圓相'으로 용해되어 방짜 쇠로 재탄생하는 것. 우주란 본질적으로 질서가 없는 세계이지만, 서로 관련이 없는 사물들이 융합하여 새로운 존재로 거듭나고 새로운 질서로 편입되는 것이 바로 우주율의 비밀이 아닌가. 물론 이 방짜 쇠는 수없는 망치질을 거쳐야 '징으로 제 울음'을 울게 된다. 인간의 노동과 사물이 지닌 본성이 서로 결합하여, 우주적 신비 속에서 탄생하는 징의 소리는 그래서 저 우주의 신비한 소리를 내게 된다. 그것은 우는 소리이지만, 인간의 울음을 넘어서는 신명神命을 담고 있는 소리이기도 하다.

저 징 소리를 보아라, 벅구는 탁탁, 상쇠는 꿍꿍
이것들 한 품에 싸안아 앞뒷산은 얼레발친다
휘휘 벌판을 따라오던 긴 강물도 머리 풀어 운다
이 산하 잠든 도깨비불, 보리 흉년 왼 씨름에도
떼로 몰려 중중모리 잦은모리 가락으로 뜨고
혼절한 세월 차마 안 잊혀 봉숫불도 눈감는가
오늘 밤은 관솔불 아래 또 어느 강 마을 풍물 잡히는가.

—〈징〉 중에서

풍물패의 징소리를 듣고 '긴 강물도 머리 풀어' 울고, 풍물의 빠른 가락이 산하에 잠들어 있던 '도깨비불'을 불러 일으켜 세우고, 차마 안 잊히는 '혼절한 세월'의 기억마저 풍물 소리에 녹아 들어가는 것. 징 소리의 신명은 이렇게 자연에 내재하고 있는 생명의 리듬을 환기하고, 인간적 삶의 억눌린 부분들을 해방시켜 우주적 생명으로 이끌어낸다. 이와 같이 송수권의 '소리'는 주술적·제의적 성격을 지닌다. 마치 샤먼의 넋두리와 같이, 주술사의 마법과 같이 그는 소리를 통해 근원적 세계의 감각적 현현을 이루어낸다. 아니 그의 시어 전체가 어떤 의미에서 소리의 마법성을 간직하고 있는지 모른다. 이 마법성은 때로는 원통하게 죽은 것들에 대한 진혼의 기능을 떠맡기도 하고, 때로는 더 무너질 것도 없는 '헛것들만 남은 세상'을 향해 저항의 넋두리를 던지는 미학적 부정의 기능을 떠맡기도 한다.

전통주의적 목소리의 현대적 의미

토속어의 질감을 최대한 살려내어 민족적 정서와 자연관, 생명의식을 표출하고 있는 송수권의 시는 가장 한국적이되 보편적 인간 정신이 구현되어 있으며, 가장 고전적이되 현대적 감각이 살아 숨쉬는 독특한 세계를 펼쳐 보인다. 뿐만 아니라 과거적 시간의 회감을 통해 역사의 야만성을 고발하고, 억눌린 타자의 세계를 시적으로 복원하여 미래에 대한 희망으로 투사하는 독특한 상상력은 기존의 전통주의 시에 나타나는 퇴영적, 복고적인 상상력과는 근본적으로 구별된다고 하겠다. 서정시의 미적 자율성을 견지하면서도, 독특한 방식으로 역사주의적 상상력과 결합되는 송수권의 서정시는 그래서 현대적인 삶의 형식이 은폐하고 있는 민족적 전통에 대한 보고報告인 동시에, 현대의 억압적인 삶이 간직하고 있는 고통의 기원이 무엇인지 밝혀주는 등불과도 같다.

송수권은 순결한 민족어를 지키는 파수꾼의 역할을 자임하기도 한다. 가령 〈개불알꽃〉에서 시인은 산업화의 거센 물결 앞에서 들꽃 한 송이를 둘러싼 원형 심상이 어떻게 물질화의 과정을 겪게 되는지, 어떻게 언어의 타락으로 연결되는지를 역설적으로 그려내고 있다. 그는 언어의 타락을 '언어의 폭력'과 같은 범주로 받아들이며, 이는 다시 산업주의의 시대적 폭력이나 표준어로 대표되는 중앙집권적 국가주의적 사유체계에 연결되는 것으로 간주한다. 그러니까 전통주의자로서 민족어의 파수꾼을 자처하고, 자신이 사는 '향토적 공간을 누비며 토속어의 숨결을 다듬는' 작업은 억압된 것의 복귀를 꿈꾸는 시 정신에 연결된다고 하겠다. 은폐되거나 억압된 근대의 타자들이야말로 현재적 억압을 극복하고 미래에 대한 희망을 모색할 수 있는 유일하고, 절대적인 정신적 준거가 되기 때문이다. 이것이 송수권의 전통주의가 갖는 현대적 의미일 것이다.

송수권 연보

1940년	전남 고흥군 두원면 학곡리 1297번지 출생.
1959년	순천 사범학교 졸업.
1962년	서라벌예대 문예창작과 졸업.
1975년	《문학사상》에 〈산문山門에 기대어〉 등이 당선되어 등단. 문공부예술상 수상(광복 30주년 기념 민족 장편서사시 부문).
1976년	지리산 노고단 '산상山上 시화전' 개최.
1980년	제1시집 《산문에 기대어》(문학사상사) 간행.
1982년	제2시집 《꿈꾸는 섬》(문학과지성사) 간행.
1984년	제3시집 광주 민중항쟁을 소재로 한 《아도啞陶》(창작과비평사) 간행. 해방 후 최초로 《분단시선집》 편저.
1985년	중등학교 교감 자격증 취득.
1986년	산문집 《속續 산문山門에 기대어》(오상사) 간행. 금호문화예술상 수상. 광주 5 · 18 정신을 주제로 한 제4시집, 동학혁명서사시집 《새야새야 파랑새야》(나남) 간행.
1987년	전라남도 문화상 수상.
1988년	소월시문학상 수상. 제5시집 《우리들의 땅》(문학사상사) 간행. 대표시선집 《우리 나라 풀 이름 외기》(문학사상사) 간행.
1989년	산문집 《사랑이 커다랗게 날개를 접고》(문학사상사) 간행.
1990년	국민훈장 목련장 수상.
1991년	역사기행집 《남도기행》(시민) 간행. 한국현대시 100인 시선집 《지리산 뻐꾹새》(미래사) 간행. 제6시집 《자다가도 그대 생각하면 웃는다》(전원) 간행.
1992년	제7시집 《별밤지기》(시와 시학사) 간행.

1993년	서라벌문학상 수상.
1994년	제8시집 《바람에 지는 아픈 꽃잎처럼》(문학사상사) 간행. 국제 펜클럽 한국본부 이사(감사) 역임.
1995년	30년간 중·고등학교 교사 및 광주학생 교육권 연구사로 재직, 연구관으로 명예퇴직.
1996년	남도의 음식문화 기행 《남도의 맛과 멋》(창공사) 간행. 제7회 김달진문학상 수상. 광주문학상 수상.
1998년	산문집 《쪽빛세상》(토우) 간행. 순천대학교 문예창작과 및 광주여대 문예창작과 출강. 남도 음식문화축제 심사위원. 《무등일보》편집위원. 제9시집 《수저통에 비치는 저녁노을》(시와 시학사) 간행.
1999년	제11회 정지용문학상 수상. 순천대학교 문예창작과 객원교수 임용. 우리 토속꽃 시집 《들꽃세상》(혜화당) 간행. 육필시선집 《초록의 감옥》(찾을모) 간행.
2000년	《태산풍류와 섬진강》(토우) 간행.
2001년	제10시집 《파천무》(문학과 경계사) 간행. 3인 시집 《별 아래 잠든 시인》(문학사상사) 고故 이성선, 송수권 나태주 간행.
2002년	산문집 《만다라의 바다》(모아드림) 간행. 자선시집 《여승》(모아드림) 간행(1시집~8시집까지 정리). 순천대학교 문예창작과 정교수 발령.
2003년	제1회 영랑시문학상 수상. 《시인 송수권의 풍류 맛 기행》(고요아침) 간행. 산문집 《아내의 맨발》간행.
2005년	제11시집 《언 땅에 조선 매화 한 그루 심고》(시학) 간행. 비평집 《사랑의 몸시학》(문학과 경계사) 간행. 논총 《송수권 시 깊이 읽기》(나남). 시선집 《민담시선집》(고요아침) 간행. 시 감상선집 《시를 읽는 아침》(고요아침) 간행. 김동리문학상 수상. 옥조훈장 포상. 순천대학교 문예창작과 교수 퇴임(8월).